ଇଚ୍ଛାପତ୍ର

(ରଚନାକାଳ: ୧୯୯୫-୯୯)

ଇଚ୍ଛାପତ୍ର

ଜଗନ୍ନାଥ ପ୍ରସାଦ ଦାସ

ବ୍ଲାକ୍ ଈଗଲ୍ ବୁକ୍ସ
ଭୁବନେଶ୍ୱର, ଓଡ଼ିଶା

BLACK EAGLE BOOKS
Dublin, USA

ଇଚ୍ଛାପତ୍ର / ଜଗନ୍ନାଥ ପ୍ରସାଦ ଦାସ

ବ୍ଲାକ୍ ଇଗଲ୍ ବୁକ୍ସ : ଭୁବନେଶ୍ୱର, ଓଡ଼ିଶା • ଡବ୍ଲିନ୍, ଯୁକ୍ତରାଷ୍ଟ୍ର ଆମେରିକା

BLACK EAGLE BOOKS

USA address:
7464 Wisdom Lane
Dublin, OH 43016

India address:
E/312, Trident Galaxy, Kalinga Nagar,
Bhubaneswar-751003, Odisha, India

E-mail: info@blackeaglebooks.org
Website: www.blackeaglebooks.org

First International Edition Published by
BLACK EAGLE BOOKS, 2024

ICHHAPATRA
by **Jagannath Prasad Das**

Cover & Interior Design: Ezy's Publication

ISBN- 978-1-64560-507-2 (Paperback)

Printed in the United States of America

ସୂଚିପତ୍ର

ଇଚ୍ଛାପତ୍ର

ବହୁବାର ପଢ଼ିଥିବା କାଗଜଟିକୁ ଓଲଟାଇ ମନୋରମା ପୁଣିଥରେ ତା ଉପରେ ଆଖି ପକାଇଲେ। ଦଲିଲଟିର ପ୍ରତିଟି ଶବ୍ଦ ବର୍ତ୍ତମାନ ତାଙ୍କର ପରିଚିତ ଥିଲେ: ଆଜି ତାରିଖରେ ମୋର ପଞ୍ଚଭୂତ ଆତ୍ମା ସର୍ବକୁଶଳରେ ଥାଇ ଆପଣାର ସ୍ୱଇଚ୍ଛାକ୍ରମେ ବିନା କାହାରି ଶିକ୍ଷା ଅନୁରୋଧ ଉପରୋଧ ପ୍ରେରଣା ସୂଚନା ପ୍ରଲୋଭନ ବା କୁପରାମର୍ଶରେ ସରଳ ଭାବେ ସୁସ୍ଥ ଶରୀରରେ ସ୍ଥିର ମନରେ ସର୍ବସାଧାରଣଙ୍କ ଜ୍ଞାନାର୍ଥେ ମୁଁ ଶ୍ରୀମତୀ ମନୋରମା ଏତଦ୍ୱାରା ଘୋଷଣା କରୁଅଛି ଯେ ଏହା ମୋର ଶେଷ ଇଚ୍ଛାପତ୍ର ଏବଂ ଏହା ମୋର ମୃତ୍ୟୁପରେ କାର୍ଯ୍ୟକାରୀ ହେବ। ଯେହେତୁ ମୋର ନିମ୍ନ ତଫସିଲଭୁକ୍ତ ସଂପତ୍ତି ଅଛି ମୋର ଇଚ୍ଛା ଯେ ମୋର ମୃତ୍ୟୁ ପରେ ଶ୍ରୀ/ଶ୍ରୀମତୀ ... ମୋର ସେହି ସମସ୍ତ ସ୍ଥାବରାସ୍ଥାବର ସଂପତ୍ତିର ନିମ୍ନମତେ ଅଧିକାରୀ ହେବେ ଏବଂ ତାହାକୁ ସଂପୂର୍ଣ୍ଣରୂପେ ଚିରକାଳ ପାଇଁ ଭୋଗ କରିବେ। ସେହେତୁ ମୁଁ ଶ୍ରୀ/ଶ୍ରୀମତୀ ... ଙ୍କୁ ମୋର ଇଚ୍ଛାପତ୍ରର ବୃତ୍ତିଭୋଗୀ ଓ ରିକ୍‌ଥଭାଗୀ ଘୋଷଣା କରୁଛି ... ଇତ୍ୟାଦି ଇତ୍ୟାଦି। ଅନେକ ଦିନ ତଳେ ଓକିଲ ଲଗାଇ ନିଜର ଉଇଲ୍‌ର ଏଇ କାଗଜଟି ତିଆରି କରାଇବା ବେଳେ ମନୋରମା ଭାବିଥିଲେ ଯେ ସଂସାରରେ ବଞ୍ଚି ରହିବା ପାଇଁ ଏଇଟି ତାଙ୍କର ପ୍ରତିରକ୍ଷାର କବଚ ଭଳି ହେବ। ଏତେ ବର୍ଷ ପରେ, ସଂସାରକୁ ଆଉ ଟିକିଏ ଭଲ ଭାବରେ ଚିହ୍ନିବା ଜାଣିବା ପରେ, ତାଙ୍କର ବିଶ୍ୱାସ ହୋଇ ଯାଇଥିଲା ଯେ ଏଇଟିକୁ ଆକ୍ରମଣର ଅସ୍ତ୍ର ଭଳି ମଧ୍ୟ ବ୍ୟବହାର କରାଯାଇପାରେ। ବର୍ତ୍ତମାନ ହାତରେ କାଗଜଟିକୁ ଧରି ଓଲଟାଉଥିବାବେଳେ ମନୋରମା ସେଥିରୁ ଯେପରି ଅକଳନୀୟ ସାହସ ଓ ସାମର୍ଥ୍ୟ ପାଉଥିଲେ।

ଆଗରୁ ନିଜର ସ୍ୱାମୀ ଶିବନାଥଙ୍କ କଥା ମନେ ପଡ଼ିଲେ ମନୋରମାଙ୍କ ମନ ଭିତରେ ଏକ ଅଦମ୍ୟ କ୍ରୋଧ ଜନ୍ମୁଥିଲା। ତାଙ୍କୁ କିଛି ବି ସାଂସାରିକ ସୁଖ ଦେବା

ଆଗରୁ ଶିବନାଥ ତାଙ୍କୁ ଛୋଟ ଛୋଟ ପିଲା ଦୁଇଟିଙ୍କ ଦାୟିତ୍ୱ ଦେଇ ଚାଲିଯାଇଥିଲେ। ସେତେବେଳେ ମନୋରମାଙ୍କର ମନେ ହୋଇଥିଲା ଯେପରିକି ତାଙ୍କ ଉପରେ କିଭଳି ଏକ ପ୍ରତିଶୋଧ ନେବା ପାଇଁ ଶିବନାଥ ସ୍ୱଇଚ୍ଛାରେ ମରିଯିବାର ଏପରି ଏକ ସମୟ ବାଛି ନେଇଥିଲେ । ବାହା ହେବା ବେଳେ ଯେତେ ସବୁ ଆଶା ଆକାଂକ୍ଷା ଥିଲା, କିଛି ବି ପୂରଣ ହୋଇ ନ ଥିଲା ମନୋରମାଙ୍କ ଜୀବନରେ। ତାଙ୍କୁ ଗାଁରେ ବାପାମାଙ୍କ ପାଖରେ ଛାଡ଼ିଦେଇ ଶିବନାଥ ସହରକୁ ଚାଲିଯାଇଥିଲେ ଚାକିରି ପାଇଁ। ସେମାନଙ୍କର ଭେଟ ହେଉଥିଲା ଛୁଟି ଦିନରେ ଶିବନାଥ ଗାଁକୁ ଆସିଲେ। ପିଲାଦିନରୁ ସହରରେ ବଢ଼ି ଆସିଥିବା ମନୋରମାଙ୍କ ପାଇଁ ଗାଁର ଜୀବନ ଥିଲା ଶାସ୍ତିସ୍ୱରୂପ। ତା ବ୍ୟତୀତ ସବୁବେଳେ ଶାଶୁଶଶୁରଙ୍କ ଅନୁଶାସନ ଓ ଦୌରାତ୍ମ୍ୟ ଲାଗି ରହିଥିଲା ଏବଂ ଅଳ୍ପ ବୟସରେ ଦୁଇଟି ପିଲା ଜନ୍ମ କରି ସେମାନଙ୍କର ଦାୟିତ୍ୱ ଓ ଜଂଜାଳ ସମ୍ଭାଳିବା ଆଦୌ ସୁଖକର ନଥିଲା। ଏହିଭଳି ଭାବରେ ଅଳ୍ପ ବୟସରୁ ହିଁ ଦୁଃଖ ଅଧିକାର କରିନେଇଥିଲା ମନୋରମାଙ୍କ ଜୀବନକୁ।

ପ୍ରଥମେ ପ୍ରଥମେ ମନୋରମା ଶିବନାଥଙ୍କ ପାଖରେ ଅଳି କରୁଥିଲେ ତାଙ୍କୁ ନେଇ ସହରରେ ନିଜ ପାଖରେ ରଖିବାକୁ। ଶିବନାଥଙ୍କର ଯୁକ୍ତି ଥିଲା ଯେ ତାଙ୍କର ଆୟ ଯାହା ଏବଂ ତାଙ୍କ ଉପରେ ବାପ ମା ଛୋଟ ଭାଇଙ୍କର ଯେଉଁ ଦାୟିତ୍ୱ ଅଛି, ସେଥିପାଇଁ ମନୋରମା ଗାଁରେ ରହିବା ଦରକାର। ଶିବନାଥ ସହରରେ ଗୋଟିଏ ଭଡ଼ା ଘର ନେଇ କଷ୍ଟରେ ଚଳୁଥିଲେ ଏବଂ ଦରମା ଟଙ୍କାରୁ ଅଧିକାଂଶ ପଠାଇ ଦେଉଥିଲେ ବାପାଙ୍କ ପାଖକୁ। ବାପା ହିସାବୀ ଲୋକ ଥିଲେ ଏବଂ ସେ ଟଙ୍କାରୁ ସଞ୍ଚୟ କରି ଗାଁରେ ଶିବନାଥ ନାଁରେ କିଛି କିଛି ଜମି କିଣୁଥଲେ। ଶିବନାଥ ସବୁବେଳେ ମନୋରମାଙ୍କୁ ପିଲାମାନଙ୍କର ଭବିଷ୍ୟତ କଥା କହୁଥିଲେ, କିନ୍ତୁ ମନୋରମା କେବେହେଲେ ଆଶ୍ୱସ୍ତ ହେଉ ନ ଥିଲେ ସେ କଥାରେ। କଣ ଲାଭ ଏକ ସ୍ୱଚ୍ଛଳ ଭବିଷ୍ୟତର ସ୍ୱପ୍ନ ଦେଖି, ଯଦି ନିଜର ବର୍ତ୍ତମାନ ଏପରି ସଂପୂର୍ଣ୍ଣଭାବେ ନିଃଶେଷ ହୋଇଯାଏ ଅଭାବ ଅନଟନ ଦୁଃଖ କଷ୍ଟରେ ?

ମନୋରମାଙ୍କର ଆଉ ଗୋଟିଏ ବିଶେଷ ମନୋବ୍ୟଥା ଥିଲା ପୁଅଝିଅଙ୍କୁ ନେଇ। ଶିବନାଥଙ୍କ ବାପା ମା ପୂରାପୂରି ନିଜସ୍ୱ କରି ନେଇଥିଲେ ପିଲା ଦୁହିଁଙ୍କୁ, ଯେପରିକି ମନୋରମା ଥିଲେ ଜଣେ ବାହାରର ଲୋକ। ସେ ପିଲାଦୁହିଁଙ୍କୁ ଗାଳିମନ୍ଦ

କଲେ ଶାଶୁଶଶୁର ତାଙ୍କୁ ଓଲଟା ଗାଳି ଦେଉଥିଲେ। ସେମାନଙ୍କ ମୁହଁ ପାଇ ପିଲାଏ ମଧ୍ୟ ଅବାଧ୍ୟ ଓ ଅନିୟନ୍ତ୍ରିତ ହୋଇଯାଇଥିଲେ। ମନୋରମାଙ୍କ ଅନୁଶାସନରୁ ମୁକ୍ତି ପାଇବା ପାଇଁ ପିଲା ଦୁହେଁ ଜେଜେବାପା ଜେଜେମାଙ୍କ ପକ୍ଷରେ ହୋଇ ନିଜ ମା'କୁ ମାନୁ ନ ଥିଲେ ଏବଂ ପଦେ ପଦେ ତାଙ୍କୁ ଉପେକ୍ଷା କରୁଥିଲେ। ଏଇପରି ଭାବରେ ମନୋରମା ନିଜ ଶାଶୁଘରେ ଏକ ଅବାଞ୍ଛିତ ଅତିଥି ଭଳି ରହିଥିଲେ।

ଯେଉଁଦିନ ଶିବନାଥଙ୍କର ବେମାରି ଖବର ଆସି ଗାଁରେ ପହଞ୍ଚିଲା, ସେଦିନ ସକାଳେ ମନୋରମାଙ୍କର ଶାଶୁଙ୍କ ସହିତ କଳି ହୋଇଥିଲା। ସେଥିପାଇଁ ସେ ସାଙ୍ଗେ ସାଙ୍ଗେ ଏକା ପିଲାଙ୍କୁ ଧରି ବାହାରି ଆସିଲେ କାହାରି ସହିତ ବିଚାରବିମର୍ଶ ନ କରି। ସହରରେ ତାଙ୍କ ଭାଇ ଖବର ଦେଲା ଯେ ଶିବନାଥଙ୍କୁ ହସପିଟାଲକୁ ନିଆ ହୋଇଛି। ପିଲା ଦୁହିଁଙ୍କୁ ଭାଇଘରେ ଛାଡ଼ି ଦେଇ ମନୋରମା ସେଇ ଯେ ହସପିଟାଲକୁ ଯାଇଥିଲେ, ଘରକୁ ଫେରିଲେ ଶିବନାଥ ସେଠାରେ ମରିଯିବା ପରେ।

ଶିବନାଥଙ୍କର ଶେଷ ସମୟକୁ ତାଙ୍କର ବାପା ମା ଭାଇମାନେ ଗାଁରୁ ଆସି ପହଞ୍ଚି ସାରିଥିଲେ। ସେମାନେ ସମସ୍ତେ ଶିବନାଥଙ୍କ ଭଡ଼ା ଘରେ ରହୁଥିଲେ ଏବଂ ପାଳିକରି ହସପିଟାଲକୁ ଯାଉଥିଲେ। ଶିବନାଥଙ୍କୁ ହସପିଟାଲରେ ଦେଖାରଖା କରିବା ସହିତ ଗାଁରୁ ଆସିଥିବା ଅତିଥିମାନଙ୍କ ଦାୟିତ୍ୱ ମଧ୍ୟ ପଡ଼ିଲା ମନୋରମାଙ୍କ ଉପରେ। ତେବେ ମନୋରମା ଗୋଟିଏ ଦୃଷ୍ଟିରୁ ଖୁସି ଥିଲେ ଯେ ସହରର ଏଇ ଛୋଟ ଘରଟିରେ ସେ ଥିଲେ ସର୍ବେସର୍ବା ଏବଂ ଏଠାରେ ଶାଶୁ ଶଶୁରଙ୍କ କର୍ତ୍ତୃତ୍ୱ ଚଳୁ ନ ଥିଲା। ନିଜର ଘର କହିଲେ କଣ ବୁଝାଯାଏ, ମନୋରମା ପ୍ରଥମ ଥର ପାଇଁ ସେ ବିଷୟରେ ସଚେତନ ହେଲେ ଏବଂ ଏଇ କେତେଦିନ ଶାଶୁ ଶଶୁର ଘରଟିକୁ ନିଜସ୍ୱ କରିବା ପାଇଁ ଯେତେ ଚେଷ୍ଟା କଲେ ବି ମନୋରମା ସେମାନଙ୍କୁ ଏଠାରେ ଅତିଥିରୁ ଅଧିକ ଅଧିକାର ଦେଲେ ନାହିଁ।

କନ୍ଦାକଟା କ୍ରିୟାକର୍ମ ପରେ ଯେତେବେଳେ ଗାଁକୁ ଫେରିବା କଥା ଉଠିଲା, ମନୋରମା ରୋକଠୋକ ଜଣାଇ ଦେଲେ ଯେ ସେ ଆଉ ଗାଁକୁ ଫେରିବେ ନାହିଁ। ଶାଶୁ ଶଶୁର ପିଲାଙ୍କ ଦେଖାରଖା ପାଠପଢ଼ା କଥା କହିଲେ; ମନୋରମା କହିଲେ ଯେ ସେ ଠିକ କରିଛନ୍ତି ସହର ସ୍କୁଲରେ ପିଲାଙ୍କ ନାଁ ଲେଖାଇ ପାଖରେ ରଖି ତାଙ୍କୁ ପଢ଼ାଇବେ। ଜେଜେବାପାଙ୍କ ପ୍ରରୋଚନାରେ ପିଲା ଦୁହେଁ ଗାଁକୁ ଯିବା ପାଇଁ ଜିଦ

ଧରିଲେ। ଏକ ସମୟରେ ମନୋରମାଙ୍କର ଭୟ ହେଲା ଯେ ହୁଏତ ଶାଶୁ ଶଶୁର ଜବରଦସ୍ତି ପିଲାଙ୍କୁ ନେଇ ଗାଁକୁ ଚାଲିଯିବେ; ସେଥିପାଇଁ ସେ କିଛି ଦିନ ପାଇଁ ପିଲାଙ୍କୁ ନେଇ ନିଜ ଭାଇ ଘରେ ଛାଡ଼ି ଦେଇ ଆସିଲେ। ବୁଝାବୁଝି କରିବାରେ ମନୋରମା ନ ମାନିବାରୁ ଶାଶୁ ଶଶୁର ତାଙ୍କୁ ମାଳିମନ୍ଦ ବି କଲେ। କିନ୍ତୁ ମନୋରମା ରାଜି ହେଲେ ନାହିଁ ଗାଁକୁ ଫେରିବା ପାଇଁ। ବାଧ ହୋଇ ଶେଷକୁ ଶାଶୁ ଶଶୁର ଗାଁକୁ ଫେରିଲେ, କିନ୍ତୁ ଗଲାବେଳେ ଧମକ ଦେଇ ଗଲେ ଯେ ମନୋରମା ଘରକୁ ନ ଫେରିଲେ ବି ସେମାନେ ନିଜ ନାତିନାତୁଣୀଙ୍କୁ ଯେମିତି ହେଲେ ନେଇଯିବେ।

ସେମାନେ ଚାଲିଯିବା ପରେ ମନୋରମା ଘର ବିଷୟରେ ମନ ଦେଲେ। ମନୋରମା ଆଗରୁ କେବେ ଏକା ରହି ନ ଥିଲେ ଏବଂ ଘର ଚଳାଇବାରେ ଅଭ୍ୟସ୍ତ ନ ଥିଲେ। ପିଲାମାନଙ୍କୁ ସ୍କୁଲରେ ଭର୍ତ୍ତି କରିବାରେ ସମସ୍ୟା ହେଲା। ତେବେ ମନୋରମାଙ୍କର ଅନେକ ସୁବିଧା ହେଲା ପାଖରେ ତାଙ୍କର ଭାଇ ରହୁଥିବାରୁ। ସେ ଭାଇଙ୍କୁ ଗାଁକୁ ପଠାଇଲେ ତାଙ୍କର ଜିନିଷପତ୍ର ଓ ପିଲାଙ୍କ ସାର୍ଟିଫିକେଟ ଇତ୍ୟାଦି ଆଣିବା ପାଇଁ। ଶାଶୁ ଶଶୁର ମନୋରମାଙ୍କର ଗହଣାପତ୍ର ଦେବାକୁ ମନା କରିଦେଲେ, କିନ୍ତୁ ଭାଇ ଅନ୍ୟ ଜିନିଷପତ୍ର ନେଇ ଆସିଲେ ଏବଂ ପିଲାଙ୍କର ସ୍କୁଲରେ ନାଁ ଲେଖା ହୋଇଗଲା। ଯେଉଁଦିନ ପିଲାଏ ପ୍ରଥମ କରି ସ୍କୁଲ ଗଲେ, ଶାନ୍ତିର ନିଶ୍ୱାସ ନେଲେ ମନୋରମା। ଏତେଦିନ ପରେ ହଠାତ୍ ଶିବନାଥ ମନେ ପଡ଼ିଲେ ଏବଂ ପିଲାମାନଙ୍କୁ ବଡ଼ କରିବାର ଦାୟିତ୍ୱ ବୋଝ ଭଳି ମନେ ହେଲା। ପିଲାମାନେ ଗାଁ କଥା ଝୁରି ହେଉଥିଲେ ଏବଂ ଏଠାରେ ଆଦୌ ଖୁସି ନ ଥିଲେ। ତେବେ ମନୋରମା ଭାବୁଥିଲେ ଯେ କିଛି ଦିନରେ ସେମାନେ ଆଦରି ଯିବେ। ପିଲାଙ୍କୁ ସଂପୂର୍ଣ୍ଣ ଭାବରେ ନିଜର କରି ପାଇବାରେ ମନୋରମାଙ୍କର ଯେତିକି ଆନନ୍ଦ ଥିଲା, ତାଠାରୁ ବେଶି ଆନନ୍ଦ ଥିଲା ଶାଶୁ ଶଶୁରଙ୍କ ପାଖରୁ ପିଲାଙ୍କୁ ଛଡ଼ାଇ ଆଣି ସେମାନଙ୍କୁ ଦୁଃଖିତ କରି ଶାସ୍ତି ଦେଇଥିବାରେ।

ସହରରେ ପ୍ରଥମେ କିଛି ମାସ ଅନେକ ଅସୁବିଧା ଜଣାଯାଇଥିଲା ମନୋରମାଙ୍କୁ, କିନ୍ତୁ କ୍ରମେ କ୍ରମେ ସବୁକିଛି ଦେହସୁହା ହୋଇଗଲା। ଶିବନାଥଙ୍କ ଅଭାବ ବି ଆଉ ଜଣା ପଡ଼ିଲା ନାହିଁ। ଦେଖିବାକୁ ଗଲେ ଶିବନାଥ ବି ତାଙ୍କର କିଛି ନିକଟ ନଥିଲେ, କାରଣ ସ୍ୱାମୀ ସ୍ତ୍ରୀ ଖୁବ କମ ସମୟ ଏକାଠି କଟାଇଥିଲେ।

ପିଲାଦୁହେଁ ମଧ୍ୟ ବାପ ସାଙ୍ଗେ ଘନିଷ୍ଠ ନ ଥିଲେ ଆଦୌ ଏବଂ ଶିବନାଥଙ୍କର ମରିଯିବା ସେମାନଙ୍କୁ ବିଶେଷ ବିଚଳିତ କରି ନ ଥିଲା। ସେମାନେ ପ୍ରଥମେ ଗାଁ, ଜେଜେବାପା ଜେଜେମାଙ୍କୁ ଝୁରୁଥିଲେ ଏବଂ ନୂଆ ସ୍କୁଲର ଅନାତ୍ମୀୟ ପରିବେଶରେ ଛଟପଟ ହେଉଥିଲେ। କିଛି ଦିନରେ ସେମାନଙ୍କର ବି ନୂଆ ସାଙ୍ଗସାଥୀ ହୋଇଗଲେ ଏବଂ ସହର ସେମାନଙ୍କୁ ଆଉରେଇ ଗଲା। ଚାରି ଛ'ମାସ ଭିତରେ ପିଲାମାନଙ୍କ ଭଳି ମନୋରମାଙ୍କୁ ମଧ୍ୟ ମନେହେଲା ଯେପରିକି ଶିବନାଥ, ଗାଁ, ଶାଶୁ ଶଶୁର ଏକ ଦୁଃସ୍ୱପ୍ନ ଭଳି ଥିଲେ ଏବଂ ସେ ଯେପରି ତାଙ୍କର ଜୀବନର କ୍ରମସଂଗତିକୁ ପୁଣି ଫେରି ପାଇଛନ୍ତି।

ମଝିରେ ମଝିରେ ମନୋରମାଙ୍କର ଏ କଥା ମଧ୍ୟ ମନେହେଉଥିଲା ଯେ ଗାଁ ଛାଡ଼ି ସହରକୁ ଆସି ସେ ହଠାତ୍ ମୁକ୍ତି ପାଇଗଲେ ଅନେକ କିଛି ବନ୍ଧନରୁ। ଶିବନାଥ ଯେପରି ମରିଯାଇ ତାଙ୍କୁ ନୂଆ ଜନ୍ମ ଦେଇଦେଲେ ଏବଂ ସେ ଯେଉଁଭଳି ଜୀବନ ଚାହିଁଥିଲେ ତାଙ୍କୁ ଫେରି ମିଳିଲା। ଏଭଳି ଚିନ୍ତା ମୁଣ୍ଡକୁ ଆସୁ ଥିବାରୁ ସେ ନିଜକୁ ଧିକ୍କାର କରୁଥିଲେ, କିନ୍ତୁ ଯେଉଁ ହାଲୁକା ଭାବ ସ୍ୱତଃପ୍ରବୃତ୍ତ ମନ ଭିତରକୁ ଆସି ତାଙ୍କୁ ଆଶ୍ୱସ୍ତ କରି ଯାଉଥିଲା, ସେ କଣ କରିପାରିଥାନ୍ତେ ସେଥିପାଇଁ ? ସେ ନିଜ ମନକୁ ଏ ବିଷୟରେ ଯେତେ ନିୟନ୍ତ୍ରଣ କଲେ ବି ସ୍ୱାଧୀନ ରହିବାର ଆନନ୍ଦର କୌଣସି ବିକଳ୍ପ ନ ଥିଲା। ତାଙ୍କୁ ଆଉ ଗାଁରେ ରହି ଶାଶୁ ଶଶୁରଙ୍କ ଦୌରାତ୍ମ୍ୟ ସହିବାକୁ ପଡୁ ନ ଥିଲା। ପିଲାମାନେ ବର୍ତ୍ତମାନ ପୂରାପୂରି ତାଙ୍କର ଥିଲେ ଏବଂ ସେମାନଙ୍କ ଉପରେ ନ ଥିଲା ଆଉ କାହାରି ଅଧିକାର। ଏଇଟି ଥିଲା ତାଙ୍କର ସବୁଠାରୁ ବଡ଼ ପ୍ରାପ୍ତି। ଏଥର ସେ ପିଲାଙ୍କୁ ଠିକ ଭାବରେ ବଡ଼ କରିବେ, ଯେପରି ସେ ଚାହୁଁଥିଲେ।

ଏବଂ ଏଥିପାଇଁ ମନୋରମାଙ୍କ ପାଖରେ ଆର୍ଥିକ ସମ୍ବଳ ମଧ୍ୟ ଥିଲା। ତାଙ୍କୁ ପେନ୍‌ସନ୍ ମିଳୁଥିଲା; ତା ବ୍ୟତୀତ ଶିବନାଥ ନିଜର ଅଳ୍ପ ଦରମା ସତ୍ତ୍ୱେ ଏକ ମୋଟା ଟଙ୍କାର ଇନ୍‌ସ୍ୟୁରାନ୍‌ସ ନେଇଥିଲେ। ଯେତେବେଳେ ଏ ଟଙ୍କା ପାଇବା ପାଇଁ ଇନ୍‌ସ୍ୟୁରାନ୍‌ସ କମ୍ପାନୀ ସହିତ ଲେଖାପଢ଼ା ହେଲା, ଶିବନାଥର ବାପା ଆସି ପହଞ୍ଚିଲେ ଏବଂ ଯୁକ୍ତି କଲେ ଯେ ଶିବନାଥ ପଲିସିଟି ନେଇଥିଲା ତାର ଭାଇମାନଙ୍କ କାମରେ ଲାଗିବ ବୋଲି। ମନୋରମା ତାଙ୍କ କଥାକୁ ଅଶୁଣା କରିଦେଲେ। ଶଶୁର ଯେତେବେଳେ ପୁଣି ଥରେ ଏ ବିଷୟରେ ଉଚ୍ଚବାଚ ଆରମ୍ଭ କଲେ, ମନୋରମା ନିଜ

ଭାଇଙ୍କୁ ଡାକି ଆଣିଲେ ଏବଂ ଦୁହେଁ ମିଶି ତାଙ୍କୁ ଜଣାଇଦେଲେ ଯେ ଆଇନତଃ ଟଙ୍କା ପାଇବେ ମନୋରମା ହିଁ; ଶିବନାଥ ଯଦି ସେ ଟଙ୍କା ପାଇଁ କୌଣସି ଉଇଲ କରିଥାନ୍ତି, ତେବେ ସେ କଥା ପରେ ଦେଖାଯିବ। ଏହାପରେ ଶଶୁର ନିଜର ଯୁଦ୍ଧ କୌଶଳ ବଦଳାଇ ନରମ ହୋଇଗଲେ ଏବଂ ନାତିନାତୁଣୀଙ୍କୁ ନିଜର କରିବାର ଚେଷ୍ଟା କଲେ। କହିଲେ, ମୁଁ ଭାବୁଛି ପିଲାଙ୍କୁ କିଛି ଦିନ ଗାଁରେ ବୁଲାଇ ଆଣିବି।

ଶିବନାଥ ମରିଯିବା ପରେ ଶଶୁର କେତେଥର ଆସି ପିଲାଙ୍କୁ ନେବା ପାଇଁ କହିଥିଲେ, କିନ୍ତୁ ମନୋରମା ସ୍କୁଲ ଇତ୍ୟାଦି କୌଣସି ନା କୌଣସି ଆଳରେ କଥାକୁ ଟାଳି ଦେଉଥିଲେ। ଶଶୁର ଦିନେ ଦି ଦିନ ରହିବା ଭିତରେ ପୁଣି ପିଲା ଦୁହିଁଙ୍କୁ ନିଜ ଆଡ଼କୁ ଟାଣିବାକୁ ଚେଷ୍ଟା କରୁଥିଲେ। ପିଲାଏ ତାଙ୍କ ପାଖରେ ବେଶି ସମୟ କଟାଇଲେ ମନୋରମା ପିଲାଙ୍କ ଉପରେ ବିରକ୍ତ ହେଉଥିଲେ। ପିଲାଏ ମା ଓ ଶଶୁରଙ୍କ ଟଣାଟଣିକୁ ଠିକ ଭାବେ ବୁଝିପାରୁଥିଲେ ଏବଂ ଜେଜେ ଥିବା କେତେ ଦିନ ଏହାକୁ ଏକ ଆମୋଦଦାୟକ ଖେଳ ବୋଲି ମନେ କରୁଥିଲେ। ସେଇ କେତେଦିନ ମା'କୁ ଛାଡ଼ିଦେଇ ସେମାନେ ଜେଜେବାପାଙ୍କର ନିଜର ହୋଇ ଯାଉଥିଲେ ଏବଂ ମନୋରମାଙ୍କୁ ଓଲଟା ଜବାବ ଦେଉଥିଲେ। ମନୋରମା ଏ କଥାର ଏକ ନିଷ୍ପତ୍ତି କରିବାକୁ ଚାହୁଁଥିଲେ କିନ୍ତୁ ଏହା ସମ୍ଭବ ହୋଇ ନ ଥିଲା ଏ ପର୍ଯ୍ୟନ୍ତ।

ଏଥରକ ଯେତେବେଳେ ଶଶୁର ପିଲାଙ୍କୁ ଗାଁକୁ ନେବା କଥା ଉଠାଇଲେ, ମନୋରମା ଜାଣିପାରିଲେ ଯେ ଶଶୁରଙ୍କର ଏ ଗୋଟିଏ ନୂଆ ଚାଲବାଜି। ସେଥିପାଇଁ ଦିନେ ସ୍କୁଲ ଛୁଟି ପରେ ପିଲାଙ୍କୁ ନେଇ ସେ ଭାଇ ଘରେ ଛାଡ଼ି ଦେଇ ଆସିଲେ। ଶଶୁର ପଚାରିବାରୁ ମନୋରମା ମୁହେଁ ମୁହେଁ କହିଦେଲେ, ପିଲାଙ୍କ ଉପରେ ଆପଣଙ୍କର ଖରାପ ପ୍ରଭାବ ପଡ଼ିବ ବୋଲି ମୁଁ ତାଙ୍କୁ ପଠାଇ ଦେଲି। ଏ କଥା ପରେ ଶଶୁର ପୁଣି ନିଜର ଉଗ୍ରମୂର୍ତ୍ତିକୁ ଫେରି ଆସିଲେ ଏବଂ କହିଲେ, ମୁଁ ଯାଉଛି; କିନ୍ତୁ ମୋ ନାତିନାତୁଣୀଙ୍କୁ କେମିତି ତମେ ରଖିବ, ମୁଁ ଦେଖି ନେବି। ମୁଁ ଯେମିତି ହେଲେ ତାଙ୍କୁ ପାଖକୁ ନେଇଯିବି। ମନୋରମା କହିଲେ, ହଉ, ଆପଣ ଯା'ନ୍ତୁ। ଏଠିକି ଆପଣଙ୍କର ଆଉ କେବେ ଆସିବା ଦରକାର ନାହିଁ। ଶଶୁର ପୁଣି ଧମକ ଦେଇ ଚାଲିଗଲେ, କିନ୍ତୁ ଅନେକ ଦିନ ପର୍ଯ୍ୟନ୍ତ ମନୋରମାର ଭୟ ରହିଲା ଯେ ସେ ହୁଏତ କେବେ ଆସି

ପିଲାଙ୍କୁ ଲୁଚାଇ ନେଇ ଚାଲିଯିବେ। ଭାଇର ଉପଦେଶରେ ମନୋରମା ଏ ବିଷୟରେ ପୁଲିସ ଥାନାରେ ଗୋଟିଏ ଅଭିଯୋଗ ମଧ୍ୟ ଲେଖାଇ ରଖିଲେ।

ଏ ଘଟଣାର କିଛି ଦିନ ପରେ ଶଶୁରଙ୍କ ପାଖରୁ ଓକିଲ ନୋଟିସ ଆସିଲା ଯେ ଶିବନାଥର ଇନ୍‌ସ୍ୟୁରାନ୍‌ସ ଟଙ୍କାରେ ତାଙ୍କର ମଧ୍ୟ ଭାଗ ଅଛି ଏବଂ ଶିବନାଥର ଇଚ୍ଛା ଅନୁସାରେ ସେ ତାର ପିଲା ଦୁହିଁଙ୍କୁ ନେଇ ଗାଁରେ ନିଜ ପାଖରେ ରଖିବେ। ମନୋରମା ଭାଇଙ୍କୁ ନେଇ ଏ କାଗଜ ଦେଖାଇଲେ ଏବଂ ଓକିଲଙ୍କୁ ପଚାରି ସ୍ଥିର କରାହେଲା ଯେ ଏ ବିଷୟରେ କିଛି ନ କରି ଚୁପଚାପ ରହିବା ଉଚିତ ହେବ।

କିଛି ଦିନ ପରେ ଭାଇଙ୍କୁ ନେଇ ମନୋରମା ଶିବନାଥର ଗାଁକୁ ଗଲେ ଏବଂ ଶାଶୁ ଘରକୁ ନ ଯାଇ ସେଠାର ଅନ୍ୟମାନଙ୍କ ସାଙ୍ଗରେ ଶିବନାଥର ଜମିବାଡ଼ି ବିକ୍ରି କରିବାର କଥାବାର୍ତ୍ତା କଲେ। ଏ ଖବର ପାଇ ଶଶୁର ମଧ୍ୟ ନିଜର ଲୋକବାକ ନେଇ ସେଠାରେ ପହଞ୍ଚିଲେ ଏବଂ ସମସ୍ତଙ୍କୁ ଜଣାଇଦେଲେ ଯେ ସେ ଶିବନାଥର ଜମିକୁ ବିକ୍ରି କରାଇ ଦେବେ ନାହିଁ। ତଥାପି ଜମି ପାଇଁ ଗ୍ରାହକ ମିଳିଗଲେ। ଏ କଥା ଦେଖି ଶଶୁର ଆଉ ପାଟିତୁଣ୍ଡ ନ କରି ମନୋରମାଙ୍କ ପାଖରେ ଅନୁନୟ କଲେ ଯେ ଜମି ବିକ୍ରିରୁ କିଛି ଟଙ୍କା ସେ ଶିବନାଥର ଛୋଟ ଭାଇମାନଙ୍କୁ ଦେଇ ଦିଅନ୍ତୁ। ଏ କଥାର ଉତ୍ତର ନ ଦେଇ ମନୋରମା ତାଙ୍କୁ ନିଜର ଗହଣା କଥା ମନେ ପକାଇଦେଲେ।

ଗାଁର ଜମି ବିକ୍ରି ହୋଇଗଲା ଏବଂ ସେଇ ଟଙ୍କାରେ ମନୋରମା ଯେଉଁ ଭଡ଼ା ଘରେ ରହୁଥିଲେ ସେଇଟିକୁ କିଣିନେଲେ। ତାଙ୍କର ଜୀବନ ଯାପନ ଏଥରକ ସ୍ୱଚ୍ଛନ୍ଦ ଥିଲା। ରହୁଥିବା ଘରଟି ପାଇଁ ଆଉ ଭଡ଼ା ଦେବାକୁ ପଡୁ ନ ଥିଲା; ବିଭିନ୍ନ ଭାବରେ ବିନିଯୋଗ ହୋଇଥିବା ଇନ୍‌ସ୍ୟୁରାନ୍‌ସ ଟଙ୍କାରୁ ମାସକୁ ମାସ ଭଲ ଆୟ ଆସୁଥିଲା। ସବୁ ଖର୍ଚ୍ଚ ଯାଇ କିଛି ସଞ୍ଚୟ ବି କରିପାରୁଥିଲେ ମନୋରମା। ଏତେ ବର୍ଷ ପରେ ମନୋରମା ଘରଟିକୁ ଯଥାମତେ ସଜାଇବାରେ ମନଦେଲେ ଏବଂ ଏତେଦିନ ଧରି ଅବହେଳା କରି ଆସୁଥିବା ନିଜ ଚେହେରାର ଯତ୍ନ ନେଲେ। ସେ ପାଖ ପଡ଼ୋଶୀଙ୍କ ସଙ୍ଗେ ବନ୍ଧୁତ୍ୱ ଆରମ୍ଭ କଲେ ଏବଂ ତାଙ୍କର ଟଙ୍କାପଇସା ଇତ୍ୟାଦି ବୁଝିବାକୁ ଭାଇଙ୍କର ଯେଉଁ ଓକିଲ ସାଙ୍ଗ ତାଙ୍କ ଘରକୁ ଆସୁଥିଲେ, ତାଙ୍କୁ ଭେଟିବାବେଳେ ଏଥରକ ନିଜକୁ ଆଉ ଟିକିଏ ସଜାଇଲେ ମନୋରମା।

ଏ ସବୁ ଭିତରେ ଯେ ଶିବନାଥ ତାଙ୍କର ମନେ ପଡୁ ନଥିଲେ ତା ନୁହେଁ; ତେବେ ସେ ମନେ ପଡ଼ିବାରେ ନ ଥିଲା କୌଣସି ଆବେଗ ବା କୋମଳତା। ବଞ୍ଚିଥିବା ବେଳେ ଶିବନାଥ ତାଙ୍କୁ ଦେଇ ନ ଥିଲେ ପ୍ରେମ ଆତ୍ମୀୟତା ସାହଚର୍ଯ୍ୟ; ମରିଯିବା ପରେ କିନ୍ତୁ ମନୋରମାଙ୍କୁ ଦେଇ ଗଲେ ଘର, ଆର୍ଥିକ ସମ୍ବଳ ଓ ଭବିଷ୍ୟତ ପାଇଁ ଦୁଇଟି ସନ୍ତାନ। କେବଳ ଏତିକି ପାଇଁ ତାଙ୍କୁ ମନେ ପକାଉଥିଲେ ମନୋରମା, ଆଉ କିଛି ନୁହେଁ। ଏଥରକ ମନୋରମାଙ୍କର ଆଦର, ସ୍ନେହ ଓ ସମୟର ଏକମାତ୍ର କେନ୍ଦ୍ର ଥିଲେ ପିଲା ଦୁହେଁ। ସେମାନଙ୍କୁ କିପରି ଭଲଭାବରେ ମଣିଷ କରିବେ, ତାହା ହିଁ ହୋଇଗଲା ମନୋରମାଙ୍କର ଜୀବନର ଲକ୍ଷ୍ୟ।

ଜୀବନ ଏଇଭଳି ସହଜ ସ୍ୱଚ୍ଛନ୍ଦ ଭାବେ ଚାଲୁଥିବା ବେଳେ ପୁଣି ହଠାତ୍ ଏକ ଓକିଲ ନୋଟିସ ଆସିଲା ଶଶୁରଙ୍କ ପାଖରୁ। ଏଥିରେ ସେ ନାତିନାତୁଣୀଙ୍କ ରକ୍ଷଣାବେକ୍ଷଣର ଦାବି କରିଥିଲେ ମନୋରମାଙ୍କ ଚରିତ୍ର ବିକୃତି ଆଳରେ। କାଗଜଟିକୁ ପଢ଼ି ମୁଣ୍ଡ ଖରାପ ହୋଇଗଲା ମନୋରମାଙ୍କର। ଟଙ୍କା ଲୋଭରେ ଯେ ଜଣେ ଲୋକ, ସେ ପୁଣି ନିଜର ସଂପର୍କୀୟ, ଏତେ ନୀଚ ସ୍ତରକୁ ଯାଇପାରେ ଏ କଥା କଳ୍ପନା କରି ପାରି ନ ଥିଲେ ମନୋରମା। ତାଙ୍କର ଚରିତ୍ର ଉପରେ ଆକ୍ଷେପ କରିବା ମନୋରମାଙ୍କୁ ଜଣାଗଲା ଯେପରି କିଏ ତାଙ୍କ ଜୀବନକୁ ହିଁ ମୂଳରୁ ଧ୍ୱଂସ କରି ଦେଉଛି। ଓକିଲ ତାଙ୍କୁ ଯେତେ ବୁଝାଇଲା ଯେ ମାଲି ମକଦ୍ଦମାରେ ଏଭଳି ଡାହା ମିଛର ବ୍ୟବହାର ହୋଇଥାଏ, ମନୋରମା ବୁଝିଲେ ନାହିଁ। ଏତେ ବର୍ଷ କ୍ଷୁରଧାର ଉପରେ ଚାଲିଆସିଥିବା ସତ୍ତ୍ୱେ ଯେ କିଏ ଏଭଳି ହୀନ ଦୋଷାରୋପ କରିପାରେ ତା ମନୋରମାଙ୍କ କଳ୍ପନାର ବାହାରେ ଥିଲା। ନୋଟିସ୍‌ର ଜବାବରେ ମନୋରମାଙ୍କ ଓକିଲ ଏକ କଡ଼ା ଉତ୍ତର ପଠାଇଦେଲେ ଏବଂ ଅଧିକନ୍ତୁ ଶଶୁରଙ୍କୁ ଏକ ଅଲଗା ନୋଟିସ ଦେଲେ ତାଙ୍କ ସଂପତ୍ତିରେ ପିଲା ଦୁହିଁଙ୍କର ଭାଗ ଦାବି କରି। ଏହାପରେ ଆଉ ଶଶୁରଙ୍କ ଆଡୁ କୌଣସି ସମସ୍ୟା ଉପୁଜିଲା ନାହିଁ, କିନ୍ତୁ ସେଇ ଚରିତ୍ର ସଂହାରର କାଗଜଟି ସଂପୂର୍ଣ୍ଣ ଅଲଗା ମଣିଷ କରିଦେଲା ମନୋରମାଙ୍କୁ।

ଶଶୁରଙ୍କ ନୋଟିସରେ କୁହାଯାଇଥିଲା ଯେ ମନୋରମା ସ୍ୱୈରିଣୀ ପ୍ରକୃତିର ଥିଲେ, ବହୁ ପୁରୁଷଙ୍କ ସହିତ ସଂପର୍କ ରଖିଥିଲେ ଏବଂ ଶିବନାଥଙ୍କ ପିଲାଙ୍କ ଉପରେ ଏହାର କୁପ୍ରଭାବ ପଡୁଥିଲା। ମନୋରମା ମନେ ପକାଇବାକୁ ଲାଗିଲେ ତାଙ୍କର

କିଭଳି ବ୍ୟବହାର ଦେଖି ଜଣେ ଏଭଳି କୁତ୍ସା କରିପାରେ। ସେ ତାଙ୍କ ସହିତ ଯୋଗାଯୋଗ କରୁଥିବା ବହୁ ପୁରୁଷଙ୍କୁ ମନେ ପକାଇଲେ, କିନ୍ତୁ କାହାରି ସହିତ ତାଙ୍କର ଆକ୍ଷେପ କରାଯାଇଥିବା ଭଳି କୌଣସି ସଂପର୍କ ରହିବାର ସମ୍ଭାବନା ନ ଥିଲା। ତଥାପି ନିଜକୁ କିପରି ଦୋଷୀ ମନେ ହେଲା ମନୋରମାଙ୍କର। ହୁଏତ ତାଙ୍କୁ ଆହୁରି କଠୋର ଭାବରେ ରହିବା ଉଚିତ ଥିଲା। ଏଥରକ ମନୋରମା ସ୍ଥିର କଲେ ଯେ ସେ ନିଜ ଜୀବନକୁ ଆହୁରି ନୀରସ ଓ ଶୁଷ୍କ କରିଦେବେ ଏବଂ ସମାଜ ତାଙ୍କ ଉପରେ ଲଦି ଦେଇଥିବା ବିଧବାର ଭୂମିକାକୁ ସଂପୂର୍ଣ୍ଣ ଭାବେ ନିର୍ବାହ କରିବେ।

ସେଥିପାଇଁ ମନୋରମା ଏଥରକ ଧଳା ଶାଢ଼ି ପିନ୍ଧିବାକୁ ଆରମ୍ଭ କଲେ, ନିଜର ସାମାଜିକ ସଂପର୍କ ସବୁ କମାଇଦେଲେ, ଭାଇଙ୍କ ସାଙ୍ଗ ଓକିଲକୁ ଆଉ ଘରକୁ ଆସିବାକୁ ଦେଲେ ନାହିଁ ଏବଂ ପିଲାମାନଙ୍କ ପାଇଁ ହୋଇଗଲେ ରୁକ୍ଷ ଓ କଠୋର। କିନ୍ତୁ ଏସବୁ ସହିତ ସେ ମନ ଭିତରୁ କାଟି ଦେଲେ ଯେ ତାଙ୍କ ଜୀବନରେ ଶିବନାଥ ବୋଲି କିଏ ଲୋକ ଥିଲା। ତାଙ୍କ ପାଇଁ ଯେଉଁ ଏକ ନୂଆ ଜୀବନର ଆରମ୍ଭ ହେଲା ସେଥିରେ କେବଳ ସେ ଓ ତାଙ୍କର ପିଲାଦୁହେଁ ଥିଲେ; ସେ ଜୀବନରେ ଆଉ କୌଣସି ଲକ୍ଷ୍ୟ ବା ସମ୍ଭାବନା ନ ଥିଲା ପିଲା ଦୁହିଁଙ୍କୁ ବଡ଼ କରି ମଣିଷ କରିବା ବ୍ୟତୀତ। ଏଥିରେ ହିଁ ମନୋରମା ସମର୍ପଣ କରିଦେଲେ ତାଙ୍କର ସବୁ ସମୟ, ବୟସ, ଉଦ୍ୟମ ଓ ପ୍ରେରଣା।

ଏହାର କିନ୍ତୁ ଏକ ଅଦ୍ଭୁତ ମାରାତ୍ମକ ପ୍ରଭାବ ପଡ଼ିଲା ପିଲାଙ୍କ ଉପରେ। ତାଙ୍କ ପାଇଁ ମନୋରମା ଯେଉଁ ସବୁ ନୀତି ନିୟମ ଓ ନିୟନ୍ତ୍ରଣ ବାନ୍ଧିଦେଲେ, ଘରଟି ସେମାନଙ୍କ ପାଇଁ ବନ୍ଦିଶାଳା ପାଲଟିଗଲା । ମନୋରମା ତାଙ୍କୁ ପାଦେ ପାଦେ ଜଗି ରଖୁଥିଲେ, ଚାହୁଁଥିଲେ ଯେ ସ୍କୁଲ ବ୍ୟତୀତ ସେମାନେ ସବୁ ସମୟ ତାଙ୍କରି ପାଖେ ରହନ୍ତୁ ଏବଂ ସେ ଚାହୁଁଥିବାମତେ ସେମାନେ ଭବିଷ୍ୟତକୁ ପାଦ ବଢ଼ାନ୍ତୁ। ତାଙ୍କର ଅନୁଶାସନର କିନ୍ତୁ ଅସମ୍ଭବ ଭାବେ ଭିନ୍ନ ପରିଣାମ ହେଲା ଦୁଇଟି ପିଲାଙ୍କ ଉପରେ। ପୁଅ ସୁମନ ମା'ର ଅତି ବାଧ୍ୟ ସନ୍ତାନ ହୋଇ ଘରମୁହାଁ ହୋଇଯିବା ବେଳେ ତାଠାରୁ ଦୁଇବର୍ଷ ଛୋଟ ଝିଅ ସୁନୀତା ହୋଇଗଲା ସ୍ୱାବଲମ୍ବୀ ଓ ବିଦ୍ରୋହୀ ପ୍ରକୃତିର। ଉଭୟ ଦୁଃଖଦାୟକ ଥିଲା ମନୋରମାଙ୍କ ପାଇଁ। ସେ ସୁମନକୁ ଯେତେ ବାହାରକୁ ଯିବା ପାଇଁ ପ୍ରୋତ୍ସାହିତ କରୁଥିଲେ, ସୁମନ ସେତିକି ତାଙ୍କ କାନି ଭିତରେ ଆସି ପଶୁଥିଲା, ଅନ୍ୟ

ପକ୍ଷରେ ଝିଅକୁ ଯେତେ ଆକଟ କରିବାକୁ ଚେଷ୍ଟା କରୁଥିଲେ ମନୋରମା, ସୁନୀତା ସେତିକି ବେଶି ଅବାଧ ହେଉଥିଲା ଏବଂ ତାଙ୍କଠାରୁ ଦୂରେଇ ଯାଉଥିଲା।

କେବେ କେବେ ନିଃସଙ୍ଗ ମୁହୂର୍ତ୍ତରେ ମନୋରମା ଜଣେ ପୁରୁଷର ଅଭାବ ଅନୁଭବ କରୁଥିଲେ; ସେ ପୁରୁଷଟି କିନ୍ତୁ ନିଶ୍ଚିତ ଭାବେ ଶିବନାଥ ନଥିଲା। ଜୀବନ ଯଦିଓ ସହଜ ସାବଲୀଳ ଭାବେ ଚାଲୁଥିଲା, ମଝିରେ ମଝିରେ କେତେ କାମ ପାଇଁ ମନୋରମାଙ୍କୁ ତାଙ୍କର ଭାଇଙ୍କର ସାହାଯ୍ୟ ନେବାକୁ ପଡୁଥିଲା। ତା ବ୍ୟତୀତ ଚାଳିଶ ବର୍ଷ ନ ହେଉଣୁ ବି ମନୋରମା ଭାବୁଥିଲେ ଯେପରିକି ଖୁବ ଶୀଘ୍ର ସେ ଜରାଗ୍ରସ୍ତ ହେବାକୁ ଯାଉଛନ୍ତି ଏବଂ ତାଙ୍କର ଦେହର ଭଲ ମନ୍ଦ ପାଇଁ ବ୍ୟବସ୍ଥା କରିବା ଦରକାର। ସେ ସୁସ୍ଥ ସବଳ ଥିଲେ ମଧ୍ୟ ଭାବୀ ଦୁରବସ୍ଥାର ସମ୍ଭାବନା ତାଙ୍କୁ ସବୁବେଳେ ଘାରି ରଖୁଥିଲା। ସେଥିପାଇଁ ସୁମନ ଯେତେବେଳେ ସ୍କୁଲ ପାସ କଲା, ସେ କଳା ବିଭାଗରେ ପଢ଼ିବାକୁ ଚାହୁଁଥିଲେ ବି ତାକୁ ବିଜ୍ଞାନ ନେଇ ଡାକ୍ତରୀ ପଢ଼ିବାକୁ ବାଧ୍ୟ କଲେ ମନୋରମା। ଉପରେ ନ କହିଲେ ବି ମନୋରମା ଜାଣି ପାରୁଥିଲେ ଯେ ସୁମନ ଏ ନେଇ ମନ ଭିତରେ ତାଙ୍କ ପ୍ରତି କ୍ଷୁବ୍ଧ ଥିଲା। ଅନ୍ୟ ଦିଗରେ ସୁନୀତା, ଯେ କି ଭଲ ପଢୁ ନ ଥିଲା, ତାକୁ ମନୋରମା କଳା ପଢ଼ିବାକୁ କହିବାରୁ ସେ କେବଳ ମା କଥା ଅମାନ୍ୟ କରିବାକୁ ଜିଦ୍ କରି ବିଜ୍ଞାନ ପଢ଼ିଲା ଓ କ୍ଲାସରେ ଫେଲ ହେଲା।

ପିଲାମାନଙ୍କ ସହିତ ଏଭଳି କାରଣ ଅକାରଣ ମାନସିକ ଟଣାଓଟରାରେ ସମୟ କଟିଲା ମନୋରମାଙ୍କର। ତାଙ୍କର ବାଳ ପାଚିବା ଆରମ୍ଭ କଲା, ସେ ମୋଟା ହେବାରେ ଲାଗିଲେ ଏବଂ ନିଜର ବେଶଭୂଷା ଚେହେରାର ଯତ୍ନ ନେବା ଭୁଲିଗଲେ। ଘରସଂସାର ବିଷୟରେ ସେ ଅଧିକ ବ୍ୟବସାୟ ନିପୁଣ ହୋଇଗଲେ ଏବଂ ତାଙ୍କର ବଳକା ପଇସାପତ୍ରକୁ ଏକାଠି କରି ସହରରେ ଆହୁରି ଗୋଟିଏ ବଡ଼ ଜମି କିଣିଲେ। ମନୋରମାଙ୍କ ଘରଟି କିନ୍ତୁ ଆଦୌ ଗୋଟିଏ ହସଖୁସିର ପରିବାର ଭଳି ଚଳୁ ନ ଥିଲା। ତିନି ଜଣଙ୍କର ତିନି ପ୍ରକାରର ଜୀବନ ଥିଲା ଏବଂ ପରସ୍ପର ଭିତରେ ଭାବପ୍ରବଣ ସଂପର୍କ ଥିଲା ବହୁତ କମ। ଏପରିକି ସୁନୀତା ଯେତେବେଳେ ପାଠଶାଠ ନ ପଢ଼ି ଅଳ୍ପ ବୟସରେ ହିଁ ତାର କୋଉ ସାଙ୍ଗକୁ ବାହା ହେବ ବୋଲି ଜିଦ କଲା ଏବଂ ଏହାକୁ ନେଇ ମା ଝିଅଙ୍କର ଯେଉଁ କଳିତକରାଳ ହେଲା, ସୁମନ ସେଥିରୁ ନିଜକୁ ଅଲଗା ରଖୁଥିଲା। ଏପରି ଭାବରେ ଦିନେ ସୁନୀତା ଘରୁ ଚାଲିଗଲା ଏବଂ ପରେ ସେମାନେ

ଖବର ପାଇଲେ ଯେ ସେ ସେଇ ପିଲାଟିକୁ ବାହା ହୋଇ ଯାଇ ପାଖ ସହରରେ ଅଛି। ମନୋରମା ଯେ ସୁନୀତା ସହିତ ଆଉ କୌଣସି ସଂପର୍କ ରଖିବାକୁ ମନା କରିଦେଲେ ତା ନୁହେଁ, ସେ ସୁମନକୁ ମଧ୍ୟ ତାଗିଦ କରିଦେଲେ ଯେ ଯେପରି ତା ସହିତ କୌଣସି ଯୋଗାଯୋଗ ନ ରଖେ।

ସୁମନ ଡାକ୍ତରୀ ପାସ କରୁ କରୁ ମନୋରମା ତାକୁ ବାହା କରାଇଦେଲେ କାରଣ ସେ ଚାହୁଁ ନ ଥିଲେ ପୁଅ ନିଜେ ଝିଅ ପସନ୍ଦ କରି ବାହା ହେଉ। ଅନେକ ଝିଅଙ୍କୁ ଦେଖି ନାପସନ୍ଦ କରି ଶେଷରେ ସେ ଯାହାକୁ ଠିକ କଲେ ସେ ଝିଅଟି ଗାଉଁଲି, ଅଳ୍ପପଢ଼ା ଓ ଅତି ଶାନ୍ତଶିଷ୍ଟ ସ୍ୱଭାବର ଥିଲା। ମନୋରମାଙ୍କର ବିଶ୍ୱାସ ଥିଲା ଯେ ଏପରି ଝିଅଟିଏ ଘରକୁ ଆସିଲେ ତାଙ୍କର ନିଜର ପୁଅ ଉପରେ ଥିବା ସମସ୍ତ କର୍ତ୍ତୃତ୍ୱ ଅବ୍ୟାହତ ରହିବ ଏବଂ ବୟସ ବଢ଼ିବା ସହିତ ସେ ସେମାନଙ୍କ ପାଖରୁ ସେବା ଶୁଶ୍ରୂଷା ପାଇପାରିବେ।

ଏବେ ପଞ୍ଚାବନ ବୟସରେ ପହଞ୍ଚି ସେଇ ପୁରୁଣା ଆଶା ବିଶ୍ୱାସର କଥା ଭାବିଲା ବେଳେ ମନୋରମା ଜାଣୁଥିଲେ କେତେ ଭ୍ରମାତ୍ମକ ଥିଲା ତାଙ୍କର ଯୋଜନା ସବୁ। କାହିଁ ଗଲା ତାଙ୍କର ଶେଷ ବୟସ ପାଇଁ ପିଲା ଦୁହିଁଙ୍କୁ ନେଇ କରିଥିବା ସୁନାର ସଂସାର। ସୁମନ ବର୍ତ୍ତମାନ ସରକାରୀ ଡାକ୍ତର ହୋଇ ଭିନ୍ନ ସହରରେ ରହୁଥିଲା। ବୋହୂ, ଯାହାକୁ ସେ ଅତି ଶାନ୍ତଶିଷ୍ଟ ବୋଲି ଭାବିଥିଲେ, ପରେ ଜଣାପଡ଼ିଲା ଯେ ତାର ବାହାରର ସବୁ ନରମ ମଧୁର ବ୍ୟବହାର ସତ୍ତ୍ୱେ ଅତି କୁଟିଳ ପ୍ରକୃତିର ଥିଲା। ସୁମନ ପୂରାପୂରି ତାର ହାତମୁଠାରେ ଥିଲା ଏବଂ ପ୍ରତି କଥାରେ ସେ ସୁମନକୁ ନଚାଉ ଉଠାଉ ଥିଲା। ପୁଅ ବୋହୂ ଯଦିଓ ଉପରେ ମନୋରମାଙ୍କ ପ୍ରତି ଆଦର ସମ୍ମାନରେ କୌଣସି ତ୍ରୁଟି କରୁ ନ ଥିଲେ, ସେ ଜାଣିଥିଲେ ଯେ ଏଥିରେ କୌଣସି ଆନ୍ତରିକତା ନ ଥିଲା ସେମାନଙ୍କର। ଅନ୍ୟ ପକ୍ଷରେ ସୁନୀତା ସହିତ ବର୍ତ୍ତମାନ ତାଙ୍କର ସଂପର୍କ ଭଲ ହୋଇଯାଇଥିଲା। ସୁନୀତାର ସ୍ୱାମୀ, ଯାହାକୁ ସେ ଅଯୋଗ୍ୟ ଅପଦାର୍ଥ ବୋଲି ଭାବିଥିଲେ, ବର୍ତ୍ତମାନ ବ୍ୟବସାୟ କରି ଭଲରେ ଚଳୁଥିଲା ଏବଂ ମନୋରମାଙ୍କର ପୂର୍ବର ବ୍ୟବହାର ସତ୍ତ୍ୱେ ତାଙ୍କୁ ଶ୍ରଦ୍ଧା କରୁଥିଲା।

ପିଲା ଦୁହେଁ ପାଖରୁ ଚାଲିଯିବା ପରେ ମନୋରମା ଏକୁଟିଆ ରହୁଥିଲେ ଏବଂ ମାନି ନେଇଥିଲେ ଯେ ତାଙ୍କର ଭବିଷ୍ୟତ ଜୀବନ ଏପରି ନିଃସଙ୍ଗ ଭାବରେ ହିଁ

କଟିବ। ଏ କଥାକୁ ମନ ଭିତରେ ସ୍ୱୀକାର କରି ନେବା ପରେ ସେ ନିଜର ଜୀବନକୁ ସ୍ୱୟଂସଂପୂର୍ଣ୍ଣ କରିବାରେ ମନ ଦେଲେ। ଘରଟି କିପରି ଠିକଠାକ ରହିବ, ନିଜର ଖାଇବା ପିଇବା କି ପ୍ରକାର ହେବ, ସ୍ୱାସ୍ଥ୍ୟ ବିଷୟରେ କଣ କରାଯିବ, ଅବସର ସମୟ କିପରି କଟିବ—ଏ ସବୁର ଏକ ସୁପରିକଳ୍ପିତ ନିର୍ଘଣ୍ଟ ବାନ୍ଧିଦେଲେ ମନୋରମା। ସେ ଏ କଥା ମଧ୍ୟ ମାନିନେଲେ ଯେ ପିଲାମାନେ ତାଙ୍କ ପାଖକୁ ଆସିବେ ନିଜ ନିଜର ସମୟ ଦେଖି ଓ ପ୍ରୟୋଜନ ପାଇଁ। ମା'ର ସୁବିଧା ଅସୁବିଧା ପାଇଁ ନୁହେଁ।

ସୁନୀତା ସହିତ କାଟି ଦେଇଥିବା ସଂପର୍କ ଯୋଡ଼ି ହେଲା ଯେତେବେଳେ ତାର ପିଲା ହେବାର ହେଲା। ଯଦିଓ ମନୋରମା ଓ ସୁନୀତା ସିଧାସଳଖ ଏ ବିଷୟରେ ସଂପର୍କ କରିବାକୁ ଚେଷ୍ଟା କରି ନ ଥିଲେ, ଉଭୟଙ୍କ ଜଣାଶୁଣା ଲୋକଙ୍କ ମାଧ୍ୟମରେ ଠିକ ହୋଇଗଲା ଯେ ପିଲା ଜନ୍ମ ହେବା ପର୍ଯ୍ୟନ୍ତ ସୁନୀତା ଆସି ତାଙ୍କ ପାଖରେ ରହିବ। ଦିନେ ସକାଳୁ ସୁନୀତା ତାର ସ୍ୱାମୀକୁ ନେଇ ତାଙ୍କ ପାଖରେ ପହଞ୍ଚିଲା। ଦୁହେଁ ଦୁହିଁଙ୍କୁ କୁଣ୍ଢାଇ ଧରି ଅନେକ ସମୟ କାନ୍ଦିଲେ ଏବଂ ସୁନୀତା ତାଙ୍କ ଘରକୁ ଆଦରି ନେଲା ଯେପରିକି ଏତେଦିନ ସେମାନଙ୍କ ସଂପର୍କରେ କୌଣସି ଅନ୍ତରାଳ ନ ଥିଲା। ମନୋରମା ଦେଖିଲେ ଯେ ସୁନୀତା ଏଇ କେତେ ବର୍ଷ ଭିତରେ ଅନେକ ସନ୍ତୁଳିତ ଓ ସ୍ଥିରମତି ହୋଇଯାଇଛି। ତାର ସ୍ୱାମୀକୁ ମଧ୍ୟ ଭଲ ଲାଗିଲା ମନୋରମାଙ୍କୁ। ତାଙ୍କର ଦୁଃଖ ହେଲା ଯେ ସେ ଅଯଥାରେ ସେମାନଙ୍କ ସହିତ ସଂପର୍କକୁ କାଟି ଦେଇଥିଲେ ଏତେ ବର୍ଷ।

ସୁନୀତାର ପିଲା ହୋଇ ସେ ଚାଲିଯିବାର ଅଳ୍ପ କିଛି ମାସ ପରେ ସୁମନର ସ୍ତ୍ରୀ ଗର୍ଭବତୀ ହୋଇ ତାଙ୍କ ପାଖକୁ ଆସିଲା। ସେ ଏଥରକ ମନୋରମାଙ୍କ ସହିତ ଆହୁରି ବେଶି ବିନୟ ନମ୍ରତା ଓ ସଂଭ୍ରମର ସହିତ ବ୍ୟବହାର କଲା, କିନ୍ତୁ ମନୋରମା ଜାଣୁଥିଲେ ଏ ସବୁରେ କେତେ ହାର୍ଦ୍ଦିକତା ଥିଲା। ମନୋରମା ସେମାନଙ୍କ ପାଇଁ ପ୍ରୟୋଜନୀୟ ଥିଲେ ବର୍ତ୍ତମାନ। ଏ କଥା ଜାଣିବା ସତ୍ତ୍ୱେ ବି ସେ ସେମାନଙ୍କର ଯତ୍ନ ନେଉଥିଲେ ଏବଂ ସଦ୍ୟଜାତ ଶିଶୁଟିକୁ ଦେଖି ଖୁସି ହେଉଥିଲେ।

ଏହିପରି ଭାବରେ ଦୁଇ ପିଲାଙ୍କ ପାଇଁ ଦୁଇ ଦୁଇ ଥର ଧାତ୍ରୀର ସେବା ଯୋଗାଇବା ପରେ ମନୋରମା ମନେ ମନେ କହିଲେ, ବାସ୍, ବହୁତ ହୋଇଗଲା। ତାଙ୍କର ନିଜର ବୟସ ବି କିଛି କମ୍ ନ ଥିଲା। ପିଲାଏ ତାଙ୍କ ପିଲାଙ୍କର ଯତ୍ନ ନିଅନ୍ତୁ;

ସେ ଏଥରକ ବିଶ୍ରାମ ନେବେ। ପୁଅଝିଅଙ୍କର ଆଉ ହଠାତ୍ ପ୍ରୟୋଜନ ନ ଥିବାରୁ ସେମାନେ ମଧ୍ୟ ତାଙ୍କୁ ବିରକ୍ତ କଲେ ନାହିଁ ଏବଂ ବୟସ ବଢ଼ିବା ସଙ୍ଗେ ସଙ୍ଗେ ନିଃସଙ୍ଗତାକୁ ବି ଆପଣାର କରିନେଲେ ମନୋରମା।

ଏହିଭଳି ଭାବରେ ହୁଏତ ତାଙ୍କର ଜୀବନ ଚାଲିଯାନ୍ତା, କିନ୍ତୁ ସେ ଯେଉଁ ଜମିଟି କିଣିଥିଲେ ସରକାର ତା ଆଖପାଖରେ ଏକ ବିରାଟ ବ୍ୟବସାୟ ଅଞ୍ଚଳର ଯୋଜନା କଲେ ଯାହା ଫଳରେ ଜମିର ନାମ ଆଶାତୀତ ଭାବରେ ବଢ଼ିଗଲା। ମନୋରମା ଏ କଥା ଜାଣିଲେ ଯେତେବେଳେ ସୁନୀତାର ସ୍ୱାମୀ ଆସି ତାଙ୍କୁ ଯୋଜନାମାନ ଦେଲା କିପରି ସେ ଜାଗାଟିକୁ ବିଭିନ୍ନ ପ୍ରକାର ବ୍ୟାବସାୟିକ କାମରେ ଲଗାଇ ଟଙ୍କା କରାଯାଇପାରେ। କିଛି ଦିନ ପରେ ସୁମନ ତାଙ୍କ ପାଖେ ପହଞ୍ଚି ସେ ଜାଗାରେ ଗୋଟିଏ ନର୍ସିଂ ହୋମ କରିବାର ପରାମର୍ଶ ହେଲା। ଅତି ଶୀଘ୍ର ଜଣେ ଜଣାଶୁଣା ବିଲ୍ଡର ତାଙ୍କୁ ଦେଖା କରି ପ୍ରସ୍ତାବ ଦେଲା ଯେ ସେ ଏକ ମୋଟା ଟଙ୍କାରେ ଜମିଟିକୁ କିଣିନେବ। ମନୋରମା ଜାଣିଲେ ଯେ ସେ ବର୍ତ୍ତମାନ ପ୍ରକୃତ ପକ୍ଷେ ଏକ ବିରାଟ ସଂପତ୍ତିର ଅଧିକାରିଣୀ।

ଏହି ସମୟରେ ସେ ନିଜ ସଂପତ୍ତିର ୱଇଲ୍ ତିଆରି କରିବା ପାଇଁ ଠିକ କଲେ ଏବଂ ଓକିଲ ପାଖରୁ ଗୋଟିଏ ଇଚ୍ଛାପତ୍ରର ନମୁନା ଆଣିଲେ। ତା ପରେ ସେ ଦିନେ ସୁନୀତା ଓ ସୁମନଙ୍କୁ ପାଖକୁ ଡକାଇଲେ ୯ ବିଷୟରେ କଥାବାର୍ତ୍ତା କରିବା ପାଇଁ। ପ୍ରଥମରୁ ଜଣାପଡ଼ିଲା ଯେ ସୁନୀତାକୁ ଏଥିରେ ଭାଗୀ କରିବା ବିଷୟରେ ସୁମନ ଆଦୌ ଖୁସି ନ ଥିଲା। ସୁମନ ବୋଧହୁଏ ଭାବିଥିଲା ଯେ ଏକମାତ୍ର ପୁଅ ଭାବରେ ମା'ର ସବୁ ସଂପତ୍ତିର ଉତ୍ତରାଧିକାରୀ ସେ ହିଁ; ଝିଅଙ୍କୁ ଭାଗ ଦେବାର କୌଣସି ପ୍ରଥା ନାହିଁ, ପୁଣି ସୁନୀତା ନିଜେ ଘର ଛାଡ଼ି ପଳାଇ ଯାଇଥିଲା। ତେବେ ଆଲୋଚନା ବେଳେ ଏ କଥା ଉଠିଲା ନାହିଁ। ମନ ଭିତରେ ଯାହା ଇଚ୍ଛା ଥାଉ ନା କାହିଁକି, ଉଭୟ ମନୋରମାଙ୍କୁ କହିଲେ ଯେ ତାଙ୍କର ବର୍ତ୍ତମାନ ଏ ବିଷୟରେ ଚିନ୍ତା କରିବା ଦରକାର ନାହିଁ, କାରଣ ସେ ଆହୁରି ଅନେକ ଦିନ ବଞ୍ଚିବେ।

ମନୋରମାଙ୍କୁ ପଞ୍ଚାବନ ବର୍ଷ ପୂରିଯାଇଥିଲା। ଦେଖିବାକୁ ଗଲେ ଏପରି କିଛି ଖୁବ ବେଶି ବୟସ ନୁହେଁ, ତେବେ ବିଭିନ୍ନ ପ୍ରକାରର ବେମାରି ତାଙ୍କୁ ଆକ୍ରମଣ କରୁଥିଲା ଆଜିକାଲି। ଆଗେ ନିଜର ଦେହ ଖରାପ ହେଲେ ସେ ପିଲାମାନଙ୍କୁ ଖବର

ଦେଉ ନ ଥିଲେ। କିନ୍ତୁ ବର୍ତ୍ତମାନ ସେ ଦେଖିଲେ ଯେ ଉଭୟ ସୁମନ ଓ ସୁନୀତା ତାଙ୍କର ବେଶି ବେଶି ଖବର ନେବାକୁ ଆରମ୍ଭ କଲେ ଏବଂ ତାଙ୍କର ସାମାନ୍ୟ ଦେହ ଖରାପ ହେଲା ମାତ୍ରେ ଚେଷ୍ଟା କଲେ ତାଙ୍କୁ ନେଇ ନିଜ ଘରେ ରଖିବାକୁ। ଅକାଳେ ସକାଳେ ସେମାନେ ସପରିବାର ଆସି ତାଙ୍କ ପାଖରେ ପହଞ୍ଚି ଯାଉଥିଲେ ଏବଂ ଚେଷ୍ଟା କରୁଥିଲେ ନିଜର ପିଲାମାନଙ୍କୁ ମନୋରମାଙ୍କର ନିକଟ କରିବା ପାଇଁ। ଏତେଦିନ ଏକା ରହି ଆସୁଥିବା ମନୋରମାଙ୍କୁ ଆଜିକାଲି ଆଉ ଘରେ ଗହଳ ଚହଳ ଭଲ ଲାଗୁ ନ ଥିଲା ଏବଂ ପିଲାଙ୍କର ତାଙ୍କ ଉପରେ ଲଦି ହେବାକୁ ସେ ଭାବୁଥିଲେ ଅନାବଶ୍ୟକ ଆତିଶଯ୍ୟ।

ମଝିରେ ମଝିରେ ତାଙ୍କ ଜମିଟିର ଭବିଷ୍ୟତ କଥା ଉଠୁଥିଲା, କିନ୍ତୁ କେହି ସିଧାସଳଖ କିଛି କହିବାକୁ ଚାହୁଁ ନ ଥିଲେ। ସେମାନେ ମନୋରମାଙ୍କୁ ବିଭିନ୍ନ ପ୍ରକାରର ପରାମର୍ଶ ଦେଉଥିଲେ କିପରି ଜାଗାଟିକୁ ବ୍ୟାବସାୟିକ ଭାବରେ ଲଗାଇ ସେଥିରୁ ଭଲ ଆୟ କରାଯାଇପାରେ। ମନୋରମା କିନ୍ତୁ ସେ ବିଷୟରେ କୌଣସି ନିଷ୍ପତ୍ତି ନେବାକୁ ରାଜି ନ ଥିଲେ। ସବୁବେଳେ କହୁଥିଲେ, ମୁଁ ଏ କଥା ଭାବି ଦେଖିବି।

ଥରେ ତାଙ୍କର ଦେହ ଖରାପ ହେବାରୁ ସୁମନ ଜିଦ କରି ତାଙ୍କୁ ନିଜ ପାଖକୁ ନେଇଗଲା। ସେଠାରେ ତାଙ୍କର ସେବା ଶୁଶ୍ରୁଷା ଚିକିତ୍ସାରେ କୌଣସି ଅଭାବ ନ ଥିଲା, କିନ୍ତୁ ମନୋରମାଙ୍କୁ ଜଣା ଯାଉଥିଲା ଯେପରିକି କେଉଁଠି ଏ ସବୁରେ ଆନ୍ତରିକତାର ଅଭାବ ରହିଛି। ଅନେକ ଦିନ ତଳେ ସୁମନକୁ ଡାକ୍ତରୀ ପଢ଼ାଇବା ବେଳେ ମନୋରମା ଭାବିଥିଲେ ଯେ ତାଙ୍କର ପରିଣତ ବୟସରେ ଦେହ ଦୁଃଖରେ ପୁଅ ତାଙ୍କର ସହାୟକ ହେବ। ବର୍ତ୍ତମାନ ସେ ଭାବୁଥିଲେ ଯେ ସେ ନିଜେ ଏକା ରହି ନିଜର ବେମାରି କଥା ବୁଝିବେ ବରଂ, ପୁଅ ବୋହୂଙ୍କର ସାହାଯ୍ୟ ନେବେ ନାହିଁ।

ସୁମନ ପାଖରୁ ଘରକୁ ଫେରିବାର କିଛି ଦିନ ପରେ ସୁନୀତା ତାଙ୍କୁ ନିଜ ଘରକୁ ନେଇଗଲା। ସୁନୀତା ଓ ତାର ସ୍ୱାମୀ ମନୋରମାଙ୍କର ଦେଖାରଖା କଲେ। ସେମାନଙ୍କ ବ୍ୟବହାରରେ କୃତ୍ରିମତା ଖୋଜି ମନୋରମା ନିରାଶ ହେଲେ, କାରଣ ଉଭୟ ପ୍ରକୃତରେ ସ୍ନେହୀ ଥିଲେ। ତଥାପି ମନୋରମାଙ୍କୁ ସେଠାରେ ରହିବାକୁ ଭଲ ଲାଗିଲା ନାହିଁ ଓ ଖୁବ ଶୀଘ୍ର ସେ ନିଜ ଘରକୁ ଫେରିଆସିଲେ।

କିଛି ବର୍ଷ ଭିତରେ ତାଙ୍କର ଜମି ଥିବା ଅଞ୍ଚଳଟି ଏକ ବିରାଟ ଦୋକାନ ବଜାର ଅଫିସ ଇଲାକାରେ ପରିଣତ ହୋଇଗଲା ଏବଂ ମନୋରମାଙ୍କ ପାଖକୁ ବାରମ୍ବାର ଆସି ବ୍ୟସ୍ତ କଲେ ବିଲ୍ଡର୍ ଦଲାଲମାନେ। ସେମାନେ କହୁଥିଲେ ଯେ ମନୋରମା ସୁନାଗଦା ଉପରେ ବସିଛନ୍ତି ଏବଂ ଜମିଟିକୁ ନ ବିକି ପ୍ରତିଦିନ କ୍ଷତି ସହୁଛନ୍ତି। ମନୋରମା କହୁଥିଲେ ଯେ ସେ ମାସକୁ ମାସ ଯେତିକି ପଇସା ପାଉଛନ୍ତି, ସେତିକି ତାଙ୍କର ଚଳିବା ପାଇଁ ଯଥେଷ୍ଟ। ଜମିର ଦାମ ବଢ଼ିବ ର ବଢୁଥାଉ। ଶେଷରେ ଦିନେ ଯେତେବେଳେ ସୁମନ ଆସି ଜମିକୁ କୌଣସି ଲାଭଜନକ କାମରେ ଲଗାଇବା ପାଇଁ କହିଲା, ମନୋରମା ତାଙ୍କର ଅନେକ ଦିନରୁ ଭାବି ରଖିଥିବା ଅସ୍ତ୍ରଟି ପ୍ରୟୋଗ କଲେ। କହିଲେ, ମୁଁ ବି ଭାବୁଛି କେମିତି ଶୀଘ୍ର ଏ ଝଞ୍ଜାଳ ସବୁ ଛିଣ୍ଡିବ। ତୁ ତ ଚାକିରି କରି ଭଲରେ ଅଛୁ। ସୁନୀତାଙ୍କର ବ୍ୟବସାୟରେ କେତେବେଳେ ଭଲ ତ କେତେବେଳେ ମାନ୍ଦା। ତା ଛଡ଼ା ତୁ ତୋ ଚାକିରିରେ ବ୍ୟସ୍ତ; ତୋର ସମୟ କାହିଁ ଜମିବାଡ଼ିରେ ଘର କରି ବୁଝିବା ପାଇଁ ? ସୁନୀତାର ସ୍ୱାମୀ ସେ କଥା ଭଲ ବୁଝାବୁଝି କରିପାରିବ। ମୁଁ ତା ସାଙ୍ଗରେ କଥାବାର୍ତ୍ତା କରିବି। ସୁମନ ଅବଶ୍ୟ କହିଲା ଯେ ତାହାହିଁ ଭଲ ହେବ, କିନ୍ତୁ ମନୋରମା ଜାଣିଲେ ଯେ କଥାଟି ତାକୁ ନିରାଶ କରି ଦେଇଛି।

ସୁନୀତା ତାଙ୍କ ପାଖକୁ ଆସିଥିଲା ବେଳେ ଯେତେବେଳେ ଜମି କଥା ଉଠିଲା, ସୁନୀତାର ସ୍ୱାମୀ ସିଧାସଳଖ କହିଦେଲା ଯେ ତାର ଟିକିଏ ବି ଆଗ୍ରହ ନାହିଁ ଶାଶୁଙ୍କର ଟଙ୍କା ପଇସା ଜମିବାଡ଼ିରେ। ଏକଥା ଶୁଣି ସୁନୀତା କହିଲା, ତମେ ପର ବୋଲି ତମର ଆଗ୍ରହ ନ ଥିବ, କିନ୍ତୁ ଘରର ଝିଅ ଭାବରେ ମୋର ତ ମା ଉପରେ କିଛି ଅଧିକାର ଅଛି। ମୁଁ କାହିଁକି ମୋ ଘରକୁ ଛାଡ଼ିଦେବି ? ମନୋରମା କହିଲେ, ତୁ ଠିକ କହୁଚୁ। ମୋର ବି ଇଚ୍ଛା ଯେ ତମେମାନେ ଏସବୁ କଥା ବୁଝ। ତେବେ ମତେ ସମସ୍ତେ କହୁଛନ୍ତି ଯେ ଆଇନରେ ଯାହା ଥାଉ ପଛେ, କେହି ଝିଅ ନାଁରେ ସଂପତ୍ତି କରନ୍ତି ନାହିଁ। କଥାକୁ ବୁଲାଇ ସୁନୀତା କହିଲା, ମୁଁ କଣ ସଂପତ୍ତି କଥା କହୁଥିଲି ? ମୁଁ ଖାଲି କହୁଥିଲି ଯେ ମା ପାଖରେ ପୁଅ ଯେମିତି ଝିଅ ବି ସେମିତି। ମନୋରମା ଉଇଲ୍ କଥା ସେତିକିରେ ରଖି ଅନ୍ୟ କଥା ଉଠାଉଥିଲେ।

ଏଇଭଳି ଭାବରେ ଦିନ ପରେ ଦିନ ଚାଲି ଯାଉଥିଲା। ସୁମନ ଆଜିକାଲି ଆଉ ନିଜ ଆଡୁ ଜମି କଥା ଉଠାଉ ନ ଥିଲା, ତେବେ ମନୋରମା ତାକୁ କହୁଥିଲେ, ତୁ କଣ

ସରକାରୀ ଚାକିରି ଛାଡ଼ି ନର୍ସିଂହୋମ ନା କଣ କରିବୁ ବୋଲି କହୁଥିଲୁ, ସତରେ କଣ କରିବୁ ? ଆଶାନ୍ୱିତ ହୋଇ ସୁମନ ତାଙ୍କୁ ତାର ଯୋଜନା କଥା କହୁଥିଲା କିପରି ବ୍ୟାଙ୍କରୁ ଋଣ ନେଇ ଗୋଟିଏ ବିରାଟ ନର୍ସିଂହୋମ ତିଆରି ହୋଇପାରିବ ଏବଂ ସେଥିରୁ କିପରି ପ୍ରଚୁର ଲାଭ ହେବ ଇତ୍ୟାଦି। ମନୋରମା କିନ୍ତୁ କଥାଟିକୁ ଆଉ ଆଗକୁ ବଢ଼ାଉ ନ ଥିଲେ।

ଇଚ୍ଛାପତ୍ରଟିରେ ସେ କେତେବେଳେ ସୁମନ ସୁନୀତା ଦି ଜଣଙ୍କ ନାଁ ଲେଖୁଥିଲେ ତ ପୁଣି ତାକୁ କାଟିଦେଇ ଜଣକର ନାଁ। ତାକୁ ବି ସେ କାଟି ଦେଉଥିଲେ କେତେବେଳେ। ସୁମନ କି ସୁନୀତା ଆସିଲେ ତାଙ୍କୁ କହୁଥିଲେ ଇଚ୍ଛାପତ୍ରଟିକୁ ଆଉଥରେ ଟାଇପ କରାଇ ଆଣି ତାଙ୍କୁ ଦେବାକୁ। ପୁଅଝିଅ ବର୍ତ୍ତମାନ ଜାଣୁଥିଲେ ଯେ ମା'ଙ୍କ ପାଇଁ ଏ କାଗଜଟି ଗୋଟିଏ ଖେଳଘର ଭଳି ଥିଲା; କିନ୍ତୁ ଯାହା ଖେଳ ନଥିଲା ଥିଲା ଏକ ସୁନ୍ଦର ବାସ୍ତବ, ସେଇଟି ମନୋରମାଙ୍କର ବହୁମୂଲ୍ୟ ସଂପତ୍ତି। ସେମାନେ ସେଥିପାଇଁ ହାରି ନ ଯାଇ ମା ସାଙ୍ଗରେ ଏଇ ଖେଳରେ ମନପ୍ରାଣ ଦେଇ ସହଯୋଗ କରୁଥିଲେ।

ମନୋରମାଙ୍କର ପିଲା ଓ ତାଙ୍କ ପିଲା ଆହୁରି ବଡ଼ ହୋଇଯାଇଥିଲେ। ତାଙ୍କ ଜମିର ଦାମ ଆକାଶ ଛୁଇଁଥିଲା। ମନୋରମା ଦର୍ପଣରେ ନିଜକୁ ଦେଖି ନିଜର ଆଶୁ ବାର୍ଦ୍ଧକ୍ୟ ଓ ସ୍ୱାସ୍ଥ୍ୟହାନିକୁ କଳନା କରୁଥିଲେ। ତାଙ୍କ ହାତରେ ଇଚ୍ଛାପତ୍ରର କାଗଜଟି ଥିଲା। ତା ଉପରେ ଆଖି ବୁଲାଇଲେ ସେ। ଆଜି ତାରିଖରେ ମୋର ପଞ୍ଚଭୂତ ଆତ୍ମା ଇତ୍ୟାଦି ଇତ୍ୟାଦି ମୁଁ ଶ୍ରୀମତୀ ମନୋରମା ଏତଦ୍ୱାରା ଘୋଷଣା କରୁଅଛି। ନାଁ ପାଇଁ ଥିବା ଖାଲି ଜାଗାରେ ଅନେକଥର ଲେଖା ହୋଇ କଟା ହୋଇଥିଲା। ମନୋରମା ଜାଣିଥିଲେ ଯେ ସେ ମରିଯିବା ପୂର୍ବରୁ ବି ନିଶ୍ଚିତଭାବେ ଏଥିରେ କାହାରି ନାଁ ଲେଖିପାରିବେ ନାହିଁ। ଅଥବା ଲେଖିବେ ନାହିଁ।

—

ଏକା ଏକା

ସ୍ୱାମୀ ଓ ପିଲାମାନଙ୍କୁ ବିଦାୟ ଦେବାପରେ କବାଟ ବନ୍ଦ କରି ଭିତରକୁ ପଶିବା ମାତ୍ରେ ହିଁ କିପରି ଏକ ଅଦ୍ଭୁତ ଭାବାବେଶରେ ରଂଜନାର ମନ ଭରିଗଲା। ଏତେ ବଡ଼ ଘର ଭିତରେ ସେ ଏକାକୀ ଥିଲା; ସ୍ୱାମୀ ପିଲା ଚାକରଙ୍କ ଗହଳିରେ ସବୁବେଳେ ଉଠୁଥିବା ପଡୁଥିବା ଘରଟି ବର୍ତ୍ତମାନ ହୋଇଯାଇଥିଲା ସଂପୂର୍ଣ୍ଣ ଶୂନଶାନ ଓ ନିସ୍ତବ୍ଧ। ଆଗରୁ କେବେ ଘର ଭିତରେ ଏପରି ଏକା ରହିଥିବାର ମନେ ପଡ଼ିଲା ନାହିଁ ରଂଜନାର। ପିଲାଦିନରୁ ସେ ଗୋଟିଏ ବଡ଼ ପରିବାରରେ ବଢ଼ି ଆସିଥିଲା ଭାଇ ଭଉଣୀ ଦାଦା ମାଉସୀଙ୍କ ଗହଣରେ। ବାହା ହେବା ପରେ ସେ ସ୍ୱାମୀଙ୍କ ପରିବାର ଓ ପରେ ତାର ନିଜର ପରିବାରରୁ ଦୂରରେ ରହି ନ ଥିଲା କେବେହେଲେ। କେବେ କ୍ୱଚିତ୍ ଆଶୁତୋଷ ବାହାରକୁ ଗଲେ ଅନ୍ତତଃ ପିଲା ଦୁହେଁ ତା ପାଖରେ ରହୁଥିଲେ। ପିଲାଏ ବଢ଼ିବା ସହିତ ଘରେ ସବୁବେଳେ ଗହଳ ଚହଳ ଲାଗି ରହୁଥିଲା ସକାଳରୁ ବେଶ୍ ରାତି ପର୍ଯ୍ୟନ୍ତ। ଏପରିକି ଆଜି ସଂଧ୍ୟାରେ ଘର ଛାଡ଼ିବା ପର୍ଯ୍ୟନ୍ତ କୁକୁର ଓ ପିଲାଙ୍କ ପାଟିଗୋଳରେ ସାରା ଘର କମ୍ପମାନ ଥିଲା। ଗାଁରେ ବାପା ବେମାର ଥିବା ଖବର ପାଇ ଯେତେବେଳେ ଆଶୁତୋଷ ଯିବ ବୋଲି ଠିକ କଲା, ପୂଜା ଛୁଟି ଥିବାରୁ ପିଲାଏ ତା ସହିତ ଯିବାକୁ ଜିଦ କଲେ। ରଂଜନାକୁ କଲେଜରେ କାମ ଦିଆଯାଇଥିବା ଯୋଗୁ ତାର ଯିବା ସମ୍ଭବ ନ ଥିଲା। ଚାକର ପିଲା ଦି ଦିନ ଆଗରୁ ଘରକୁ ଯାଇଥିଲା। ଏଇଭଳି ସଂଯୋଗରେ ଏକା ପଡ଼ି ଯାଇଥିଲା ସେ।

ଆଉ ସବୁ କୋଠରୀ ବନ୍ଦ କରି ଶୋଇବା ଘର ଭିତରକୁ ପଶିଲା ରଂଜନା। ସଂଧ୍ୟାବେଳେ ଖାଇବା ପିଇବା ସରି ଯାଇଥିଲା; ବର୍ତ୍ତମାନ ଆଉ କିଛି କାମ ନ ଥିଲା ତା ହାତରେ। ଖଟ ଉପରେ ବସି ଚାରିଆଡ଼କୁ ଅନାଇଲା ବେଳେ ମନରେ କିପରି

ଭୟ ଓ ଆଶଙ୍କା ଉପୁଜିଲା; କିଛି ଉତ୍ତେଜନା ବି। ବିଛଣାରେ ଶୋଇଯାଇ ଆଖି ବନ୍ଦ କଲା ରଂଜନା। ବର୍ତ୍ତମାନ ନିଦ ଆସିବାର ସମ୍ଭାବନା ନ ଥିଲା। କଣ କରିବ ସେ ଏଇ ସମୟରେ ? ସେ ମନେ ପକାଇବାକୁ ଚେଷ୍ଟା କଲା ତାର କଣ ଏପରି କିଛି ନିଜସ୍ୱ କାମ କରିବାର ଥିଲା ଯାହା କେବଳ କରାଯାଇପାରେ ଏଇଭଳି ନିଃସଙ୍ଗ ଥିଲା ବେଳେ ? ନା ତାର ସଂପୂର୍ଣ୍ଣ ବ୍ୟକ୍ତିଗତ ବୋଲି କିଛି ବି ନ ଥିଲା ଆଜିକାଲି। ଯାହାକିଛି ସୁଖଦୁଃଖ ଅଭାବ ଅନୁଭୂତି ଉତ୍ସାହ ଉଦ୍ଦୀପନା ସବୁ ଥିଲା ପରିବାର ଭିତରେ ବାଣ୍ଟିକୁଣ୍ଟି ସମସ୍ତଙ୍କର। ସ୍ୱାମୀ ପିଲା ଘର ବ୍ୟତୀତ ତାର ନିଜର ବୋଲି କୌଣସି ବ୍ୟକ୍ତିସତ୍ତା ନ ଥିଲା; ସେ ଥିଲା ସ୍ତ୍ରୀ, ମା, ନ ହେଲେ ଗୃହକର୍ତ୍ତ୍ରୀ। ତାର ଚାକିରି ତାର ଜୀବନର ନିତାନ୍ତ ଗୌଣ ଅଂଶ ଥିଲା।

ଏଭଳି ଜୀବନ ତା ଉପରେ କେହି ଲଦି ଦେଇ ନ ଥିଲା; ସେ ନିଜେ ହିଁ ତାକୁ ବାଛି ନେଇଥିଲା। ପିଲାଦିନୁ କେବେହେଲେ ଉଚ୍ଚାକାଂକ୍ଷୀ ନ ଥିଲା ରଂଜନା। ପାଠ ପଢ଼ିସାରିବା ପରେ ସେ ବାହା ହୋଇ ଯାଇଥିଲା ତାର ବାପା ମା ଠିକ କରିଥିବା ବରକୁ। ଆଶୁତୋଷ ସେତେବେଳେ ଡାକ୍ତରୀ ପାସ କରି ନୂଆ ନୂଆ ସରକାରୀ ଚାକିରି ଆରମ୍ଭ କରିଥିଲା। ଅଳ୍ପ ଦରମାର ପ୍ରଥମ ଚାକିରି ଜୀବନରେ ଆଶୁତୋଷର ଘର ଚଳାଇବାର ସମସ୍ତ ଦାୟିତ୍ୱ ନିଜ ଉପରକୁ ନେଇ ନେଇଥିଲା ରଂଜନା ଏବଂ ଏଇ କାମରେ ତାର ସବୁ ସମୟ କଟି ଯାଉଥିଲା। ମଫସଲ ଡାକ୍ତରଖାନାରୁ ଡାକ୍ତରଖାନାକୁ ବଦଳି ଭିତରେ ରଂଜନାର ଦୁଇଟି ପିଲା ହେଲେ ଏବଂ ଶେଷରେ ଆଶୁତୋଷ ଛୋଟ ସହରରେ ଚାକିରି ପାଇଲା। ଏଠାକୁ ଆସିବା ପରେ କିଛି ଆର୍ଥିକ ସ୍ୱଚ୍ଛଳତା ଆସିଲା, କାରଣ ଏଠାରେ ଆଶୁତୋଷକୁ ବେଶ୍ ପଇସା ମିଳିଲା ଘରୋଇ ଚିକିତ୍ସା କରି। ଏଇଭଳି ତାର ବ୍ୟବସାୟ ଜମି ଆସୁଥିବା ବେଳେ ଯେତେବେଳେ ତାର ବଦଳି ଆଦେଶ ଆସିଲା, ଆଶୁତୋଷ ସରକାରୀ ଚାକିରି ଛାଡ଼ି ଦେଇ ନିଜର କ୍ଲିନିକ ଖୋଲିଲା। ଏ ସବୁ ନିର୍ଣ୍ଣୟରେ ରଂଜନାର କୌଣସି ମତାମତ ନ ଥିଲା,କାରଣ ଘର ଓ ପିଲାଙ୍କୁ ସମ୍ଭାଳିବା ବ୍ୟତୀତ ତାର ଆଉ କିଛି ବି ଆଗ୍ରହ ନ ଥିଲା ଜୀବନରେ।

ସହରରେ ଯେତେବେଳେ ଝିଅଙ୍କ ପାଇଁ ଗୋଟିଏ ଘରୋଇ କଲେଜ ଖୋଲିଲା, ଆଶୁତୋଷ ହିଁ ତା ପଛରେ ଲାଗିଲା ସେଠାରେ ଲେକଚରର ହେବା ପାଇଁ। ପ୍ରଥମେ ରଂଜନା ଆଦୌ ରାଜି ହେଉ ନ ଥିଲା। ତାର ପାଠଶାଠ କିଛି ମନେ ନ ଥିଲା। ସେ

କିପରି ପଢ଼ାଇବ ପିଲାଙ୍କୁ ? ଆଶୁତୋଷ ତା ପାଇଁ ବହି କିଣି ଆଣି ଦେଲା। ସେ ଯଦି ସାରାଦିନ କଲେଜରେ ରହେ, ପିଲାଙ୍କ କଥା ବୁଝିବ କିଏ ? ଆଶୁତୋଷ ଆଉ ଗୋଟିଏ ଚାକରର ବ୍ୟବସ୍ଥା କଲା। କଲେଜର କର୍ତ୍ତା, ଯେ କି ଆଶୁତୋଷର ଚିକିତ୍ସାରେ ଥିଲେ, ଦିନେ ନିଜେ ଆସି ରଂଜନାକୁ ବୁଝାଇଲେ। ତା ପରଦିନଠାରୁ ଚାକିରି କରିବାକୁ ପଡ଼ିବ ଏଇ ଭୟରେ ରଂଜନା କିଛିଦିନ ଶଯ୍ୟାଶାୟୀ ହୋଇଗଲା। ତାକୁ ଔଷଧ, ଟନିକ ଦେଇ ଠିକ କରାଇଲା ଆଶୁତୋଷ। ଏତେ କଥା ପରେ ଯାଇ କଲେଜରେ ଯୋଗ ଦେବାକୁ ରାଜି ହେଲା ରଂଜନା।

ଚାକିରିରେ ଯୋଗ ଦେବାର କିଛିଦିନ ଆଗରୁ ରଂଜନା ଆବିଷ୍କାର କଲା ଯେ କଲେଜକୁ ପିନ୍ଧି ଯିବା ପାଇଁ ତା ପାଖରେ ଭଲ ଶାଢ଼ି ନାହିଁ। ଏଇ କେତେ ବର୍ଷ ଭିତରେ ସେ ନିଜର ଦେହ ଓ ପରିଧାନ ବିଷୟରେ ସଂପୂର୍ଣ୍ଣ ବୀତସ୍ପୃହ ହୋଇଯାଇଥିଲା। ପ୍ରଥମ ସନ୍ତାନଟି ଜନ୍ମ ହେବା ପରେ ଯୌନ ଜୀବନରେ ତାର କୌଣସି ବି ଆଗ୍ରହ ନ ଥିଲା ଏବଂ ଆଶୁତୋଷ ସହିତ ତାର ସଂପର୍କକୁ ଏକ ଅପରିହାର୍ଯ୍ୟ କର୍ତ୍ତବ୍ୟ ଭାବରେ ଦେଖୁଥିଲା। ନିଜର ସୌନ୍ଦର୍ଯ୍ୟର ଯତ୍ନ ନେବା ତ ଦୂରର କଥା, ସେ ଦେହର ମଧ୍ୟ ଯତ୍ନ ନେଉ ନ ଥିଲା। ପିଲାମାନଙ୍କ କାମ ସାରି କେଉଁ ଦିନ ଡେରି ହୋଇ ସେ ଯଦି ଗାଧୋଇ ପାରୁ ନ ଥିଲା, ବ୍ୟସ୍ତ ହେଉ ନ ଥିଲା; ମୁହଁ ହାତ ଧୋଇବା, ବାଳ ବାନ୍ଧିବା ତା ପାଇଁ ଜରୁରୀ ନ ଥିଲା। ସେ ନିଜେ ଗାଈ ଓ କୁକୁରର ମଧ୍ୟ ଦେଖାରଖା କରୁଥିଲା ଏବଂ ଅପରିଚ୍ଛନ୍ନତାକୁ ସ୍ୱାଭାବିକ ଭାବରେ ମାନିନେଇଥିଲା। ତାର ପୂରା ଘରଟି ଏଥିପାଇଁ ଥିଲା ଅବ୍ୟବସ୍ଥିତ ଓ ବିଶୃଙ୍ଖଳ।

କଲେଜକୁ ଯିବା ପାଇଁ ଶାଢ଼ି ବ୍ଲାଉଜ ତିଆରି କରାଇବା ସହିତ ନିଜକୁ ବି ସଫାସୁତୁରା କରିବାକୁ ପଡ଼ିଲା ରଂଜନାକୁ। ଏଇଟି ତାକୁ ଏକ ଅତି ଅନାବଶ୍ୟକ ଭାର ମନେ ହୋଇଥିଲା ସେତେବେଳେ। ଘରକୁ କିଏ ବନ୍ଧୁବାନ୍ଧବ ଅତିଥି ଆସିଲେ ସେ ଅବିନ୍ୟସ୍ତ ଆଲୁଳାୟିତ ବାହାରି ଆସୁଥିଲା ଏବଂ ଆଶୁତୋଷ କେବେକେବେ ଅପ୍ରସ୍ତୁତ ଜଣା ପଡୁଥିଲେ ବି ରଂଜନା କେବେହେଲେ ସଂକୁଚିତ ହେଉ ନ ଥିଲା ଏଥିପାଇଁ। ସେ ନିଜର ଏକ ନିରୁତ୍ତେଜ ନିସ୍ତରଙ୍ଗ ସହଜ ଜୀବନ ବାଛି ନେଇଥିଲା, ଅନ୍ୟମାନେ ସେ ବିଷୟରେ ଯାହା ଭାବନ୍ତୁ ପଛେ। ଘରୁ ବାହାରି କଲେଜରେ ଯୋଗଦେବା ତା ପାଇଁ ଅନ୍ୟ ପୃଥିବୀରେ ପାଦଦେବା ଭଳି ଥିଲା। ସେଠାରେ କେବଳ ଯେ ପୋଷାକପତ୍ରରେ

ଅନ୍ୟପ୍ରକାର ନିୟମ ମାନିବାକୁ ପଡ଼ିଲା ସେତିକି ନୁହେଁ, ରଂଜନାକୁ ମିଶିବାକୁ ହେଲା ତାର ନିଜ ଘରସଂସାର ବାହାରେ ଅନ୍ୟମାନଙ୍କ ସହିତ। ପ୍ରଥମେ ପ୍ରଥମେ ତାକୁ ଅନେକ କଷ୍ଟ ହେଉଥିଲା ଏଇ ନୂଆ ପରିବେଶ ଓ ଅଜଣା ଲୋକଙ୍କ ସହିତ ମିଳିମିଶି ଚଳିବାରେ। ସେ ଏ ସମସ୍ୟାର ମଧ୍ୟ ସମାଧାନ କରିଦେଲା। ସେମାନଙ୍କ ସହିତ ଯେତିକି କମ ସଂପର୍କ ରଖି ଚଳି ହେବ ସେ ସେତିକି ରଖିଲା ଏବଂ କଲେଜରେ ନିଜର କ୍ଲାସ ନେବାର ନ୍ୟୂନତମ କାମ ବ୍ୟତୀତ ଅନୁଷ୍ଠାନଟି ସହିତ ଆଉ କୌଣସି ସଂପର୍କ ରଖିଲା ନାହିଁ। କ୍ରମେ କ୍ରମେ ସେ କଲେଜ ଯିବାବେଳର ସାମାନ୍ୟ ପରିପାଟୀ କରିବା ମଧ୍ୟ ଛାଡ଼ିଦେଲା ଏବଂ ନିଜର ବିଶୃଙ୍ଖଳ ବେଶବିନ୍ୟାସରେ କଲେଜ ଯିବାକୁ କୁଣ୍ଠିତ ହେଲା ନାହିଁ। ଏ ବିଷୟରେ କିଏ କଣ ଭାବୁଥିବ, ସେଥିପାଇଁ ସେ ଚିନ୍ତିତ ନ ଥିଲା, କାରଣ କଲେଜ ତା ପାଇଁ ଥିଲା ତାର ସ୍ୱାଭାବିକ ଜୀବନର ବ୍ୟତିକ୍ରମ ମାତ୍ର ଏବଂ ଘରକୁ ଫେରିଲେ ସେ କଲେଜ କଥା ପୂରାପୂରି ଭୁଲିଯାଉଥିଲା।

ତାର ଅନୁତ୍ସାହ ଓ ନିରୁତ୍ତାପ ବ୍ୟବହାର ସତ୍ତ୍ୱେ ତାର ସହକର୍ମୀମାନେ ରଂଜନାକୁ ଏକା ରହିବାକୁ ଦେଉ ନ ଥିଲେ। କ୍ଲାସ ମଝିରେ ସମୟ ମିଳିଲେ ସେମାନେ ତା ଆଡ଼କୁ ବନ୍ଧୁତାର ହାତ ବଢ଼ାଇ ତାର ଅନ୍ତରଙ୍ଗ ହେବାକୁ ଚେଷ୍ଟା କରୁଥିଲେ। ତାର ସ୍ୱାମୀ ଡାକ୍ତର ଥିବାରୁ ସେ ସୁଯୋଗ ନେବା ପାଇଁ ରଂଜନାର ଘରେ ଆସି ପହଞ୍ଚି ଯାଉଥିଲେ ଏଇ ବାନ୍ଧବୀମାନେ। ତାକୁ ଆପଣାର କରି ନିଜର ଗୋପନୀୟତମ କଥାମାନ କହିବାରେ ସେମାନଙ୍କର କୌଣସି ଦ୍ୱିଧା ନ ଥିଲା, ଯଦିଓ ରଂଜନା ସେମାନଙ୍କୁ ନିଜ ବିଷୟରେ କିଛି ବି କହୁ ନ ଥିଲା। ବିନା କୌଣସି କୌତୂହଳରେ ରଂଜନା ସେମାନଙ୍କ କଥା ଶୁଣୁଥିଲା, କିନ୍ତୁ କେବେବି ଅଧିକା କିଛି ପଚାରୁ ନ ଥିଲା, କାରଣ ସେମାନେ ଯାହା ସବୁ କହୁଥିଲେ ସେଥିରେ ସାମାନ୍ୟ ବି ସ୍ପୃହା ନ ଥିଲା ରଂଜନାର। ପରିବାର, ବେଶଭୂଷା ଓ ଘରକରଣା ବ୍ୟତୀତ ଆଉ ଯେଉଁ ବିଷୟଟି ସବୁବେଳେ ସେମାନଙ୍କ କଥାବାର୍ତ୍ତାର କେନ୍ଦ୍ରବିନ୍ଦୁ ଥିଲା, ସେଇଟି ଥିଲା ପ୍ରେମ ଓ ଯୌନ ଜୀବନ ସମ୍ବନ୍ଧିତ। ସହରର ସବୁ କଳଙ୍କ ଓ ବ୍ୟଭିଚାରର କାହାଣୀ ଥିଲା ସେମାନଙ୍କ ପାଖରେ ଏବଂ ତାର ସବିଶେଷ ଓ ବହୁବର୍ଣ୍ଣ ବର୍ଣ୍ଣନା କରିବାରେ ସେମାନେ ଥିଲେ ଅତ୍ୟନ୍ତ ନିପୁଣ। ସେମାନଙ୍କର ଆଲୋଚନାର ବିଶେଷ ପାତ୍ର ଥିଲେ ତାଙ୍କର ପୁରୁଷ ସହକର୍ମୀ। ଏଇ ଝିଅଙ୍କ କଲେଜରେ ସବୁ ଲେକଚରର ବି ଝିଅ ଥିଲେ,

କେବଳ ଅବସର ପରେ ପୁନର୍ନିଯୁକ୍ତ ପ୍ରିନ୍‌ସିପାଲ ଓ ଆଉ ଦୁଇଜଣ ଲେକଚରରଙ୍କୁ ଛାଡ଼ି ଦେଲେ। ଏ ଦୁହିଁଙ୍କ ଭିତରୁ ଜଣେ ପ୍ରୌଢ଼ ଓ ମାନ୍ଦା ପ୍ରକୃତିର ଥିଲେ, ତେଣୁ ସେମାନଙ୍କର ରୋଚକ କଥନିକାମାନଙ୍କର ମୁଖ୍ୟ ଶରବ୍ୟ ହେଉଥିଲା ସୌମ୍ୟଦର୍ଶନ ଯୁବକ ଲେକଚରର ଶ୍ରୀମନ୍ତ। ରଂଜନା ତାକୁ କଲେଜର ସାମାନ୍ୟ ସଂପର୍କରୁ ଯେତିକି ଜାଣିଥିଲା, ଶ୍ରୀମନ୍ତ ତାକୁ ଭଦ୍ର ଓ ଶିଷ୍ଟ ସ୍ୱଭାବର ମନେ ହୋଇଥିଲା। ସେ ତା ବିଷୟରେ ଏତେ ସବୁ ଖରାପ କଥା ବିଶ୍ୱାସ କରିପାରୁ ନ ଥିଲା; କିନ୍ତୁ ଏ ବିଷୟରେ ବାନ୍ଧବୀମାନଙ୍କ ସହିତ କଥା କଟାକଟି ନ କରି ସେ ସବୁ କଥା ଚୁପଚାପ ଶୁଣି ନେଉଥିଲା।

ବର୍ତ୍ତମାନ ବିଛଣା ଉପରେ ଶୋଇ ଏଇ ସଙ୍ଗିନୀମାନଙ୍କ କଥା ମନେ କଲା ରଂଜନା। ତା ଭଳି ଯଦି ଏକା ପଡ଼ିଯାଇଥାନ୍ତେ ସେମାନଙ୍କ ଭିତରୁ କେହି, କଣ କରୁଥାନ୍ତେ ଏତେବେଳେ ? ପ୍ରବୀଣା କଣ କରୁଥାନ୍ତ ? ସେ ଥରେ ତାକୁ କହିଥିଲା ଯେ ବାହାଘର ଆଗରୁ ସେ କୋଉ ପିଲାକୁ ପ୍ରେମ କରୁଥିଲା ଏବଂ ତାର ସବୁ ଚିଠି ସାଇତି ରଖିଛି ଏ ପର୍ଯ୍ୟନ୍ତ। ଯଦି ସେ ଘର ଭିତରେ ଏକା ରହିବାର ସୁଯୋଗ ପାଆନ୍ତା, ତା ହେଲେ କଣ ସେଇ ପୁରୁଣା ଚିଠି ସବୁ ଖୋଲି ତାକୁ ଆଉ ଥରେ ପଢ଼ିବା ପାଇଁ ବସିଯାନ୍ତା ? କଣ କରୁଥାନ୍ତା ନୀହାରିକା ? ସେ କହୁଥିଲା ଯେ ଶ୍ରୀମନ୍ତ କୁଆଡ଼େ ତା ପଛରେ ପଡ଼ିଛି, ଯଦିଓ ସେ ଆଦୌ ଆଗ୍ରହୀ ନୁହେଁ। ସମସ୍ତେ ଅବଶ୍ୟ ଏ କଥାକୁ ତାର ଦିବାସ୍ୱପ୍ନ କହି ଉଡ଼ାଇ ଦେଇଥିଲେ। ନୀହାରିକା କଣ ଏଭଳି ପରିସ୍ଥିତିରେ ଶ୍ରୀମନ୍ତକୁ ଭେଟିବାର ବ୍ୟବସ୍ଥା କରନ୍ତା ? ଜ୍ୟୋତି, ସୁଷମା, ଅନୁରାଧା କେବେହେଲେ ନିଜ ବିଷୟରେ କୌଣସି ରୋମାଞ୍ଚକର କାହାଣୀ ଶୁଣାଇ ନ ଥିଲେ। ସେମାନେ କଣ କେବଳ ତାଙ୍କର ଉତ୍ତେଜନାହୀନ ନୀରସ ଅତୀତର ରୋମନ୍ଥନ କରି ସାରା ରାତି କଟାଇ ଦେଇଥାନ୍ତେ ?

ଏଇପରି ଭାବିବାବେଳେ ରଂଜନା ମନ ସ୍ଥିର କରିନେଲା ସେ କଣ କରିବ ଏଇ ନିଃସଙ୍ଗ ରାତିଟିରେ। ଏ ଘରସାରା ତାର ସଂପୂର୍ଣ୍ଣ ଆପଣାର ବୋଲି କିଛି ବି ନ ଥିଲା ଯାହାକୁ ଖୋଲି ବାହାର କରି ତା ସହିତ ଅନ୍ତରଙ୍ଗ ହେବ। କେହି ଏପରି ସହୃଦୟ ସଙ୍ଗୀ ନ ଥିଲେ ତାର ଯାହାକୁ ସେ ଡାକି ଆଣି ନିଜର କିଛି ଗୋପନୀୟ କଥା ଶୁଣାଇପାରିବ। ରଂଜନା ଭଳି ମଣିଷ ଜୀବନରେ ଗୋପନୀୟ କିଛି ଘଟିବା ସମ୍ଭବ

ନୁହେଁ, କିନ୍ତୁ ଏଇପରି ଗୋଟିଏ ମାତ୍ର ଅନୁଭୂତି ତା ପାଇଁ ଆସିଥିଲା ତାର ଘରସଂସାର ବାହାରେ। ସେଇ ଅଭିଜ୍ଞତାଟି କଥା ସେ ଭାବିବ ଆଜି ରାତିରେ। ଦଶବର୍ଷ ତଳର ଏଇ ଘଟଣାଟିକୁ ସେ ଅନେକ ସମୟରେ ମନେ ପକାଇବାକୁ ଚେଷ୍ଟା କରି ଅସଫଳ ହୋଇଥିଲା, କାରଣ ବିଭିନ୍ନ ଜଂଜାଳ ଓ ପରିସ୍ଥିତିରେ ଥାଇ ଏ କଥା ଭାବିବାବେଳେ ପ୍ରତିଥର ତାର ମନେ ହୋଇଥିଲା ଯେ ଏ ଘଟଣାଟି ତା ଜୀବନରେ ବାସ୍ତବରେ ଘଟି ନ ଥିଲା; ସେ ଏ ବିଷୟରେ କଳ୍ପନା କରୁଥିଲା ମାତ୍ର। ଆଜି ତାର ଖାଲି ଘରେ, ପାଖରେ କେହି ନ ଥିବାବେଳେ, ରାତିର ନିର୍ଜନରେ ସେ ନିଜକୁ ସମର୍ପଣ କରିଦେବ ସେଇ ବ୍ୟତୀତ ଦିନ କେତୋଟିର ସ୍ମୃତିଚାରଣରେ।

ରଂଜନା ବିଛଣା ଉପରେ ଉଠି ବସିଲା। ନା, କଥାଟିକୁ ସେ ଏତେ ସାଧାରଣ ଗତାନୁଗତିକ ଭାବରେ ମନେ ପକାଇବ ନାହିଁ; ତା ପାଇଁ ନିଜକୁ ପ୍ରସ୍ତୁତ କରିବ। ଅତୀତର ମୁହାଁମୁହିଁ ହେବାପାଇଁ ସେ ନିଜକୁ ଯଥାରୂପେ ସଜାଇବ। ଅଚଞ୍ଚଳ ହାତରେ ସେ ଧୀରେ ଧୀରେ ଦେହରୁ ଶାଢ଼ିକୁ ଖୋଲିଲା। କିଛି ବ୍ୟସ୍ତତା ନ ଥିଲା ରଂଜନାର ବର୍ତ୍ତମାନ; ତା ଆଗରେ ଥିଲା ଗୋଟିଏ ସଂପୂର୍ଣ୍ଣ ରହସ୍ୟମୟ ରାତିର ଚାରିଟିଯାକ ପ୍ରହର। ପରିଧାନ ସବୁ ଖୋଲିଦେବା ପରେ ସେ ଯେତେବେଳେ ନିଜକୁ ଛୁଇଁଲା, ଏକ ଅପୂର୍ବ ଶିହରଣ ତାର ଦେହସାରା ଖେଳିଗଲା। ଅଳସ ଭାଙ୍ଗି ସେ ଖଟ ଉପରୁ ଉଠିଲା ଓ ଧୀର ପାଦରେ ଯାଇ ଦର୍ପଣ ଆଗରେ ଠିଆ ହେଲା। ସେ ପ୍ରଥମଥର ପାଇଁ ନିଜକୁ ସଂପୂର୍ଣ୍ଣ ଭାବରେ ଦେଖୁଥିଲା। ତା ପାଇଁ ସେ ନିଜେ ଥିଲା ଏକ ଆଶ୍ଚର୍ଯ୍ୟଜନକ ଆବିଷ୍କାର। ଅବାକ୍ ହୋଇ ସେ ତଳୁ ଉପରକୁ ଅନାଇଲା। ସେ ଜାଣି ନ ଥିଲା ଏତେ ଦେହ ଥିଲା ତା ପାଖରେ। ବୟସ ତାର ମେଦମାଂସରେ ଯେଉଁ ପରିପୂର୍ଣ୍ଣ ବର୍ତ୍ତୁଳତା ଆଣି ଦେଇଥିଲା, ତାକୁ ଛୁଇଁ ସେ ନିଜ ସହିତ ପରିଚିତ ହେଲା। ନିଜକୁ ବିଭିନ୍ନ ଦୃଷ୍ଟିକୋଣରୁ ଦେଖି ଆପଣାର ଅଙ୍ଗପ୍ରତ୍ୟଙ୍ଗଙ୍କ ସହିତ ଅନ୍ତରଙ୍ଗ ହେବାକୁ ଚେଷ୍ଟା କଲା ରଂଜନା।

ଖାଲି ପାଦ ଖାଲି ଦେହରେ ଘର ଭିତରେ ମୁହଁ ଉଠାଇ ଠିଆ ହୋଇଥିବା ଏକ ନୂଆ ଅଭିଜ୍ଞତା ଥିଲା। ଶୋଇବା ଘରୁ ବାହାରି ସେ ଅନ୍ୟ କୋଠରୀମାନ ଖୋଲି ଆଲୁଅ ଜାଳିଲା ଓ ଘରସାରା ପଦଚାରଣା କଲା ଯେପରିକି ସେ ତାର ଏଇ ପରିବର୍ତ୍ତିତ ସ୍ୱୟଂକୁ ସମସ୍ତଙ୍କ ଆଗରେ ବିଜ୍ଞପିତ କରିବାକୁ ଚାହୁଁଥିଲା।

କୋଠରୀମାନଙ୍କରେ ଛପି ରହିଥିବା ଅନ୍ଧାରକୁ ସେ କହୁଥିଲା, ମତେ ଭଲଭାବେ ଦେଖ, ମତେ ହାତ ବଢ଼ାଇ ଛୁଅଁ, ମତେ ତମର ଆତ୍ମୀୟ କରିନିଅ। ସେ ପାଖ ଘରେ ଚଉକିରେ ଯାଇ ବସିଲା, ବାରଣ୍ଡାର ଜାଙ୍ଗରେ ଭରା ଦେଇ ଠିଆ ହେଲା, ରୋଷାଇ ଘରେ ଯାଇ ପାଣି ପିଇଲା। ଏଥରକ ସେ ଗାଧୁଆ ଘରେ ପଶି ଅଭ୍ୟାସବଶତଃ କବାଟ ବନ୍ଦ କରି ପୁଣି ତାକୁ ଖୋଲିଦେଲା ଏବଂ ନିଜକୁ ପାଣି ତଳେ ସମର୍ପିତ କରିଦେଲା।

ଅଳ୍ପଦିନ ଭିତରେ କଲେଜ ଜୀବନ ବି ଅଭ୍ୟାସରେ ପଡ଼ିଗଲା ଏବଂ ଘର ଓ ବାହାରର ଜୀବନ ଭିତରେ ସହଜ ସମନ୍ୱୟ କରିନେଲା ରଂଜନା। କଲେଜ ଜୀବନରେ ସବୁ କିଛି ଚିରାଚରିତ ଥିଲା ତା ପାଇଁ। ସେଇ ପୁରୁଣା ପାଠ, ଏବଂ ବର୍ଷକୁ ବର୍ଷ ନୂଆ ମୁହଁକୁ ଛାଡ଼ି ଦେଲେ ଗୋଟିଏ କ୍ଲାସରୁ ପୁଣି ଅନ୍ୟ କ୍ଲାସ ନେବା। ରଂଜନା ଭାବିଥିଲା ଏଇଭଳି ଘର ଚଳାଇବା ସହିତ କଲେଜ ଚାକିରିର ଅତିରିକ୍ତ ଦାୟିତ୍ୱକୁ ସେ କୌଣସିମତେ ଚଳାଇନେବ ଆହୁରି କିଛି ବର୍ଷ, ଅବସର ନେବା ପର୍ଯ୍ୟନ୍ତ। କିନ୍ତୁ କିଛି ବର୍ଷ ପରେ ଚାକିରି ପାଇଁ ତା ଉପରେ ଆଉ ଗୋଟିଏ ଭାର ଆସି ପଡ଼ିଲା; ତାକୁ ପିଏଚ୍.ଡି. କରିବାକୁ ହେବ। ରଂଜନା ଭାବିଲା ପଛେ ପ୍ରମୋଶନ ନ ହେଉ, ସେ ଆଉ ପାଠ ପଢ଼ି ଗବେଷଣା କରିପାରିବ ନାହିଁ। କିନ୍ତୁ ପୁଣି ଆଶୁତୋଷ ତାକୁ ଏ ବିଷୟରେ ବାଧ୍ୟ କଲା। ତା ପାଇଁ ଗାଇଡ୍ ଠିକ କରିବାରୁ ଆରମ୍ଭ କରି ବିଭିନ୍ନ ସୂତ୍ରରୁ ବହିମାନ ଆଣି ତାକୁ ଯୋଗାଇଲା ଆଶୁତୋଷ। ଓଡ଼ିଶା ଇତିହାସର ଏକ ଅଜ୍ଞାତ ସମୟ ବିଷୟରେ ପଢ଼ାପଢ଼ି ଆରମ୍ଭ କରିବା ପରେ ରଂଜନାର ମଧ୍ୟ ମନ ଲାଗିଗଲା କାମରେ। ସେ ଯେତେବେଳେ ତାର ଲେଖା ଆରମ୍ଭ କଲା, ତା ମନରେ ଆତ୍ମପ୍ରତ୍ୟୟ ଆସିଲା ଏବଂ ଠିକ ସମୟ ଭିତରେ ଥେସିସ ଲେଖି ସେ ବିଶ୍ୱବିଦ୍ୟାଳୟକୁ ପଠାଇଦେଲା।

ରଂଜନା ଭୁଲିଯାଇଥିଲା ସେ କେତେ ସମୟ ଧରି ପାଣି ତଳେ ବସିଥିଲା। ତାକୁ ବର୍ତ୍ତମାନ ଶୀତ ଶୀତ ଲାଗୁଥିଲା। ପାଣି ବନ୍ଦ କରି ସେ ଭଲଭାବେ ଦେହକୁ ପୋଛିଲା ଏବଂ ଶୋଇବା ଘରେ ଆସି ଦର୍ପଣ ସାମନାରେ ବସିଲା। ଡ୍ରେସିଂ ଟେବୁଲର ଡ୍ରୟର ଭିତରେ ଅନେକ ପ୍ରକାରର ପ୍ରସାଧନ ସାମଗ୍ରୀ ରହିଥିଲା, ଯାହାକୁ ସେ କେବେହେଲେ ବ୍ୟବହାର କରୁ ନ ଥିଲା। ଆଜି ଅତି ମନୋଯୋଗିତା ସହ ଦେହରେ ସେ ସବୁକୁ

ଲଗାଇଲା, ଆଖିରେ କଳା ଦେଲା ଏବଂ ବାଳକୁ ଯତ୍ନ କରି ବାନ୍ଧିଲା। ଦର୍ପଣ ଆଗରେ ଛିଡ଼ା ହୋଇ ନିଜକୁ ଦେଖି ସେ ସନ୍ତୁଷ୍ଟ ହେଲା।

ଦୁଇଜଣ ପରୀକ୍ଷକ ତାର ଥେସିସକୁ ପ୍ରଶଂସା କଲେ, କିନ୍ତୁ ଲଣ୍ଡନର ଜଣେ ପ୍ରଫେସର ତାର ମୂଲ୍ୟାଙ୍କନ କରି ଲେଖିଲେ ଯେ ଯଦିଓ ଲେଖାଟି ଉଚ୍ଚମାନର ସେ ସଂପର୍କିତ ଅନେକ ତଥ୍ୟ ଇଣ୍ଡିଆ ଅଫିସ ଲାଇବ୍ରେରୀରେ ଅଛି ଏବଂ ଯଦି ସେ ସବୁକୁ ବ୍ୟବହାର କରା ନ ଯାଏ ତେବେ ଗବେଷଣାକୁ ଅସଂପୂର୍ଣ୍ଣ ବୋଲି ମନେ କରିବାକୁ ହେବ। ସେ ଏକଥା ମଧ୍ୟ ଜଣାଇଦେଲେ ଯେ ଗବେଷିକା ଯଦି ଏହି ସୂତ୍ର ସବୁ ଅନୁଧ୍ୟାନ କରିବା ପାଇଁ ଲଣ୍ଡନ ଆସନ୍ତି, ତେବେ ସେ ନିଜେ ସବୁ ପ୍ରକାରର ସାହାଯ୍ୟ କରିବେ। ଏ ଖବର ପାଇ ରଂଜନା ସାମାନ୍ୟ ହତୋତ୍ସାହ ହେଲା, କିନ୍ତୁ ତା ମନରେ ଆଗ୍ରହ ବି ହେଲା ଆଉ କଣ ସବୁ ତଥ୍ୟ ଅଛି ସେ ବିଷୟରେ ଜାଣିବା ପାଇଁ। ତେବେ ଗବେଷଣା ପାଇଁ ଲଣ୍ଡନ ଯିବା କଥା ତାର ଚିନ୍ତାର ବାହାରେ ଥିଲା ଏବଂ ସେ ମନେ ମନେ ଠିକ କଲା, ଯାଉ, ପିଏଚ.ଡି. ନ ହେଲେ ନ ହେଲା।

ଆଶୁତୋଷ କିନ୍ତୁ ଏତେ ସହଜରେ ଛାଡ଼ି ଦେବାର ନ ଥିଲା। ସେ ରଂଜନାକୁ କହି ବିଲାତର ପ୍ରଫେସରଙ୍କ ପାଖକୁ ଚିଠି ଲେଖାଇଲା। ତାଙ୍କ ପାଖରୁ ଯେଉଁ ଦୀର୍ଘ ଉତ୍ତର ଆସିଲା ସେଇଟି ଅତ୍ୟନ୍ତ ଉତ୍ସାହଜନକ ଥିଲା। ଲେଖାଲେଖି କରି ବିଶ୍ୱବିଦ୍ୟାଳୟରୁ ପ୍ରତିଶ୍ରୁତି ମିଳିଲା ଯେ ସେମାନେ ଯାତ୍ରା ଖର୍ଚ୍ଚ ଦେବେ। ଲଣ୍ଡନରେ ଶସ୍ତାରେ ରହିବାର ବ୍ୟବସ୍ଥା ହୋଇଗଲା। ରଂଜନାର ଭୟ ଓ କୁଣ୍ଠା ସତ୍ତ୍ୱେ ଏପରିଭାବେ ତାର ଲଣ୍ଡନ ଯିବାର ଆୟୋଜନମାନ ଧୀରେ ଧୀରେ ହେବାରେ ଲାଗିଲା। ଶେଷକୁ ଯେତେବେଳେ ଟିକେଟ ଓ ଭିସା ବି ହୋଇଗଲା, ରଂଜନା ଜରରେ ପଡ଼ିଲା ଏବଂ ଭାବିଲା ଯେ ଏଇ ବାହାନାରେ ତାର ଯିବା ବନ୍ଦ ହୋଇଯିବ। ଆଶୁତୋଷ ତାର ଚିକିତ୍ସା କରିବା ସହିତ ଯାଇ ଟିକେଟର ତାରିଖ ଘୁଞ୍ଚାଇ ଦେଲା ଏବଂ ସମସ୍ତଙ୍କୁ ଜଣାଇଦେଲା ତାର ଯିବାରେ ଡେରି ହେବ ବୋଲି। ବିଲାତରେ କଣ କଣ ଦରକାର ହେବ ତାର ଏକ ତାଲିକା କରି ଆଶୁତୋଷ ସେ ସବୁ କିଣି ଆଣିଲା।

ଏଥର କଣ ପିନ୍ଧିବ ବୋଲି ରଂଜନା ଆଲମାରି ଖୋଲିଲା। ଶାଢ଼ିର ଥାକ ତଳେ ବ୍ଲୁ ଜିନ୍ସ୍ ତା ଆଖିରେ ପଡ଼ିଲା। ଏଇଟିକୁ ସେ କୋଉକାଳୁ ପିନ୍ଧି ନ ଥିଲା ଏବଂ ତାର ଯେ ଏଭଳି ଗୋଟିଏ ପୋଷାକ ଅଛି ଭୁଲିଯାଇଥିଲା। ଖଟ ଉପରେ ବସି ତାକୁ ପିନ୍ଧିବା

ବେଳେ ପ୍ୟାଣ୍ଟଟି ତା ଦେହକୁ କଷି ହେଲା। ସେ ମୋଟା ହୋଇଯାଇଛି ଏ ଭିତରେ। ତଥାପି ଟାଣିଓଟାରି ସେ ଅଣ୍ଟାର ବୋତାମ ଲଗାଇଲା ଓ ଜିପର୍‌କୁ ଟାଣିଦେଲା। ଚିପା ପୋଷାକର ଅସ୍ୱସ୍ତି ଭାଙ୍ଗିବା ପାଇଁ ସେ ଖଟ ଉପରେ ବସିଲା ଉଠିଲା ଓ ଘର ଭିତରେ ଚାଲବୁଲ କଲା। ଏଥରକ ପୁଣି ଆଲମାରି ପାଖକୁ ଯାଇ ଉପରେ କଣ ପିନ୍ଧିବ ବୋଲି ଖୋଜିଲା। ତା ହାତରେ ମୋଟା ସ୍ୱେଟରଟି ପଡ଼ିଲା ଏବଂ ସେ ସେଇଟିକୁ ପିନ୍ଧି ନେଲା। ତଳେ ପଡ଼ି ଯାଇଥିବା ମୋଜାଟିକୁ ଉଠାଇ ସେ ତାକୁ ପାଦରେ ଲଗାଇଲା। ଏବଂ ଯାଇ ଦର୍ପଣ ଆଗରେ ଠିଆ ହେଲା।

ହିଥ୍ରୋ ଏୟାରପୋର୍ଟରେ ଓହ୍ଲାଇ ଇମିଗ୍ରେସନର ଲମ୍ବା କିଉରେ ଠିଆ ହୋଇ ନିଜର ପାଳିକୁ ଅପେକ୍ଷା କରିବା ବେଳେ କାନ୍ଦ ଲାଗିଲା ରଂଜନାକୁ। ସେ କେବେ ଘରୁ ଅଲଗା ହୋଇ ନ ଥିଲା, ଏକା ବିଦେଶକୁ ଆସିବା ତ ଦୂରର କଥା। ଏଠାରେ ଯେ କେବଳ ତାର କେହି ପରିଚିତ ନ ଥିଲେ ତା ନୁହେଁ, ତାର ଆଖପାଖର ସମସ୍ତେ ତାକୁ ଅନାତ୍ମୀୟ ଓ ନିରୁତ୍ତାପ ଜଣାପଡୁଥିଲେ। ସେ ସାମାନ୍ୟ ଆଶ୍ୱସ୍ତ ହେଲା ଯେତେବେଳେ ସେ ନିଜର ଘଡ଼ି ଦେଖି ଏଠାକାର ସମୟ ବିଷୟରେ ଜାଣିବାକୁ ଚେଷ୍ଟା କରୁଥିବାବେଳେ ପାଖରେ ଠିଆ ହୋଇଥିବା ଗୋରା ଭଦ୍ରବ୍ୟକ୍ତି ତାର ଘଡ଼ିଟି ନେଇ ସମୟ ଠିକ କରିଦେଲେ। ଧାଡ଼ିରେ ଅନେକ ସମୟ ଛିଡ଼ା ହେବା ପରେ ଦିନ ଦୁଇଟା ବେଳେ ଏୟାରପୋର୍ଟ ବାହାରକୁ ଆସି ଅଣ୍ଡା ଓ କୋହଲା ପାଗରେ ତାର ମନ ଆହୁରି ଖରାପ ହୋଇଗଲା। କିଛି ଦରକାର ନ ଥିଲା ତାର ଏତେ କଷ୍ଟ କରି ଲଣ୍ଡନ ଆସିବା। ତଥାପି ଯେତେବେଳେ ତାର ଟ୍ୟାକ୍‌ସି ସହର ଭିତରେ ପଶିଲା, ବାହାରକୁ ଅନାଇ ରଂଜନାର ମନ ଭିତରେ ସାମାନ୍ୟ ଉତ୍ତେଜନା ବି ଆସିଲା ଗୋଟିଏ ନୂଆ ଦେଶକୁ ଦେଖୁଥିବାର। ଏତେ ଦୂରକୁ ଆସିଛି ଯେତେବେଳେ, ସେ ଯେମିତି ହେଉ ତାର କାମଟିକୁ ଭଲ ଭାବରେ କରିବ। ଏଇ ଅନାତ୍ମୀୟ ସହରରେ ତିନି ସପ୍ତାହ ରହିବାକୁ ପଡୁ ପଛେ। ଘଣ୍ଟାକ ପରେ ଟ୍ୟାକ୍‌ସି ତାକୁ ନେଇ ତାର ଠିକଣା ଜାଗାରେ ପହଞ୍ଚାଇ ଦେଲା ଏବଂ ଟ୍ୟାକ୍‌ସିବାଲା ଯାଇ ଘରର ବେଲ୍ ଦେଲା। କବାଟ ଖୋଲିବାରେ ଜଣେ ଭାରତୀୟ ଭଦ୍ରମହିଳାଙ୍କୁ ଦେଖି ରଂଜନା ଖୁସି ହେଲା, କିନ୍ତୁ ତାକୁ ଟ୍ୟାକ୍‌ସି ଭଡ଼ା ବାବଦରେ ଯେଉଁ ଭାରୀ ପଇସା ଦେବାକୁ ପଡ଼ିଲା, ସେଇଟି ତାର ମନକୁ ଖରାପ କରିଦେଲା।

ମିସେସ ପଟେଲ ରଂଜନାର ସୁଟକେସକୁ ନେଇ ତାକୁ ଉପର ମହଲାରେ ତାର କୋଠରୀ ଦେଖାଇଦେଲେ। ତିନୋଟି କୋଠରୀରୁ ମଝି କୋଠରୀଟି ତାର ଥିଲା। କେନିଆରୁ ପଳାଇ ଆସିଥିବା ଏଇ ପଟେଲ ପରିବାରର କର୍ତ୍ତା ମରିଯିବା ପରେ ଭଦ୍ର ମହିଳା ତାଙ୍କ ଘରର ପାଞ୍ଚଟିଯାକ କୋଠରୀରେ ପେଇଙ୍ଗ୍ ଗେଷ୍ଟ ରଖୁଥିଲେ; ଏଠାରେ ପ୍ରାୟ ଛାତ୍ର ଅଧ୍ୟାପକ ଓ ଗବେଷକ ଆସି ରହୁଥିଲେ। ସେ ରଂଜନାକୁ ତାଙ୍କ ଘରର ନୀତି ନିୟମ ବୁଝାଇଦେଲେ : ସଂଧ୍ୟା ଛ'ଟାରେ ସେ ଖାଇବାକୁ ଦେବେ; ସକାଳର ବ୍ରେକଫାଷ୍ଟ ଗେଷ୍ଟମାନଙ୍କୁ ନିଜେ ନିଜେ ତିଆରି କରିବାକୁ ହେବ ତାଙ୍କ ଫ୍ରିଜ୍‌ରୁ ଜିନିଷ ନେଇ; ଖରାବେଳର ଖାଇବା ବାହାରେ। କାହାର ଟେଲିଫୋନ ଆସିଲେ ସେ ତାକୁ ଡାକିଦେବେ, କିନ୍ତୁ ତାଙ୍କ ଟେଲିଫୋନରୁ ସେ ଫୋନ କରିବାକୁ ଦେବେ ନାହିଁ; ଏଥିପାଇଁ ବାହାରକୁ ଯିବାକୁ ହେବ। ଇତ୍ୟାଦି, ଇତ୍ୟାଦି। ମିସେସ ପଟେଲ ତା ପାଖରୁ ସପ୍ତାହକର ଭଡ଼ା ଆଗତୁରା ନେଇନେଲେ ଏବଂ ଫ୍ରିଜରେ କେଉଁଠି କଣ ଅଛି ଏବଂ ରୋଷେଇ ଘରେ କିପରି ଚୁଲି ଜଳାଇବାକୁ ହେବ ଏ ସବୁ ତାକୁ ଦେଖାଇ ଦେଲେ। ଉପରବେଳା ଆଉ କେହି ଘରେ ନ ଥିଲେ ବୋଲି ରଂଜନାକୁ କିଛି ଅସୁବିଧା ଲାଗୁ ନ ଥିଲା, ତେବେ ମିସେସ ପଟେଲ ଯେତେବେଳେ ତାକୁ କହିଲେ ଯେ ତିନୋଟି କୋଠରୀ ପାଇଁ କେବଳ ଗୋଟିଏ ବାଥରୁମ ଏବଂ ଏଇ ସମୟରେ ଉପରେ ଆଉ ଦୁଇଜଣ ଭଦ୍ରବ୍ୟକ୍ତି ଗେଷ୍ଟ ଥିଲେ, ରଂଜନା ସାମାନ୍ୟ ଆଶଙ୍କିତ ହୋଇଗଲା। ତେବେ ସେ ସାରା ରାସ୍ତା ପ୍ରାୟ ଅନିଦ୍ରା ରହି ଏତେ କ୍ଳାନ୍ତ ହୋଇଥିଲା ଯେ ମିସେସ ପଟେଲ ତାକୁ ତା କୋଠରୀରେ ଛାଡ଼ି ଚାଲିଯିବା ପରେ ସେ ଯୋଉ ଶାଢ଼ି ପିନ୍ଧି ଆସିଥିଲା, ସେଇଥିରେ ଶୋଇ ପଡ଼ିଲା।

ଦର୍ପଣ ଆଗରେ ଚିପା ଜିନ୍ସ୍ ଓ ସ୍ୱେଟର ପିନ୍ଧା ନିଜକୁ ଦେଖି ଭଲ ଲାଗିଲା ରଂଜନାକୁ। ସେ ଶାଢ଼ି ଛଡ଼ା ଆଉ କିଛି ପିନ୍ଧୁ ନଥିଲା। ଏଇ ଜିନ୍ସ୍‌କୁ ଆଶୁତୋଷ ତା ପାଇଁ ମଗାଇ ଆଣିଥିଲା ସେ ବିଲାତ ଯିବା ଆଗରୁ; ସ୍ୱେଟରଟି ସେ ଲଣ୍ଡନରେ କିଣିଥିଲା। ଶାଢ଼ି ଭିତରେ ସ୍ଥୂଳ ଭାବରେ ଗୁଡ଼େଇ ହୋଇ ରହୁଥିବା ତାର ଦେହ ଏଭଳି ପୋଷାକରେ ଭିନ୍ନ ଦିଶୁଥିଲା। ତାର ବୟସ ଯେପରି ବେଶ୍ କମି ଯାଇଥିଲା ଏବଂ ସେ ତାର ସ୍ୱାଭାବିକ ସ୍ୱରୂପରୁ ଅଧିକ ସତେଜ ଓ ସରସ ଦିଶୁଥିଲା। ଦର୍ପଣ ଆଗରେ ବସି ସେ ଗୋଟିଏ ଶିଶି ଖୋଲି ନଖରେ ନେଲ୍‌ପଲିସ ଲଗାଇଲା। କେବେହେଲେ

ବ୍ୟବହାର ନ ହେଉଥିବା ଡବାଟିରୁ ସେ ଗୋଟିଏ ଅତି ଉଜ୍ଜ୍ୱଳ ରଂଗର ଲିପ୍‌ଷ୍ଟିକ ବାଛିଲା ଓ ଦର୍ପଣ ପାଖକୁ ମୁହଁ ନେଇ ତାକୁ ଓଠରେ ଲଗାଇଲା। ଏଥରକ ସେ ଦର୍ପଣ ଆଗରେ ଅଣ୍ଟାରେ ହାତ ଦେଇ ଛିଡ଼ା ହେଲା, ବାଁ ଡାହାଣ ସାମନାକୁ ଢଳି ନିଜକୁ ଦେଖିଲା, ଆଖି ମିଟିକା ମାରିଲା ଏବଂ ଦର୍ପଣର ଆହୁରି ପାଖକୁ ଯାଇ ତାକୁ ଦି ହାତରେ ଧରି ଚୁମା ଦେଲା।

ଠିକ ଛ'ଟା ବେଳେ ମିସେସ ପଟେଲ ତାକୁ ଉଠାଇ ତଳକୁ ନେଇ ଖାଇବାକୁ ଦେଲେ। ଭାଗ୍ୟକୁ ତାଙ୍କର ଅନ୍ୟ ଅତିଥିମାନେ ଫେରି ନ ଥିଲେ। ମେଘ ଚାଲିଯାଇ ବାହାରେ ବର୍ତ୍ତମାନ ଖରା ପଡ଼ିଥିଲା। ଏଠି କୁଆଡ଼େ ରାତି ଆଠଟା ଯାଏ ଏମିତି ଆଲୁଅ ରହିଥିବ। ଖରା ଥିବାବେଳେ ରାତ୍ରିଭୋଜନ କରିବା ରଂଜନାକୁ ଅଦ୍ଭୁତ ଲାଗିଲା। ତେବେ ସେ ଖାଇନେଇ ସାଙ୍ଗେ ସାଙ୍ଗେ ଯାଇ ଶୋଇପଡ଼ିଲା, କିନ୍ତୁ ରାତିରେ ନିଦ ଭାଙ୍ଗି ଆଉ ନିଦ ହେଲା ନାହିଁ। ତାକୁ ଘର କଥା ମନେ ପଡ଼ିଲା। ଏତେଦିନ ସେ କେମିତି ସମସ୍ତଙ୍କୁ ଛାଡ଼ି ରହିବ ? କାଲି ସକାଳୁ ପ୍ରଥମେ ସେ କୋଉଠିକି ଯାଇ ଆଶୁତୋଷକୁ ଫୋନ କରିବ। ଏକଥା ଭାବିଲାବେଳକୁ ତାକୁ କାନ୍ଦ ଲାଗିଲା କାରଣ ସେ ଜାଣି ନ ଥିଲା ଏକୁଟିଆ କୋଉଠିକି ଯାଇ କେମିତି ଫୋନ ଖୋଜିବ। ପ୍ରଫେସରଙ୍କ ସହିତ ସେ ଯୋଗାଯୋଗ କରିବ କିପରି? ପ୍ରଫେସର ତାର ଇଂରେଜୀ ବୁଝିପାରିବେ କି ନାହିଁ। ବସ ଟ୍ୟୁବ ଧରି ପ୍ରତିଦିନ ସେ ଲାଇବ୍ରେରୀକୁ ଯିବ କେମିତି ? ପୁଣି କେତେବେଳେ ତାକୁ ନିଦ ଆସିଗଲା ଏବଂ ସେ ଯେତେବେଳେ ଉଠିଲା ସକାଳ ସାତଟା ବାଜିଥିଲା। ସେ ବାଥରୁମରୁ ଆସି ତାର ନୂଆ ତିଆରି କରାଇଥବା ସଲୱାର କୁର୍ତ୍ତା ପିନ୍ଧି ତଳକୁ ଓହ୍ଲାଇଲା।

ଚା ପିଇବା ପାଇଁ ସେ କେଟଲିରେ ପାଣି ଭର୍ତ୍ତିକରି ଚୁଲି ଜଳାଇବାକୁ ଗଲା, କିନ୍ତୁ ତା ହାତରେ ଜଳିଲା ନାହିଁ। ତାର ଚା ପିଇବାକୁ ଖୁବ ଇଚ୍ଛା ହେଉଥିଲା ଏବଂ ପୁଣି ଥରେ ତାକୁ ଜଳାଇବାରେ ଅସମର୍ଥ ହୋଇ ସେ ଆସି ଖାଇବା ଟେବୁଲ ପାଖରେ ବସିଲା। ବାହାରେ ଝିପିଝିପି ବର୍ଷାକୁ ଦେଖି ତାର ମନ ଉଦାସ ହୋଇଗଲା। ସେ ଭାବିଲା, ସେ ଯଦି କିଛି ନ କରି ଏଇ ଘରଟି ଭିତରେ ବସି ରହନ୍ତା ଏବଂ ତାକୁ ବାହାରକୁ ଯିବାକୁ ନ ହୁଅନ୍ତା କି ! ଏଇ ସମୟରେ କୋଠରୀ ଭିତରକୁ ଜଣେ ଭାରତୀୟଙ୍କୁ ଆସିବାର ଦେଖି ସେ ଖୁସି ହେଲ। ଯୁବକଟି ତାକୁ ଅଭିବାଦନ

ଜଣାଇଲା ଓ ସେ ଚା ପିଇବ କି ବୋଲି ପଚାରିଲା। ରଂଜନା ମୁହଁ ହଲାଇ ହଁ କଲା। ଚା ତିଆରି କରି ଆଣି ଟେବୁଲ ଉପରେ ରଖି ସେ ତା ସାମନା ଚଉକିରେ ବସିଲା ଏବଂ ନିଜର ପରିଚୟ ଦେଲା, ଜଭେଦ ଅଖତାର, ପାକିସ୍ତାନରୁ ଆସିଛି ତିନିମାସର କୋର୍ସ କରିବା ପାଇଁ। ରଂଜନା ନିଜର ନାଁ କହିଲା, କିନ୍ତୁ ସେ ଯେ ପ୍ରଥମେ ତାକୁ ଦେଖି ଖୁସି ହୋଇଥିଲା ଯାହାହେଉ ଦେଶର ଜଣେ ସାଙ୍ଗ ମିଳିଲା ବୋଲି, ତା ମିଳାଇଗଲା। ମୁସଲମାନ, ସେଥିରେ ପୁଣି ପାକିସ୍ତାନର; ଆଦୌ ବିଶ୍ୱାସଯୋଗ୍ୟ ହୋଇ ନ ଥିବ ଲୋକଟି। ଚା ପିଇ ସାରି ବିଦାୟ ନେଇ ସେ ନିଜ କୋଠରୀକୁ ଫେରିଗଲା; ପରେ ଆସି ମିସେସ ପଟେଲଙ୍କର ସାହାଯ୍ୟ ନେବ ନିଜର କାମ ପାଇଁ।

ଘଣ୍ଟାଏ ପରେ ସେ ଯେତେବେଳେ ପୁଣି ତଳକୁ ଆସିଲା, ମିସେସ ପଟେଲ ବସି ଚା ପିଉଥିଲେ ଓ ତାଙ୍କ ପାଖରେ ଜଣେ ଗୋରା ଯୁବକ ବସିଥିଲା। ମିସେସ ପଟେଲ ପରିଚୟ କରାଇଦେଲେ, ଡେଭିଡ, ତାଙ୍କ ଝିଅର ବାଗ୍‌ଦତ୍ତ ଥିଲା। ଝିଅ ଅନ୍ୟ ସହରରେ କାମ କରୁଥିଲା ଯେଉଁଠି ଡେଭିଡର ବି ଘର। ସେ କିଛିଦିନ ପାଇଁ କାମରେ ଲଣ୍ଡନକୁ ଆସି ତାଙ୍କ ପାଖରେ ରହୁଥିଲା। ରଂଜନା ଘରକୁ ଫୋନ କରିବା ପାଇଁ ଓ ପ୍ରଫେସରଙ୍କ ସହିତ ଯୋଗାଯୋଗ କରିବା ପାଇଁ ତାଙ୍କର ସାହାଯ୍ୟ ମାଗିବାରୁ ମିସେସ ପଟେଲ କହିଲେ ଯେ ଡେଭିଡ ନିଜ କାମକୁ ବାହାରିବା ବେଳେ ରଂଜନାକୁ ନେଇ ସବୁ ଦେଖାଇ ଦେବ। ଡେଭିଡ ସାଙ୍ଗେ ସାଙ୍ଗେ ରଂଜନାକୁ ବାହାରିବାକୁ କହିଲା। ମିସେସ ପଟେଲ ଧାରରେ ତାକୁ ଗୋଟିଏ ଛତା ଦେଲେ ଏବଂ ରଂଜନା ଡେଭିଡ ସହିତ ବାହାରକୁ ବାହାରିଲା।

ଘର ବାହାରେ ମୋଡ଼ ପାଖରେ ଟେଲିଫୋନ ବୁଥ ଥିଲା। ରଂଜନା ପାଖରୁ ପଇସା ନେଇ ଡେଭିଡ ଟେଲିଫୋନ ବ୍ୟବହାର କରିବାର କାର୍ଡ କିଣି ଆଣିଲା ଏବଂ ରଂଜନା ଦେଇଥିବା ନମ୍ବର ମିଳାଇଲା। ଆଶୁତୋଷ ସହିତ କଥା କହି ରଂଜନା ଯେପରି ପୁଣି ନିଜର ଆତ୍ମପ୍ରତ୍ୟୟ ଫେରିପାଇଲା। ଘରେ ସମସ୍ତେ ଭଲରେ ଥିଲେ; ଆଶୁତୋଷ ଯେତେବେଳେ ତା ବିଷୟରେ ଚିନ୍ତିତ ଥିବାର କହିଲା, ରଂଜନା ଜଣାଇଲା ଯେ ତାର କୌଣସି ଅସୁବିଧା ନାହିଁ; ଚିଠିରେ ସେ ସବୁକଥା ଲେଖି ଜଣାଇବ। ତା ପରେ ରଂଜନାର ଅନୁରୋଧରେ ଡେଭିଡ ଟେଲିଫୋନରେ ପ୍ରଫେସରଙ୍କ ସହିତ କଥାବାର୍ତ୍ତା କରି ଦେଢ଼ ଘଣ୍ଟା ପରେ ସାକ୍ଷାତ କରିବାର ସମୟ ଠିକ କଲା ଏବଂ ତାଙ୍କ

ଘରକୁ କିପରି ଯିବାକୁ ହେବ ତାର ନିର୍ଦ୍ଦେଶ ଦେଲା। ସେ ରଂଜନାକୁ କହିଲା ଯେ ସେ ତାକୁ ଅଣ୍ଡରଗ୍ରାଉଣ୍ଡ ଷ୍ଟେସନରେ ଛାଡ଼ିଦେବ ଏବଂ ସେଠାରୁ କିପରି ପ୍ରଫେସରଙ୍କ ଘରକୁ ଯିବାକୁ ହେବ ବୁଝାଇଦେବ। କିନ୍ତୁ ରଂଜନା ବାଧ୍ୟ କଲା ଯେ ଡେଭିଡ ତା ସାଙ୍ଗରେ ଆସୁ ଏବଂ ସେ ମାନିଲା।

ଷ୍ଟେସନରେ ଡେଭିଡ ତା ପାଇଁ ଗୋଟିଏ ସପ୍ତାହର ଟିକେଟ କରିଦେଲା। ଏବଂ ଚିତ୍ର ଦେଖାଇ ତାକୁ ବୁଝାଇ ଦେଲା କିପରି କେଉଁ ଲାଇନରେ ଯାଇ କୋଉ ଷ୍ଟେସନରେ ଟ୍ରେନ ବଦଳାଇ ସେଠାକୁ ଯିବାକୁ ହେବ। ଲଣ୍ଡନର ମାନଚିତ୍ରରେ ସେ ତାକୁ ପ୍ରଫେସରଙ୍କ ଘର ଓ ଇଣ୍ଡିଆ ଅଫିସ ଲାଇବ୍ରେରୀର ସ୍ଥିତି ବି ଦେଖାଇଦେଲା। ତେବେ ଟ୍ରେନ ଧରିବାକୁ ଯାଇ ଯେତେବେଳେ ଏସ୍କେଲେଟର୍‌ରେ ତଳକୁ ଯିବାକୁ ହେଲା, ରଂଜନା ପାଇଁ ସମସ୍ୟା ଉପୁଜିଲା; ଏଇ ଚଳନ୍ତା ସିଡ଼ି ଉପରକୁ ସେ ଓହ୍ଲାଇ ଠିଆ ହୋଇଥିଲା। ସମସ୍ତେ ଆରାମରେ ଯିବାଆସିବା କରୁଥିଲେ, କିନ୍ତୁ ରଂଜନା ସିଧା କହିଲା ଯେ ସେ ଏଥିରେ ଯାଇପାରିବ ନାହିଁ। ଶେଷକୁ ବିରକ୍ତ ହୋଇ ଡେଭିଡ ତାକୁ ଜବରଦସ୍ତି ଧରି ଟାଣିନେଇ ତା ଉପରେ ଠିଆ କରିଦେଲା। ସିଡ଼ି ଉପରେ ଠିଆ ହୋଇ ରଂଜନା ନିଶ୍ୱାସ ନେଲା। ଏବଂ ଦେଖିଲା ଯେ ଡେଭିଡ ଏ ପର୍ଯ୍ୟନ୍ତ ତାକୁ ଧରି ଠିଆ ହୋଇଥିଲା। ସେ ନିଜକୁ ମୁକ୍ତ କଲା, କିନ୍ତୁ ମିନିଟକରେ ଯେତେବେଳେ ସିଡ଼ି ଶେଷରେ ଓହ୍ଲାଇବାକୁ ହେଲା, ସେ ପୁଣି ନିଜକୁ ଡେଭିଡ ପାଖରେ ସମର୍ପଣ କରିଦେଲା। ଡେଭିଡ ଏଥରକ ତାକୁ ଆବଶ୍ୟକତାରୁ ଆହୁରି ଜୋରରେ ଜଡ଼ି ଧରିଲା ଏବଂ ଏହି ଆତିଶଯ୍ୟକୁ ମାନିନେବା ବ୍ୟତୀତ ରଂଜନା ପାଖରେ ଅନ୍ୟ ଉପାୟ ନ ଥିଲା।

ପ୍ରଫେସର ଜଣେ ଅତି ଉତ୍ତମ ଲୋକ ଥିଲେ ଏବଂ ଧୈର୍ଯ୍ୟର ସହିତ ବସି ରଂଜନାକୁ ତାର କାମ ସଂପର୍କରେ ଅନେକ ପ୍ରକାରର ଉପଦେଶ ଦେଲେ ଓ ତାର କୋଉ କୋଉ ଜିନିଷ ପଢ଼ିବା ଉଚିତ ସେ ବିଷୟରେ କହିଲେ। ଲାଇବ୍ରେରୀରେ ତାଙ୍କର ଜଣାଶୁଣା ଲୋକକୁ ଫୋନ କରି ସେ ରଂଜନାକୁ ସାହାଯ୍ୟ କରିବାକୁ ଅନୁରୋଧ କଲେ। ସେମାନେ କଥାବାର୍ତ୍ତା କରୁଥିବା ବେଳେ ଡେଭିଡ ବିରକ୍ତ ହୋଇ ବାରମ୍ବାର ଘଡ଼ି ଦେଖୁଥିଲା ଏବଂ ପ୍ରଫେସରଙ୍କ ଘରୁ ବାହାରିବା ବେଳେ କହିଲା ଯେ ତାର ଅନେକ କାମ ଅଛି; ସେ ରଂଜନାକୁ ପାଖ ଷ୍ଟେସନରେ ପହଞ୍ଚାଇ ଦେଇ

ଚାଲିଯିବ। ଅନେକ ଅନୁନୟ କରି ତାକୁ ପୁଣି ଘରେ ଛାଡ଼ିଦେବା ପାଇଁ ରାଜି କରାଇଲା ରଂଜନା। ଡେଭିଡ କହିଲା, ଠିକ ଅଛି; ଆମେ କୋଉଠି ଯାଇ କିଛି ଖାଇବା।

ପାଖରେ ଥିବା ଗୋଟିଏ ପବ୍‌ରେ ପଶି ଡେଭିଡ ରଂଜନାକୁ ପଚାରିଲା ସେ କଣ ପିଇବ। ରଂଜନା ଯେତେବେଳେ ପିଇବାକୁ ମନା କଲା, ସେ ଯାଇ ନିଜ ପାଇଁ ଗୋଟିଏ ବଡ଼ ଜାଗାରେ ବିଅର ଆଣି ଜମିକରି ବସିଗଲା ଏବଂ ପିଇବାରେ ମନୋନିବେଶ କଲା। ଅଧଘଣ୍ଟାଏ ପରେ ତାର ବୋଧହୁଏ ମନେ ପଡ଼ିଲା ଯେ ସେମାନେ ଖାଇବାକୁ ଆସିଥିଲେ ଏବଂ ରଂଜନା ପାଖରୁ ପଇସା ନେଇ ସେ ତା ପାଇଁ ଖାଇବା ଜିନିଷ ଆଣିଦେଲା। ଖାଇବାଟି ରଂଜନାକୁ ଆଦୌ ଭଲ ଲାଗିଲା ନାହିଁ ଏବଂ ବିରକ୍ତିର ସହ ସେ ଟିକିଏ ଟିକିଏ ଖାଉଥିବା ବେଳେ ଦେଖିଲା ଯେ ଡେଭିଡ ନିର୍ବିକାର ଭାବେ ପିଇ ଚାଲିଛି, ଉଠିବାର ନାଁ ନାହିଁ। ଏଥରକ ରଂଜନା ନିଜର ଘଡ଼ିକୁ ଦେଖିଲା। ବେଶ୍ କିଛି ସମୟ ପରେ ଡେଭିଡ ଉଠିଲା ଓ ସେମାନେ ଘରକୁ ଫେରିବାର ରାସ୍ତା ଧରିଲେ।

ଘର ଖୋଲି ରଂଜନା ଦେଖିଲା ଯେ ମିସେସ ପଟେଲ ନାହାନ୍ତି। ସେଠାରେ ସେତେବେଳେ ଆଉ କେହି ଥିବାର ବି ଜଣାପଡୁ ନ ଥିଲା। ରଂଜନାକୁ ଭୟ ଲାଗିଲା ଏପରି ଭାବରେ ଡେଭିଡ ଓ ସେ ଏକା ଏଇ ଘର ଭିତରେ ଥିବା। ସେ ଡେଭିଡ ପାଖରୁ ବିଦାୟ ନେଇ ଉପରକୁ ଗଲା ଓ ନିଜ କୋଠରୀରେ ପଶି ଭିତରୁ କବାଟ ବନ୍ଦ କରିଦେଲା। କିଛି ସମୟ ପରେ କବାଟ ଖଟଖଟ ହେବାରେ ରଂଜନା ପ୍ରଥମେ ଭାବିଲା ଯେ ସେ ଖୋଲିବ ନାହିଁ, କିନ୍ତୁ କଣ କାହାର ଦରକାର ଥାଇପାରେ ଭାବି ଶେଷକୁ କବାଟ ଖୋଲିଲା। ବାହାରେ ଡେଭିଡ ଠିଆ ହୋଇଥିଲା। ତାକୁ କିଛି କହିବାର ସୁଯୋଗ ନ ଦେଇ ଭିତରକୁ ପଶି ଡେଭିଡ କହିଲା ଯେ ସେ ତା ପାଇଁ ଗୋଟିଏ ବହି ଆଣିଛି ଯେଉଁଥିରେ ସହରର ବିଭିନ୍ନ ଅଞ୍ଚଳର ମ୍ୟାପକୁ ଆହୁରି ବିସ୍ତୃତ ଭାବରେ ଦେଖାଇ ଦିଆ ଯାଇଛି। ଟେବୁଲ ପାଖରେ ବସି ସେ ପୁଣି ଥରେ ରଂଜନାକୁ ରାସ୍ତା ସବୁ ବୁଝାଇଲା ଏବଂ ତା ପାଖରୁ ଯେତେଦୂର ସମ୍ଭବ ଦୂରରେ ଠିଆ ହୋଇ ରଂଜନା ଚେଷ୍ଟା କଲା ସେ ସବୁ ମନେ ରଖିବାକୁ। ଡେଭିଡ ଏଥରକ ବହିଟି ବନ୍ଦ କରି ତା ସହିତ ଆଳାପ ଜମାଇବାକୁ ଚେଷ୍ଟା କଲା ଭାରତ ବିଷୟରେ ପଚାରି। ରଂଜନା

ଜାଣିଲା ଯେ ଏ ଲୋକର ମତିଗତି ଭଲ ନୁହେଁ। ସେଥିପାଇଁ ସେ ତାକୁ ପଦେ ଦିପଦରେ ଉତ୍ତର ଦେଇ ଶେଷକୁ କହିଲା ଯେ ତାର ଦେହ ଭଲ ଲାଗୁନାହିଁ, ସେ ବିଶ୍ରାମ ନେବ। ଡେଭିଡ ଯିବାକୁ ଉଠିଲା, ତେବେ ଯିବା ଆଗରୁ ବିଦାୟ ନେବା ଆଳରେ କବାଟ ପାଖରେ ତାକୁ ଆହୁରି ଥରେ ଜାବୁଡ଼ି ଧରିଲା।

ବିଛଣା ଉପରେ ପଡ଼ି ରଂଜନା ଏଇ କଥା ଭାବିଲା। ଡେଭିଡର ବ୍ୟବହାର ଅତ୍ୟନ୍ତ ଖରାପ ଥିଲା, କିନ୍ତୁ ଜଣେ ପରପୁରୁଷର ଛୁଇଁବାରେ ଯେତେ ଘୃଣା ତା ମନ ଭିତରେ ଉପୁଜିବା କଥା ସେ ଆଗରୁ ଭାବୁଥିଲା, ସେପରି କିଛି ହୋଇ ନ ଥିଲା ତା ମନ ଭିତରେ। ଗଲା ଅନେକ ବର୍ଷ ଧରି ତାର ମନେ ହୋଇଥିଲା ଯେ ତାର ନାରୀସୁଲଭ କୌଣସି ମୋହିନୀ ନାହିଁ, ଯାହା କୌଣସି ପୁରୁଷକୁ ଆକର୍ଷଣ କରିବ। ଡେଭିଡର କ୍ରିୟାକଳାପ ତାକୁ ଭଲ ନ ଲାଗିଥିଲେ ବି ତା ଯେପରି ରଂଜନାର ନିଜ ପ୍ରତି ଆତ୍ମବିଶ୍ୱାସ ଆଣି ଦେଇଥିଲା। ସେ ଯାହାହେଉ ରଂଜନା ଠିକ କଲା ଯେ ସେ ଆଉ ଡେଭିଡ ଉପରେ ନିର୍ଭର କରିବ ନାହିଁ। ବିଛଣାରୁ ଉଠି ବସି ସେ ପରଦିନ କିପରି ନିଜେ ଏକା ଲାଇବ୍ରେରୀକୁ ଯିବ ତାର ଯୋଜନା କରିବାରେ ମନ ଦେଲା।

ସେଦିନ ସଂଧ୍ୟାବେଳେ ଖାଇବା ଟେବୁଲରେ ଜଭେଦ ସହିତ ପୁଣି ସାକ୍ଷାତ ହେଲା। ଏଇ ବନ୍ଧୁହୀନ ସହରରେ ଏଇ ଲୋକଟି ସହିତ ସୌହାର୍ଦ୍ଦ୍ୟ କରାଯାଇପାରେ କି ନା ପରଖିବା ଉଦ୍ଦେଶ୍ୟରେ ସେ ନିଜ ଆଡୁ ତା ସହିତ ଆଳାପ କଲା। ଜଭେଦ କେବଳ ସୁପୁରୁଷ ନ ଥିଲା, ତାର କଥାବାର୍ତ୍ତା ଚାଲିଚଳନ ମଧ୍ୟ ବିଶେଷ ଭଦ୍ର ଓ ପ୍ରୀତିକର ଥିଲା। ସେ ବିଶ୍ୱବିଦ୍ୟାଳୟରେ ଇଂରେଜୀ ସାହିତ୍ୟ ପଢ଼ାଉଥିଲା ଏବଂ ଲଣ୍ଡନ ସହିତ ଆଗରୁ ପରିଚିତ ଥିଲା। ଖାଇସାରି ବିଦାୟ ନେବା ପୂର୍ବରୁ ସେ ରଂଜନାକୁ ସବୁମତେ ସାହାଯ୍ୟ କରିବ ବୋଲି ଆଶ୍ୱାସନା ଦେଲା ଏବଂ କହିଲା ଯେ ରଂଜନା କିଛି ବି ଦରକାର ପଡ଼ିଲେ ତାକୁ ଜଣାଇପାରେ।

ପରଦିନ ସକାଳେ ଦୁହେଁ ଏକା ସାଙ୍ଗେ ବାହାରିଲେ ଏବଂ ଚାଲି ଚାଲି ଅଣ୍ଡରଗ୍ରାଉଣ୍ଡ ଷ୍ଟେସନ ପର୍ଯ୍ୟନ୍ତ ଗଲେ। ସେଠାରେ ଜଭେଦ ତାକୁ ଗୋଟିଏ କାଗଜରେ ଚିତ୍ର କରି ଲେଖିଦେଲା କେଉଁଠାରେ କେଉଁ ଲାଇନ୍‌ର ଟ୍ରେନ ନେଇ କେଉଠି ବାହାରି ସେଠାରୁ ପୁଣି କୋଉ ରାସ୍ତା ଦେଇ ଲାଇବ୍ରେରୀରେ ପହଞ୍ଚିପାରିବ। ଏତେ ପ୍ରକାରର ନିର୍ଦ୍ଦେଶ ଭିତରେ ରଂଜନାର ମନ ପୂରାପୂରି ଅସ୍ତବ୍ୟସ୍ତ ହୋଇଗଲା

ଏବଂ ସେ ଜଭେଦ ଲେଖି ଦେଇଥିବା କାଗଜଟିକୁ ତା ହାତରୁ ନେଇ ଟ୍ରେନ ଅପେକ୍ଷାରେ ଛିଡ଼ା ହୋଇ ରହିଲା। ଜଭେଦ କହିଲା, ମୋ ଟ୍ରେନ ଏଇ ପ୍ଲାଟଫର୍ମରୁ ଯିବ, କିନ୍ତୁ ତମର ଲାଇନ ପାଇଁ ଅନ୍ୟପଟକୁ ଯିବାକୁ ହେବ। ତା ଆଡକୁ ନିର୍ବୋଧ ଭଳି ଅନାଇ ରହିଥିବାର ଦେଖି ଜଭେଦ ନିଜର ଘଡ଼ିକୁ ଦେଖିଲା ଏବଂ ରଂଜନାକୁ କହିଲା, ଚାଲ, ଆଜି ମୁଁ ତମକୁ ପହଞ୍ଚାଇ ଦେବି।

ରଂଜନାର ମନେ ପଡ଼ିଲା ଯେ ସବୁ ଘରେ ଆଲୁଅ ଜଳୁଥିଲା। ଡ୍ରେସିଂ ଟେବୁଲ ପାଖରୁ ଉଠି ସେ ପାଖ କୋଠରୀକୁ ଗଲା। ବତି ବନ୍ଦ କରିବା ବେଳେ ତା ଆଖିରେ କାନ୍ଥରେ ଲାଗିଥିବା ଦର୍ପଣ ପଡ଼ିଲା ଏବଂ ସେ ଯାଇ ତା ଆଗରେ କିଛି ସମୟ ଠିଆ ହେଲା। ଆଲୁଅ ବନ୍ଦ କରି ସେ ପାଖ କୋଠରୀକୁ ଗଲା ଏବଂ ହଠାତ୍ ତା ଆଖିରେ ପଡ଼ିଲା ସେ ଘରର ଖୋଲା ଝରକାଟି। ସେ କଣ ଆଗଥର ଏ କୋଠରୀରେ ପଶିବା ବେଳକୁ ଝରକା ଖୋଲା ଥିଲା ? ଝରକା ଆରପାଖେ ଅବଶ୍ୟ ତାଙ୍କର ବଗିଚା ଥିଲା; କେହି ତାକୁ ସେ ଝରକା ଦେଇ ଦେଖିବାର ସମ୍ଭାବନା ନ ଥିଲା। ତଥାପି ସେ ଲାଜରେ ବୁଡ଼ିଗଲା। ପୁଣି ତା ମନକୁ ଆସିଲା ତାକୁ କିଏ ଏ ଭଳି ବେଶଭୂଷା ହୋଇଥିବାବେଳେ ଦେଖନ୍ତା କି ! ବତି ଲିଭାଇ ସେ ଆଉ ଗୋଟିଏ କୋଠରୀକୁ ଗଲା ଏବଂ ବନ୍ଦ ଝରକାକୁ ଖୋଲି ବାହାରକୁ ଅନାଇଲା। ଏଠାରୁ ରାସ୍ତା ଦେଖାଯାଉଥିଲା କିନ୍ତୁ ସେଠାରେ କେହି ଯିବାଆସିବା କରୁ ନ ଥିଲେ। ସବୁ କୋଠରୀରୁ ଆଲୁଅ ଲିଭାଇ ସେ ଅଗଣା ଆରପାଖ ଗାଈ ରହୁଥିବା ଜାଗାକୁ ଗଲା। ଗରମ ଲାଗୁଥିବାରୁ ସେ ସ୍ୱେଟରଟି ଖୋଲି ତାକୁ ହାତରେ ଧରିଲା। ଆଲୁଅ ଜଳାଇ ଦେଖିଲା ଯେ ଦୁଆର ମୁହଁରେ ତା ଆଡ଼କୁ ବଡ଼ ବଡ଼ ଆଖିରେ ଅନାଇ ଗାଈଟି ଠିଆ ହୋଇଥିଲା। ତା ଆଗରେ ଠିଆ ହୋଇ ରଂଜନା ମନେ ମନେ କହିଲା, ବଉଳା, ତୁ ହିଁ ମତେ ଭଲକରି ଦେଖି ନେ।

ଲଣ୍ଡନରେ ସପ୍ତାହେ ରହିବା ପରେ ସବୁ ଅଭ୍ୟାସରେ ପଡ଼ିଗଲା ରଂଜନାର। ସେ ବର୍ତ୍ତମାନ ଜିନ୍ସ ପିନ୍ଧୁଥିଲା, ଏକା ବିଭିନ୍ନ ଜାଗାକୁ ଯାଇ ପାରୁଥିଲା, ସମସ୍ତଙ୍କର ଇଂରେଜୀ ଉଚ୍ଚାରଣ ବୁଝି ତାଙ୍କ ସହିତ ସ୍ୱାଭାବିକ ଭାବେ କଥାବାର୍ତ୍ତା କରୁଥିଲା ଏବଂ ପଟେଲ ପରିବାରରେ ନିଜକୁ ପୂରାପୂରି ସାମିଲ କରିନେଇଥିଲା। ସେଇ ପ୍ରଥମ ଦିନଟି ପରେ ତାର ଆଉ ଡେଭିଡ ସହିତ ଦେଖା ହୋଇ ନ ଥିଲା; ସେ ବୋଧହୁଏ ତା ପରେ ପରେ ଚାଲିଯାଇଥିଲା। ତା ପାଖ କୋଠରୀରେ ରହୁଥିବା ନିଗ୍ରୋ ଭଦ୍ରବ୍ୟକ୍ତିଙ୍କ

ସହିତ ତାର ଆଳାପ ହୋଇଥିଲା। ସେ ଖୁସିମିଜାଜର ଲୋକ ଥିଲେ ଏବଂ ରଂଜନାର ସୌନ୍ଦର୍ଯ୍ୟକୁ ପ୍ରଶଂସା କରୁଥିଲେ; ଥଟ୍ଟା କରି କହୁଥିଲେ, ମୁଁ ଯଦି ବାହା ହୋଇ ନ ଥାନ୍ତି, ତମ ଭଳି ଜଣେ ଭାରତୀୟ ନାରୀଙ୍କୁ ପ୍ରପୋଜ୍ କରିଥାନ୍ତି! ଲାଇବ୍ରେରୀରେ ତାର କାମ ଠିକ ଚାଲିଥିଲା ଏବଂ ରବିବାର ଦିନ ଜଭେଦ ସାଙ୍ଗରେ ଯାଇ ଲଣ୍ଡନରେ ଅନେକ ଦର୍ଶନୀୟ ସ୍ଥାନ ଦେଖି ଆସିଥିଲା। ସେଠାକାର ଚାଲିଚଳନକୁ ସେ ମାନି ନେଇଥିଲା ଏବଂ ରାସ୍ତାଘାଟରେ ପୁଅଝିଅଙ୍କର ଧରାଧରି ହେବା ବା ତାଙ୍କ ପ୍ରେମର ଶାରୀରିକ ପରିପ୍ରକାଶ ଆଉ ତାକୁ ବିସଦୃଶ ଜଣାଯାଉ ନ ଥିଲା।

ଜଭେଦ ତାକୁ ଭଲ ଲାଗୁଥିଲା ଏବଂ ରଂଜନା ତା ସହିତ ଅନେକ ସମୟ କଟାଉଥିଲା। ସେ ଅତି ଭଦ୍ରତା ଓ ସମ୍ଭ୍ରମର ସହିତ ବ୍ୟବହାର କରୁଥିଲେ ବି ରଂଜନାର ମନେ ହେଉଥିଲା ଜଭେଦ ଯେପରି ତା ପ୍ରତି ସଂପୂର୍ଣ୍ଣ ଶୀତଳ ଓ ମପାଚୁପା ଥିଲା। ରଂଜନା ତାକୁ ନିଜ ବିଷୟରେ ସବୁକିଛି କହୁଥିଲା କିନ୍ତୁ ନ ପଚାରିଲେ ସେ ତାର ବ୍ୟକ୍ତିଗତ କୌଣସି କଥା କହୁ ନ ଥିଲା। ରଂଜନା ଚାହୁଁଥିଲା ଅନ୍ୟମାନଙ୍କ ଭଳି ସେ ବି ତା ସହିତ ହାସ ପରିହାସ କରୁ, ରସିକତାର ସହିତ କଥା କହୁ, କିନ୍ତୁ ଜଭେଦ ଯଦିଓ ଅନ୍ୟମାନଙ୍କ ସହିତ ହାଲୁକା କଥାବାର୍ତ୍ତା କରୁଥିଲା, ରଂଜନା ବେଳକୁ ଗମ୍ଭୀର ହୋଇ ଯାଉଥିଲା। ଦିନେ ରଂଜନା ବାଥରୁମରେ ଗାଧୋଉଛି, ସେ କବାଟଟି ଠିକ ବନ୍ଦ କରି ନ ଥିଲା କି କଣ, ହଠାତ୍ ତା ଭିତରକୁ ଜଭେଦ ପଶି ଆସିଲା। ସେ କ୍ଷମା ମାଗି ବାହାରିଗଲା ଏବଂ ଏଥିରେ ଯଦିଓ ତାର କୌଣସି ଦୋଷ ନ ଥିଲା, ରଂଜନା ପାଖରେ ସେ ଆହୁରି ସମ୍ଭ୍ରମଶୀଳ ହୋଇଗଲା। ତାର ଭୁଲ ଯୋଗୁ ଜଭେଦ ନିଜକୁ ଦୋଷୀ ମନେ କରୁଥିବା ରଂଜନାକୁ ନିଜର ଲଜ୍ଜା ଓ ଅପ୍ରତିଭତାଠାରୁ ବେଶି ବିବ୍ରତ କରିଥିଲା ଏବଂ ସେ ଚେଷ୍ଟା କଲା ଜଭେଦର ସଂକୋଚକୁ ଦୂର କରିବା ପାଇଁ।

ଦିନେ ଜଭେଦକୁ ବିଚଳିତ କରିଦେଇ ସେ ତାର କୋଠରୀ ଭିତରକୁ ଗଲା। ଜଭେଦ ତାକୁ ଦେଖି ବିବ୍ରତ ହୋଇଗଲା, କିନ୍ତୁ ପୁଣି ନିଜକୁ ସଂବରଣ କରି ବସି ରଂଜନା ସହିତ କଥାବାର୍ତ୍ତା କଲା। ସେ ରଂଜନାକୁ ଆଗରୁ କହିଥିଲା ଯେ ସେ ଅବିବାହିତ। ରଂଜନା ତାକୁ ପଚାରିଲା, ତମେ କଣ କୋଉ ଝିଅକୁ ଭଲପାଅ ? ପ୍ରଶ୍ନଟି କରିବା ପରେ ନିଜେ ରଂଜନା ଆଶ୍ଚର୍ଯ୍ୟ ହେଲା ସେ କିପରି ସାହସ କଲା ନିଜ ଆଡୁ ଜଣେ ସ୍ୱଳ୍ପ ପରିଚିତ ଲୋକର କୋଠରୀକୁ ଆସି ତାର ବ୍ୟକ୍ତିଗତ ଜୀବନ ବିଷୟରେ

ପ୍ରଶ୍ନ କରିବାକୁ। ଜଭେଦ ସାମାନ୍ୟ ଅପ୍ରତିଭ ହୋଇ ହଁ କଲା ଏବଂ ଝିଅଟିର ଫଟୋ ଆଣି ଦେଖାଇଲା। ରଂଜନା ଫଟୋଟି ଧରି ଅନେକ ସମୟ ବସି ରହିଲା, କିନ୍ତୁ ସେ ବିଷୟରେ ଆଉ କିଛି ପଚାରିଲା ନାହିଁ। ଏଥରକ ସେ ତାକୁ ତାର ପାଠ, ବିଶ୍ୱବିଦ୍ୟାଳୟ, ବାପା ମା'ଙ୍କ କଥା ପଚାରିଲା। କିଛି ସମୟ ପରେ ଜଭେଦ ପଚାରିଲା ତଳକୁ ଯାଇ ସେ ତା ପାଇଁ ଚା କରି ଆଣି ଦେବ କି ? ରଂଜନା ତାକୁ ଓଲଟା ପଚାରିଲା ସେ ମଦ ପିଏ କି ନାହିଁ ଏବଂ ଜଭେଦ ଯେତେବେଳେ ହଁ କଲା, ରଂଜନା କହିଲା ଯେ ସେ ତା ସହିତ କୋଉ ପବ୍‌କୁ ଯାଇ ମଦ କି ପ୍ରକାର ଜିନିଷ ଚାଖିବାକୁ ଚାହେଁ। ଏକ ପ୍ରକାର ବାଧ୍ୟ କରି ସେ ଜଭେଦକୁ ରାଜି କରାଇଲା ଏବଂ ସେଇଦିନ ସଂଧ୍ୟାରେ ସେମାନେ ପାଖରେ ଗୋଟିଏ ପବ୍‌କୁ ଗଲେ।

ପବ୍‌ରେ ରଂଜନା ଜିଦ କଲା ଯେ ଜଭେଦ ଯାହା ପିଇବ, ସେ ମଧ୍ୟ ତାହା ହିଁ ପିଇବ। ଜଭେଦ ତାକୁ ମିଠା ୱାଇନ ପିଇବାକୁ ଉପଦେଶ ଦେଲା କିନ୍ତୁ ରଂଜନା ତା ସହିତ ଗୋଟିଏ ମଗ୍ ବିଅର୍ ନେଇ ଆସି ଅତି କଟୁ ଲାଗୁଥିବା ସତ୍ତ୍ୱେ ତାକୁ ବସି ପିଇଲା। ସେଇଟି ଶେଷ ହୋଇଯିବା ପରେ ରଂଜନା କହିଲା, ଏଥରର ବିଅର ପାଇଁ ମୁଁ ପଇସା ଦେବି। ବାଧ୍ୟ ହୋଇ ଜଭେଦ ଦିଜଣଙ୍କ ପାଇଁ ଆହୁରି ବିଅର ଆଣିଲା। ତାକୁ ପିଇସାରି ବେଶ୍ ଡେରିରେ ସେମାନେ ଯେତେବେଳେ ସେଠାରୁ ବାହାରିଲେ, ରଂଜନାକୁ ସବୁ କିଛି ହାଲୁକା ଲାଗୁଥିଲା। ଘରେ ପହଞ୍ଚିବା ବେଳକୁ ସମସ୍ତେ ଶୋଇଯାଇଥିଲେ। ଛ'ଟା ସୁଦ୍ଧା ଯେଉଁମାନେ ଫେରୁ ନ ଥିଲେ, ମିସେସ ପଟେଲ ତାଙ୍କ ପାଇଁ ଖାଇବା ଅଲଗା ରଖି ଦେଉଥିଲେ ମାଇକ୍ରୋଓଭନରେ ଗରମ କରି ଖାଇବା ପାଇଁ। ଜଭେଦ ଖାଇବା ଗରମ କଲା ଏବଂ ଦୁହେଁ ଖାଇ ବସିଲେ। ରଂଜନାର ମୁଣ୍ଡ ଠିକ କାମ କରୁ ନ ଥିଲା ଏବଂ ସେ ଚୁପଚାପ ରହିଥିଲା। ଖାଇବା ପରେ ଜଭେଦ ତାର ହାତ ଧରି ଉପରକୁ ନେଇଗଲା ଏବଂ ତା କୋଠରୀ ପାଖରେ ଛାଡ଼ିଦେଲା। ପୋଷାକ ନ ବଦଳାଇ ରଂଜନା ସେମିତି ବିଛଣାରେ ପଡ଼ିଗଲା ଏବଂ ଭୀଷଣ ମୁଣ୍ଡବଥା ଅନୁଭବ କଲା। ଘର ଛାଡ଼ିବା ବେଳେ ଆଶୁତୋଷ ତାକୁ ବିଭିନ୍ନ ପ୍ରକାରର ଔଷଧ ଦେଇଥିଲା, କିନ୍ତୁ ବର୍ତ୍ତମାନ ସୁଟକେସ ଖୋଲି ତାକୁ ଖୋଜିବାରେ ଧୈର୍ଯ୍ୟ ନ ଥିଲା ରଂଜନାର। ସେ ବାହାରକୁ ଆସି ଜଭେଦର କବାଟରେ ଧୀରେ ଆଘାତ କଲା ଏବଂ ଜଭେଦ ଟିକିଏ ଖୋଲିବାରୁ ମୁଣ୍ଡବଥାର ଔଷଧ ମାଗିଲା।

ଜଭେଦ ସେଇ ଅଧାଖୋଲା କବାଟ ଭିତରୁ ତା ଆଡ଼କୁ ଔଷଧ ବଢ଼ାଇଦେଲା। ତାକୁ ନେଇ ରଂଜନା ନିଜ ବିଛଣାକୁ ଫେରିଲା କିନ୍ତୁ ଔଷଧ ଖାଇବାକୁ ତାର ଯେପରି ଆଉ ଧୈର୍ଯ୍ୟ ନ ଥିଲା। ସେ ସେମିତି ଶୋଇଗଲା।

କିଛି ଦିନରେ ରଂଜନାର ଲାଇବ୍ରେରୀ କାମ ସରିଗଲା ଓ ତାର ଫେରିବାର ସମୟ ବି ଆସିଗଲା। ସେ ପ୍ରଫେସରଙ୍କ ପାଖରୁ ବିଦାୟ ନେଇ ସାରିଥିଲା ଏବଂ ଜଭେଦ ସାଙ୍ଗରେ ଛୁଟିଦିନରେ ଯାଇ ଲଣ୍ଡନର ବାକି ଦର୍ଶନୀୟ ଜାଗା ସବୁ ଦେଖି ଆସିଥିଲା। ସେ ତାର ଫେରିବାର ଟିକେଟକୁ କନ୍‌ଫର୍ମ କରିଥିଲା ଏବଂ ଟେଲିଫୋନରେ ଆଶୁତୋଷକୁ ଖବର କରି ଦେଇଥିଲା। ମିସେସ ପଟେଲ ହିସାବ କରି ତାଙ୍କର ସବୁ ପ୍ରାପ୍ୟ ନେଇ ସାରିଥିଲେ। ଯାହା କିଛି ଜିନିଷ ନେବାର ଥିଲା, ସୁଟକେସ ନେଇ ଏୟାରପୋର୍ଟକୁ ଯିବା ବିଷୟରେ ସେ ସାମାନ୍ୟ ଚିନ୍ତିତ ଥିବାବେଳେ ଜଭେଦ କଥା ଦେଇଥିଲା ଯେ ସେ ତାକୁ ସେଠାରେ ପହଞ୍ଚାଇ ଦେଇ ଆସିବ।

ଯେଉଁଦିନ ଭୋର ସକାଳେ ଲଣ୍ଡନ ଛାଡ଼ିବା କଥା, ତା ପୂର୍ବଦିନ ସଂଜରେ ଖାଇବା ଟେବୁଲରେ ଅନେକ ଥର ଭଳି ଏକା ରଂଜନା ଓ ଜଭେଦ ବସିଥିଲେ। ସେମାନେ ଖାଇ ସାରିଥିଲେ। ଜଭେଦ ତାକୁ ତାର ଟିକେଟ, ପ୍ୟାକିଂ ଇତ୍ୟାଦି ବିଷୟରେ ପଚାରୁଥିଲା, କିନ୍ତୁ ରଂଜନା କିଛି କହୁ ନ ଥିଲା। ଜଭେଦ ଦି ଜଣଙ୍କ ପାଇଁ କଫି କରି ଆଣିଦେଲା। ତାକୁ ବି ଚୁପଚାପ ପିଇଲା ରଂଜନା। ଏମିତି କେତେ ସମୟର ନୀରବତା ପରେ ଜଭେଦ କହିଲା, ତମକୁ କାଲି ସକାଳେ ଶୀଘ୍ର ଉଠିବାକୁ ହେବ; ଯାଇ ଶୋଇଯାଅ। ରଂଜନା କହିଲା, ମତେ ରାତି ତିନିଟା ବେଳେ ଉଠିବାକୁ ହେବ, କାରଣ ତିଆରି ହେବାକୁ ମତେ ସମୟ ଲାଗିବ। ଏତେ ସକାଳେ ମୁଁ କେମିତି ଉଠିବି କେଜାଣି ! ଜଭେଦ କହିଲା, ମୋ ପାଖରେ ଆଲାର୍ମ ଘଣ୍ଟା ଅଛି; ମୁଁ ତମକୁ ସେଇଟି ଦେବି। ଖାଇବା ଟେବୁଲ ସଫା କରି ଦୁହେଁ ସିଡ଼ି ଦେଇ ଉପରକୁ ଚଢ଼ିଲେ। ରଂଜନା କହିଲା, ଘଣ୍ଟା ମୋର କାମରେ ଆସିବ ନାହିଁ। ଯଦି ତମକୁ କଷ୍ଟ ନ ହୁଏ, ତମେ ବରଂ ଆସି ମତେ ଉଠାଇ ଦେବ। ଜଭେଦ ହଁ କଲା। ସିଡ଼ି ଉପରେ ପହଞ୍ଚି ନିଜ କୋଠରୀ ଆଡ଼କୁ ଯିବା ବେଳକୁ ରଂଜନା କହିଲା, ମୁଁ ରାତିରେ ମୋର କବାଟ ଖୋଲା ରଖିଥିବି।

ଦେହରୁ ସବୁ ପୋଷାକ ଖୋଲି ଦେଇ ରଂଜନା ଯାଇ ବିଛଣା ଉପରେ ଶୋଇଗଲା ଓ ଜଳୁଥିବା ଦେହ ମନକୁ ପ୍ରଶମନ କରିବା ପାଇଁ ନିଜକୁ ନିଜ ହାତରେ

ସମର୍ପଣ କରିଦେଲା। ସେ ଆଉ କାଲି ସକାଳ କଥା ଭାବୁ ନ ଥିଲା। ବର୍ତ୍ତମାନ ସେ ଥିଲା ନିଜର ଅତୀତ ବର୍ତ୍ତମାନ ଭବିଷ୍ୟତର ବାହାରେ ; ତାର ପରିପାର୍ଶ୍ୱର ପୃଥିବୀଠାରୁ ବିଚ୍ଛିନ୍ନ ହୋଇ ସେ ଶୂନ୍ୟରେ ଭାସି ବୁଲୁଥିଲା। ସେ କେବଳ ଶୁଣି ପାରୁଥିଲା ନିଜର ଖର ନିଶ୍ୱାସର ଉତ୍‌ଥାନ ପତନକୁ; ସେ ଉପଲବ୍‌ଧି କରିପାରୁଥିଲା କେବଳ ନିଜ ଦେହର ସ୍ପର୍ଶ ଗନ୍ଧ ସ୍ୱାଦକୁ। ତାର ସମସ୍ତ ଇନ୍ଦ୍ରିୟାନୁଭବ ଯାଇ ଏକନିଷ୍ଠ ହୋଇ ଯାଇଥିଲେ ଶରୀରର ଗୋଟିଏ ସ୍ପନ୍ଦମାନ ବିନ୍ଦୁରେ। ତଲ୍ଲୀନ ହୋଇ ରଂଜନା ଜଭେଦର ମୁହଁକୁ ମନେ ପକାଇବାକୁ ଚେଷ୍ଟା କଲା, କିନ୍ତୁ ତାକୁ ମୂର୍ତ୍ତିମନ୍ତ କରିପାରିଲା ନାହିଁ। ଏଥରକ ସେ ନିଜର ସମସ୍ତ ଚେତନା ଦେଇ ଶ୍ରୀମନ୍ତକୁ ଆବାହନ କଲା।

—

କୁଶୀଲବ

ଥାନାର ଅପ୍ରୀତିକର ଚଉକି ଉପରେ ବସି ବଳଭଦ୍ର ଟୋକା ଅଫିସରକୁ ସଂପୂର୍ଣ୍ଣ ଅବଜ୍ଞା ଓ ସାମାନ୍ୟ ଦୟାର ସହିତ ଅନାଇଲା। ନିଜେ ଜଣେ ଜଣାଶୁଣା ଲେଖକ ହୋଇଥିବାର ଅଭିମାନ ନେଇ ସେ ଦେଖୁଥିଲା ପୋଲିସ୍ ଚାକିରିରେ ଏ ପର୍ଯ୍ୟନ୍ତ ବର୍ବର ହୋଇଯାଇ ନ ଥିବା ଦାରୋଗାକୁ। ଦାରୋଗା ମଧ୍ୟ ତା ସହିତ ସମ୍ଭ୍ରମର ସହିତ ବ୍ୟବହାର କରୁଥିଲା ଏବଂ ତାକୁ ବସିବାକୁ କହି ଫାଇଲ ପଢୁଥିଲା। ଫାଇଲ ବନ୍ଦ କରି ସେ ବଳଭଦ୍ରକୁ କହିଲା, ଆପଣଙ୍କୁ ଅସମୟରେ ଏଠାକୁ ଡାକି ଆଣି ଥିବାରୁ ମୁଁ ଦୁଃଖିତ; ତେବେ ଗୋଟିଏ କେସ୍‌ରେ ଆମେ ଆପଣଙ୍କର ସାହାଯ୍ୟ ଚାହୁଁଥିବାରୁ ଆପଣଙ୍କୁ କଷ୍ଟ ଦେଲୁ। ଦାରୋଗା ଯଦିଓ ଭଦ୍ର ଓ ନରମ ଭାବରେ ଏକଥା କହିଲା, ବଳଭଦ୍ର ସାମାନ୍ୟ ବିରକ୍ତିର ସହିତ ରୁକ୍ଷ ସ୍ୱରରେ କହିଲା, କଣ ପଚାରିବାର ଅଛି, ପଚାରନ୍ତୁ।

ଫାଇଲ ଖୋଲି ଦାରୋଗା କାଗଜରୁ କଣ ଦେଖି ତାକୁ ପ୍ରଶ୍ନ କଲା, ଆପଣ ଜନକରାଜ ହରଣଚାଲ ବିଷୟରେ କିଛି ଜାଣନ୍ତି ? ପ୍ରାୟ ଚାରିମାସ ତଳେ ରାଉରକେଲାରେ ହୋଇଥିବା ଏଇ ହରଣଚାଲ ବିଷୟରେ କିଛିଦିନ ଧରି ଖବର କାଗଜରେ କ୍ରମାଗତ ବାହାରୁଥିଲା ଏବଂ ଅନ୍ୟମାନଙ୍କ ଭଳି ବଳଭଦ୍ର ମଧ୍ୟ ସାଧାରଣ ଆଗ୍ରହର ସହିତ ତା ପଢ଼ିଥିଲା। ତେବେ ଏଭଳି ଶସ୍ତା ସନସନୀ ଖବରରେ ରୁଚି ରଖିବା ଜଣେ ଗମ୍ଭୀର ଲେଖକୋଚିତ ହେବ ନାହିଁ ଭାବି ସେ ରୋକଠୋକ କହିଲା, ନା। ଦାରୋଗା କହିଲା, ଖବରକାଗଜରେ ଏ ବିଷୟରେ ବାହାରିଥିଲା; ହୁଏତ ଆପଣଙ୍କ ଆଖିରେ ପଡ଼ିଥାଇପାରେ। ବଳଭଦ୍ର କହିଲା, ମୁଁ ଖବରକାଗଜରେ ଏଭଳି ଖବର ସବୁ ଅଦେଖା କରିଦିଏ। ଯଦିଓ ସେ ଏ ପର୍ଯ୍ୟନ୍ତ ବୁଝିପାରୁ ନ ଥିଲା ତାକୁ

କାହିଁକି ଏ ହରଣଚାଳ ବିଷୟରେ ପ୍ରଶ୍ନ କରା ହେଉଛି, ସେ ଭାବଭଙ୍ଗୀ କଲା ଯେପରିକି ସେ ଏ ବିଷୟରେ କିଛି ଜାଣି ନ ଥିବାରୁ ଥାନାରେ ତାର କାମ ସରିଯାଇଛି ଏବଂ ତାକୁ ଏଥରକ ଉଠିବାର ଅନୁମତି ଦିଆଯାଉ।

ବଳଭଦ୍ରର ହାବଭାବକୁ ସଂପୂର୍ଣ୍ଣ ଅବଜ୍ଞା କରି ଦାରୋଗା ପୁଣି ଫାଇଲରେ ମନ ଦେଲା ଏବଂ କିଛି ସମୟ ପରେ ମୁହଁ ଉଠାଇ କହିଲା, ଆପଣଙ୍କ ପାଇଁ ଚା ମଗାଇବି ? ବଳଭଦ୍ର ନା କରିବାରୁ ଦାରୋଗା ଫାଇଲରୁ ଗୋଟିଏ କାଗଜ ବାହାର କରି ତା ଆଡ଼କୁ ବଢ଼ାଇଦେଲା। ଏଇଟି ଗୋଟିଏ ଖବରକାଗଜର ଅଂଶ ଥିଲା ଯେଉଁଥିରେ 'ଅଭିନବ ଉପାୟରେ ବ୍ୟବସାୟୀ ହରଣଚାଳ' ଶୀର୍ଷକର ସମ୍ବାଦଟି ଥିଲା। ବଳଭଦ୍ର କିଛି କହିବାକୁ ଯାଉଛି, ଦାରୋଗା କହିଲା, ଏଇଟିକୁ ପ୍ରଥମେ ଟିକିଏ ଭଲ ଭାବେ ଦେଖି ନିଅନ୍ତୁ; ଏ ସଂପର୍କରେ ଆପଣଙ୍କୁ କିଛି ପ୍ରଶ୍ନ କରିବାର ଅଛି।

ବଳଭଦ୍ର ବୁଝିଲା ଯେ ଏ ସବୁରେ କିଛି ଗୋଟିଏ ରହସ୍ୟ ଅଛି ଯାହା ତାର ବୁଝିବାର ବାହାରେ। ତେଣୁ ସେ ସାମାନ୍ୟ ସତର୍କ ହେଲା ଏବଂ ଆଗରୁ ପଢ଼ିଥିବା ଖବରଟିକୁ ଆହୁରି ଥରେ ପଢ଼ିଲା। ଦିନ ଦିପହରେ କିପରି ଦୁଇଜଣ ଭଦ୍ରବ୍ୟକ୍ତି ଜଣେ ସ୍ତ୍ରୀଲୋକ ସହିତ ବ୍ୟବସାୟୀର ଅଫିସକୁ ଆସି ସବୁ ଲୋକଙ୍କ ଆଗରେ ତାକୁ ସାଙ୍ଗରେ ନେଇ ନିଜର ଧଳା ମାରୁତି ଭ୍ୟାନରେ ଉଭାନ ହୋଇଗଲେ, ତାର ବିସ୍ତୃତ ବର୍ଣ୍ଣନା ଥିଲା ଖବରକାଗଜର ବିବରଣୀରେ। ସେଥିରେ ଯଦିଓ ନୂଆ କିଛି ଜାଣିବାର ନ ଥିଲା, ବଳଭଦ୍ର ତାକୁ ସାବଧାନତାର ସହିତ ପଢ଼ିଲା ହୁଏତ ସେଥିରେ କୌଣସି ନିହିତ ତାତ୍ପର୍ଯ୍ୟ ଥାଇପାରେ ଏଇ ସମ୍ବାଦ ସହିତ ତାର ସଂପର୍କ।

ଯାଦୁକର ଖେଳ ଦେଖାଇବା ଭଙ୍ଗୀରେ ଦାରୋଗା ତା ହାତରୁ ଖବରକାଗଜଟି ନେଇ ଯତ୍ନରେ ଫାଇଲରେ ରଖିଲା ଏବଂ ଫାଇଲରୁ ଗୋଟିଏ ବହି ବାହାର କରି ବଳଭଦ୍ର ହାତକୁ ବଢ଼ାଇ ଦେଲା। ଏଇଟି ବଳଭଦ୍ରର ସଦ୍ୟ ପ୍ରକାଶିତ ଗଳ୍ପ ସଂକଳନ ଥିଲା। ଏଇଟିକୁ ଦେଖି ବଳଭଦ୍ର ହଠାତ୍ ବୁଝିପାରିଲା କାହିଁକି ରାଉରକେଲାର ଜନକରାଜ ହରଣଚାଳ ଘଟଣା ପାଇଁ ତାକୁ ଡକାଯାଇଛି।

ଦାରୋଗା ତାକୁ ପଚାରିଲା, କୀର୍ତ୍ତିମୁଖର ଅର୍ଥ କଣ ? ସାହିତ୍ୟିକ ଜୀବନରେ ବଳଭଦ୍ର ଗୋଟିଏ ଛଦ୍ମନାମ ମଧ୍ୟ ରଖିଥିଲା। ନିଜର ଅସଲ ନାଁରେ ସେ ଗମ୍ଭୀର ଅଭିଜାତ ବୌଦ୍ଧିକ ଗଳ୍ପ ଉପନ୍ୟାସ ଲେଖୁଥିଲା, ଯେଉଁଥିରୁ ସେ ଆଦୌ ପଇସା ପାଉ

ନ ଥିଲା। ଭଲ ବିକ୍ରି ହେବା ବହି ଯଥା ଡିଟେକଟିଭ ଗଳ୍ପ, ହାଲୁକା ଅଶ୍ଳୀଳ ଉପନ୍ୟାସ, ଶସ୍ତା, ରାଜନୈତିକ କାହାଣୀ ଓ ରୋମାଞ୍ଚକାରୀ ଥ୍ରିଲର ସେ ଲେଖୁଥିଲା କୀର୍ତ୍ତିମୁଖ ନାଁରେ। ଦାରୋଗାକୁ ପ୍ରଭାବିତ କରିବା ପାଇଁ ସେ କହିଲା, ଓଡ଼ିଶାର ଶିଳ୍ପଶାସ୍ତ୍ର ଅନୁସାରେ କୀର୍ତ୍ତିମୁଖ ହେଉଛି ବଜ୍ରମସ୍ତକର କେନ୍ଦ୍ରବୃତ୍ତରେ ଥିବା ମନୁଷ୍ୟ ମୁଖାକୃତି। ଏହି ସଂଜ୍ଞାଟିକୁ ସେ ଅନେକ ଦିନ ତଳେ ମୁଖସ୍ଥ କରି ରଖିଥିଲା କେତେବେଳେ ଦରକାରରେ ଆସିବ ବୋଲି; ତେବେ ତାକୁ ଯଦି କେହି ବଜ୍ରମସ୍ତକ କଣ ବୋଲି ପଚାରିଥାନ୍ତା, ତା ପାଖରେ ଉତ୍ତର ନ ଥିଲା। ଦାରୋଗା କିନ୍ତୁ ତା କଥାକୁ ଏଡ଼ାଇ ଦେଲା ଏବଂ କହିଲା, ଆପଣ କୀର୍ତ୍ତିମୁଖ ନାଁରେ ବି ଲେଖନ୍ତି ?

ମୁହୂର୍ତ୍ତେ ପାଇଁ ବଳଭଦ୍ର ଭାବିଲା କହିବ ନା, କିନ୍ତୁ ସେ ବର୍ତ୍ତମାନ ଦେଖୁଥିଲା ଯେ ଜିନିଷଟିକୁ ସେ ଯେତେ ସହଜ ବୋଲି ଭାବିଥିଲା ତା ନୁହେଁ। ସେ କୌଣସି ଗୋଟିଏ ବୃହତ୍ତର ରହସ୍ୟ ଜାଲରେ ଜଡ଼ିତ ଯାହା ଏ ପର୍ଯ୍ୟନ୍ତ ତାର ଅଜଣା। ତାକୁ ସେଥିପାଇଁ ସତର୍କ ହେବାକୁ ହେବ। ତେଣୁ ସେ ମୁହଁ ନୁଆଁଇ ହଁ ଭରିଲା।

ଦାରୋଗା କିଛି ସମୟ ତା ମୁହଁକୁ ଅନାଇ ରହିଲା ଏବଂ ଫାଇଲରୁ ଦେଖି ତାକୁ ପଚାରିଲା, ଏ ସବୁ ଗଳ୍ପ ଆପଣ କେବେ ଲେଖିଥିଲେ ? ବଳଭଦ୍ର ବୁଝିପାରିଲା ସମସ୍ୟାଟି କଣ। ଏଇ ସଂକଳନରେ ଗୋଟିଏ ଗପ ଥିଲା ହରଣଚାଲ ବିଷୟରେ। ସେଥିରେ ମଧ୍ୟ ଜଣେ ବ୍ୟବସାୟୀ ହରଣଚାଲ ହୋଇଯାଇଥିଲେ ଏକ ଅଭିନବ ଉପାୟରେ ଏବଂ ବଳଭଦ୍ରର ଯେତେଦୂର ମନେପଡୁଥିଲା, ରାଉରକେଲା ଘଟଣା ସହିତ ତା ଗପର ଅନେକ ସାମଞ୍ଜସ୍ୟ ଥିଲା। ସେ ବୁଝୁଥିଲା ଯେ ସେ ବର୍ତ୍ତମାନ ଏକ ଗୋହତ୍ୟା ବ୍ରହ୍ମହତ୍ୟା ପରିସ୍ଥିତିରେ ଅଛି। ଯଦି ସେ ଗପଟିକୁ ରାଉରକେଲା ଘଟଣା ପୂର୍ବରୁ ଲେଖିଥିଲା, ଏ କଥା କୁହାଯାଇ ପାରିବ ଯେ ଅପହରଣକାରୀମାନେ ସେଥିରୁ ପ୍ରେରଣା ପାଇଥିଲେ। ଯଦି ସେ ଘଟଣା ପରେ ଗପଟି ଲେଖିଛି, ତେବେ ସେ ଅପହରଣକାରୀଙ୍କ ବିଷୟରେ ଜାଣିଥିବାର ନିର୍ଣ୍ଣୟ କରାଯାଇପାରିବ। ବିଷମ ସମସ୍ୟାରେ ପଡ଼ିଲା ବଳଭଦ୍ର। ବହିଟିକୁ ଓଲଟପାଲଟ କରି ସେ ବିବାଦାସ୍ପଦ ଗଳ୍ପଟିର କିଛି ଅଂଶ ପୁଣି ଥରେ ପଢ଼ିଲା। ତା ଗପରେ ମଧ୍ୟ ଦୁଇଜଣ ପୁରୁଷ ଓ ଜଣେ ସୁନ୍ଦରୀ ନାରୀ ବ୍ୟବସାୟୀଙ୍କ ଅଫିସକୁ ଯାଇଥିବାର ବର୍ଣ୍ଣନା ଥିଲା। ବାସ୍ତବ ଯେ କଳ୍ପନାର ଏତେ ନିକଟରେ ପହଞ୍ଚିପାରେ ତାର ଧାରଣା ନ ଥିଲା। ଏଇ ସଦ୍ୟ

ପଢ଼ିଥିବା ଖବରକାଗଜ ରିପୋର୍ଟ ପରେ ତାର ନିଜ ଗପର ଅନୁଚ୍ଛେଦ ତା ପାଇଁ ରୋମାଞ୍ଚ ଆଣିଦେଲା। ବହିଟିକୁ ବନ୍ଦ କରି ସେ ଦାରୋଗାକୁ ଫେରାଇଦେଲା ଏବଂ କହିଲା, ନା, ମୋର ମନେ ନାହିଁ ଏ ଗପ ମୁଁ କେବେ ଲେଖିଥିଲି। ଦାରୋଗା ଯତ୍ନରେ ନେଇ ବହିଟିକୁ ଫାଇଲ ଭିତରେ ରଖିଲା, ଉଠି ଠିଆ ହୋଇ ତା ହାତରେ ହାତ ମିଳାଇ କହିଲା, ମୁଁ ଦୁଃଖିତ ଯେ ଆମେ ଆପଣଙ୍କୁ କଷ୍ଟ ଦେଲୁ। ଆପଣ ଘରକୁ ଯାଇ ମନେ ପକାଇବାକୁ ଚେଷ୍ଟା କରିବେ ଗଳ୍ପଟି କେବେ ଲେଖିଥିଲେ। ଆମର ଅନୁସନ୍ଧାନ ଜାରି ରହିଛି। ଆମେ ପୁଣି ଆପଣଙ୍କ ସହିତ ଯୋଗାଯୋଗ କରିବୁ।

ଘରକୁ ଫେରିବା ବେଳେ ବଳଭଦ୍ର ମନେ ପକାଇବାକୁ ଚେଷ୍ଟା କଲା ସେ କେବେ ଲେଖିଥିଲା ଗପଟି। କଦାପି ନୁହେଁ ରାଉରକେଲା ଘଟଣା ପରେ। ଏଇଟି ତାର ଅନେକ ଦିନ ତଳର ଲେଖା। ଟେଲିଭିଜନରେ ସେ କୋଉ ଆମେରିକାନ ଫିଲ୍ମ ଦେଖି ଉଦ୍‌ବୁଦ୍ଧ ହୋଇଥିଲା ଗପଟି ଲେଖିବା ପାଇଁ। ଦିନେ ସଂଧ୍ୟାବେଳେ ଟିଭି ଖୋଲୁ ଖୋଲୁ ସେ ଅଧାରୁ ଦେଖିଥିଲା ଫିଲ୍ମଟିକୁ। ସେ ଫିଲ୍ମର ନାଁ ବି କଣ ତାକୁ ଜଣା ନ ଥିଲା। ତେବେ କାହାଣୀ ଚିତ୍ତାକର୍ଷକ ଥିଲା ଏବଂ ଚିତ୍ରଟି ଦେଖୁ ଦେଖୁ ବଳଭଦ୍ର ଠିକ କରି ନେଇଥିଲା ଯେ ଏହାକୁ ଆଧାର କରି ସେ ଗୋଟିଏ ଲୋମହର୍ଷକ କାହାଣୀ ଲେଖିବ। ଏଇ ବିଦେଶୀ ଫିଲ୍ମଟି ହିଁ ଥିଲା ତାର ଗପର ଉତ୍ସ। ତେବେ ସେ ଏତେ କଥା କହିବାକୁ ଚାହୁଁ ନ ଥିଲା ପୋଲିସକୁ। କଣ ତାଙ୍କର ଜାଣିିବା ଦରକାର ସେ କେବେ ଲେଖିଥିଲା ଗପଟିକୁ ଏବଂ କାହାର ପ୍ରେରଣାରେ ? ବିଶେଷରେ, ଜଣେ ଲେଖକ ଭାବରେ ସେ ଜଣାଇବାକୁ ଚାହୁଁ ନ ଥିଲା ଯେ ତାର ଗପଟି କେଉଁ ବିଦେଶୀ ଚଳଚ୍ଚିତ୍ରର ଅନୁକୃତି ମାତ୍ର।

ଏଭଳି ଏକ ଛାୟାରେ ଲେଖା ଗପ ଯେ ତାକୁ କେବେ ବିପଦରେ ପକାଇପାରେ ତା ବଳଭଦ୍ରର କଳ୍ପନାର ବାହାରେ ଥିଲା। ଏ କଥାରୁ ତାର ମନକୁ ଆସିଲା ଗପର ଚରିତ୍ର ଓ ବାସ୍ତବ ଚରିତ୍ର ଭିତରେ ଥିବା ସାଦୃଶ୍ୟ କଥା। ତାର ଗପରେ ଥିବା କାଳ୍ପନିକ ଚରିତ୍ର ସହିତ ଯଦି ବାସ୍ତବ ଜଗତର କୌଣସି ଚରିତ୍ର ମିଶିଗଲା, ଲେଖକ ସେଥିରେ କଣ କରିବ ? ତା ଗପର ଘଟଣାବଳୀ ଯଦି କେଉଁଠାରେ ସତକୁ ସତ ପୁନରାବୃତ୍ତ ହେଲା, ସେଥିପାଇଁ ଲେଖକ ବିଚରା କାହିଁକି ଦାୟୀ ହେବ ?

ସେଦିନ ହଠାତ୍ ତା ଘରକୁ ଆସି ମିତା ତାକୁ ପଚାରିଲା, ମାମୁ, ତମେ କୁଆଡ଼େ ମୋ ନାଁରେ ଗୋଟେ ଗପ ଲେଖିଥିଲ ? ଏଭଳି ପ୍ରଶ୍ନରେ ଆଶ୍ଚର୍ଯ୍ୟ ହେଲା ବଳଭଦ୍ର। ଏବଂ ବିବ୍ରତ ବି। ସେ କଣ ଏମିତି କିଛି କୋଉ ଝିଅ ନାଁରେ ଖରାପ କରି ଲେଖିଦେଇଛି ଯାହାର ଜବାବ ମାଗୁଛି ମିତା ? ସେ କହିଲା, କି ଗପ? ମୁଁ କାହିଁକି ତୋ ନାଁରେ ଗପ ଲେଖିବି? ମିତା କହିଲା, ମୁଁ ସବୁବେଳେ ଚାକରଙ୍କ ସହିତ ଝକଝକ କରେ ବୋଲି ମତେ ମା ଖୁଣୁଥାଏ; ସେଇ କହୁଥିଲା ତମେ କୁଆଡ଼େ ଏଇ କଥା ନେଇ ଗପ ଲେଖିଚ। ବଳଭଦ୍ରର ମନେପଡ଼ିଲା ଯେ ସେ ଏଭଳି ଏକ ଗପ ଲେଖିଥିଲା; ତେବେ ଏ ଗପ ଲେଖିବାବେଳେ ସେ ମିତା କଥା ସ୍ୱପ୍ନରେ ବି ଭାବି ନ ଥିଲା। ସେ ଖୋଜାଖୋଜି କରି ତାର ଗୋଟିଏ ପୁରୁଣା ବହି ବାହାର କଲା ଏବଂ ସେଥିରୁ ଗପଟିକୁ ଖୋଲି ମିତା ହାତରେ ଦେଲା। କହିଲା, ମୁଁ ଜଣେ ମାଲିକାଣୀ ଆଉ ତାଙ୍କ ଚାକରଙ୍କ କଥା ଲେଖିଥିଲି, କିନ୍ତୁ ତା ତୋର କଥା ହେବ କାହିଁକି ? ତୁ ନିଜେ ପଢ଼ି ଦେଖ। ସେ ଭାବିଥିଲା ମିତା ଏତିକିରେ ସନ୍ତୁଷ୍ଟ ହୋଇଯିବ, କିନ୍ତୁ ମିତା ସତକୁ ସତ ତା ହାତରୁ ବହିଟି ନେଇ ଚଉକିର ବସି ତାକୁ ପଢ଼ିବାରେ ଲାଗିଲା। ଏବଂ ବଳଭଦ୍ର ଖୁସି ହେଲା ଯେ ଅନ୍ତତଃ ଜଣେ କେହି ତାର ପୁରୁଣା ଗପକୁ ଆଗ୍ରହର ସହିତ ପଢୁଛି।

କିନ୍ତୁ ଗପଟିକୁ ପଢ଼ି ସାରି ମିତା ରାଗିମାଗି ତା ଆଗରେ ଠିଆ ହେଲା; କହିଲା, ଏଇଟା ତ ମୋରି ନାଁରେ ଲେଖାହୋଇଛି। ବଳଭଦ୍ର ତା ହାତରୁ ବହିଟି ନେଇ ଗପ ଉପରେ ଆଖି ବୁଲାଇ କହିଲା, ଏ ତ ସବୁ ମଧ୍ୟବିତ୍ତ ଘରଣୀଙ୍କ କଥା। କୋଉ ଘରେ ମାଲିକାଣୀ ଚାକର ସାଙ୍ଗରେ ଲାଗି ନ ଥାନ୍ତି ? ମିତା କହିଲା, ଆଉ ତମେ ଯୋଉ ଆଦିବାସୀ ଚାକର କଥା ଲେଖିଚ ? ବଳଭଦ୍ର କହିଲା, ଅଧା ଘରେ ଖୋଜିଲେ ଆଦିବାସୀ ଚାକର ମିଳିବେ। ଏଇ ଆମ ପଡ଼ୋଶୀଙ୍କୁ ଦେଖୁନୁ ? ତାଙ୍କର ଆଦିବାସୀ ଚାକର ଅଛି କି ନାଇଁ ? ମିତା ତଥାପି ସନ୍ତୁଷ୍ଟ ହେଲା ନାହିଁ; କହିଲା, କେତେ ଜଣଙ୍କ ଘରେ ବୁଲା ବୋଲି ଚାକର ଅଛନ୍ତି ? ବଳଭଦ୍ର ଜବାବ ଦବାକୁ ଯାଉଥିଲା ଯେ ଚରିତ୍ରର ନାଁ ଦେଲାବେଳକୁ ଉପଯୁକ୍ତ ନାଁଟିଏ ଖୋଜିବାକୁ ପଡ଼େ; ଚାକର ନାଁ ପାଇଁ ସେ ଯଦି ବୁଲା ନ ଲେଖିଥାନ୍ତା, ତେବେ ହୁଏତ ନଟ ଲେଖିଥାନ୍ତା। ଏ କଥା କହିବାକୁ ଗଲାବେଳେ ତାର ହଠାତ୍ ମନେ ପଡ଼ିଲା ଯେ ମିତା ପାଖରେ ସତକୁ ସତ ନଟ ବୋଲି ଚାକର ପିଲାଟିଏ ବି ଥିଲା। ସେ ଏକଥା ନ କହି ବହିର ପ୍ରକାଶନ ସମୟ ଦେଖିଲା

ଏବଂ ଖୁସି ହୋଇ ମିତାକୁ କହିଲା, ପ୍ରମାଣ ମିଳିଗଲା। ଏ ଗପ ସେ ବିଷୟରେ ହୋଇ ନ ପାରେ କାରଣ ଏ ଗପ ଲେଖା ହେଲା ବେଳକୁ ତୁ ବାହା ବି ହୋଇ ନ ଥିଲୁ, ଘରଣୀ ହେବା ତ ଦୂରର କଥା।

ତା ହାତରୁ ବହିଟି ନେଇ ମିତା ଏ ପାଖ ସେ ପାଖ ଦେଖିଲା। କହିଲା, ତମେ କଣ ସର୍ବଜ୍ଞ ଯେ ଆଗରୁ ଜାଣିଦେଲ ମୁଁ ବାହା ହୋଇ ଘର ସଂସାର କଲେ ଚାକରଙ୍କ ସାଙ୍ଗେ ଝକଝକ କରିବି, ମୋର ଗୋଟେ ଆଦିବାସୀ ଚାକର ଥିବ, ଆଉ ଗୋଟେ ଚାକରର ନାଁ ଥିବ ବୁଲା ? ବଳଭଦ୍ର ତାକୁ ଦେଖାଇଲା ଯେ ବହିର ପ୍ରଥମ ସଂସ୍କରଣଟି ଛପା ହୋଇଥିଲା ତା ବାହା ହେବା ପୂର୍ବରୁ। ମିତା କହିଲା, ବହିରେ ତାରିଖ ଭୁଲ ଛପା ହୋଇଯାଇଥିବ। ନ ହେଲେ ବହିର ଦ୍ୱିତୀୟ ସଂସ୍କରଣରେ ତମେ ଏଇ ଗପଟା ମିଶାଇ ଦେଇଥିବ। ସେଦିନ ଖବର ବାହାରିଥିଲା ଯେ ଗୋଟିଏ ଗପକୁ ଦିଟା ବହିରେ ଛପାଇ ଥିବାରୁ କିଏ ଜଣେ ପାଠକ ଲେଖକ ନାଁରେ କେସ୍ କରିଥିଲା।

ଯାହା ହେଉ, ଭାଣିଜୀ ମିତାକୁ ବୁଝାଇ ପାରି ନ ଥିଲା ବଳଭଦ୍ର। ତା ହେଲେ ସେ ପୋଲିସ ଅଫିସରକୁ କିଭଳି ବୁଝାଇବ ଯେ ତାର ହରଣଚାଳ ଗପଟି ଅନେକ ଦିନ ତଳେ ଲେଖା ହୋଇଥିଲା ? ରାତିରେ ଶୋଇଲାବେଳେ ବି ଏ ଚିନ୍ତା ତାର ମନ ଭିତରୁ ଗଲା ନାହିଁ। ଲୋକେ ଭାବନ୍ତି ଯେ ଲେଖକ ଯାହା ସବୁ ଲେଖୁଛି ନିଶ୍ଚୟ କୌଣସି ସତ ଚରିତ୍ର ବା ସତ ଘଟଣା ଉପରେ ଆଧାରିତ। ସେମାନେ ଜାଣନ୍ତି ନାହିଁ ଯେ ତାର ଗୋଟିଏ କ୍ଷୟହୀନ ସମ୍ବଳ ଅଛି ଯାହା ହେଉଛି ତାର କଳ୍ପନା।

ମିତା ଭଳି ଆହୁରି ଅନେକ ଲୋକ ବିଭିନ୍ନ ସମୟରେ ଆସି ତାର ସାମନା କରିଛନ୍ତି। ତାର ଗପରେ ଭଲ ଚରିତ୍ର ଅଛନ୍ତି, ଖରାପ ଚରିତ୍ର ବି ଅଛନ୍ତି। କେବେ କିନ୍ତୁ କେହି ତାକୁ ଆସି କହି ନାହିଁ, ଆପଣ ଯେଉଁ ପରୋପକାରୀ ଆଦର୍ଶ ଚରିତ୍ର କଥା ଲେଖିଛନ୍ତି, ସେଇଟି ଆପଣ ନିଶ୍ଚେ ମତେ ଆଖି ଆଗରେ ରଖି ଲେଖିଛନ୍ତି; ମୁଁ ସେଥିପାଇଁ ଆପଣଙ୍କ ପାଖରେ କୃତଜ୍ଞ। କିନ୍ତୁ ସେ କୌଣସି ଲାଞ୍ଚଖୋର ଇଂଜିନିଅରଙ୍କ ବିଷୟରେ ଲେଖିଲାମାତ୍ରେ ତାର ଅଧା ଡଜନ ଇଂଜିନିଅର ବଂଧୁ ତାର ଶତ୍ରୁ ହୋଇଯାନ୍ତି, ଯେପରିକି ସେ ସେଇ ବନ୍ଧୁ ବିଶେଷଙ୍କ ବିଷୟରେ ହିଁ ଗପଟି ଲେଖିଚି। ବିକାଶ ତାର ପିଲାଦିନ ସ୍କୁଲର ସାଙ୍ଗ। ସେ ବି ଶେଷରେ ତାକୁ ଭୁଲ ବୁଝିଲା। କୋଉ ପତ୍ରିକାରେ ତାର ଗପ ପଢ଼ି ଆସି ତାକୁ କହିଲା, ମୁଁ ତୋ ପାଖରୁ ଏ

କଥା ଆଶା କରି ନ ଥିଲି। ବଳଭଦ୍ର କହିଲା, ଭାଇ, ସରି। ତୁ ଯୋଉ ତମ ଡିପାର୍ଟମେଣ୍ଟର ଭ୍ରଷ୍ଟାଚାର କଥା କହୁଥିଲୁ, ସେ ବିଷୟରେ ଲେଖିବା ପୂର୍ବରୁ ତତେ ଟିକିଏ ପଚାରି ନେଇଥିଲେ ଭଲ ହୋଇଥାନ୍ତା। ବିକାଶ ବିରକ୍ତ ହୋଇ କହିଲା, କଣ ଭଲ ହୋଇଥାନ୍ତା? ମୁଁ ତ ତୋ ଯୋଗୁ ସର୍ବସାଧାରଣରେ ବଦନାମ ହୋଇଗଲି।

ବଦନାମ ତ ସେଇମାନେ ହେବେ ଯେଉଁମାନେ ଭ୍ରଷ୍ଟାଚାର କରୁଛନ୍ତି। ତୁ ବି ତ କହୁଥିଲୁ କେମିତି ଖୋଲାଖୋଲି ଚୋରି ଚାଲିଛି ତମ ବିଭାଗରେ।

ହେଲା ଯେ, ତୁ ଯେମିତି ଲେଖିଚୁ, ଲୋକେ ତ ମତେ ହିଁ ବୁଝିବେ। ଆକାଶ କଣ କାହାର ନାଁ ହେଲାଣି ନା କଣ ? ସମସ୍ତେ ଭାବିବେ ସେ ଲୋକ ହଉଚି ଇଂଜିନିଅର ବିକାଶ।

ବଳଭଦ୍ର ତାକୁ କହିବାକୁ ଯାଇଥିଲା ଯେ ସେ ଅନ୍ତତଃ ତିନିଜଣ ଆକାଶକୁ ଜାଣେ, କିନ୍ତୁ ସେଥିରୁ ନିବୃତ୍ତ ରହିଲା। ବିକାଶକୁ ଖୁସି କରିବାକୁ ସେ ମିଛର ଆଶ୍ରୟ ନେଇ କହିଲା, ମୁଁ ଯେତେବେଳେ ଭ୍ରଷ୍ଟ ଇଂଜିନିଅର ବିଷୟରେ ଲେଖିଲି, ଆଖି ଆଗରେ ରଖିଥିଲି ତୁ ଯୋଉ ସୁପରିଣ୍ଟେଣ୍ଡିଂ ଇଂଜିନିଅର ବିନୟ କଥା କହୁଥିଲୁ, ତାକୁ।

ତା ହେଲେ ତୁ ସେ ଲୋକର ନାଁ ବିଜୟ ନ ରଖି ଆକାଶ ରଖିଲୁ କାହିଁକି ? ପୁଣି ତୁ ଯୋଉ ବ୍ୟାରେଜ ବିଷୟରେ ଲେଖିଚୁ, ସେଇଟା ତ ମୋର ସିଧାସଳଖ ଦାୟିତ୍ୱ।

ଏପରି ଭାବରେ ଅସନ୍ତୁଷ୍ଟ ହୋଇ ସେଦିନ ବିକାଶ ତା ପାଖରୁ ବିଦାୟ ନେଲା ଏବଂ ସେମାନଙ୍କର ଚାଳିଶ ବର୍ଷର ବନ୍ଧୁତ୍ୱ ଆସ୍ତେ ଆସ୍ତେ ଭାଙ୍ଗିଗଲା, ତାର ସେଇ ଗୋଟିଏ ଗପ ଯୋଗୁ।

ଥାନାରୁ ଯଦିଓ ତା ପାଖକୁ ଆଉ ଫୋନ ଆସିଲା ନାହିଁ, ସେ ମନ ଭିତରେ ବିଚଳିତ ରହିଲା। ତାର ଆଗ୍ରହ ହେଲା ଜାଣିବା ପାଇଁ ହରଣଚାଳର ଏତାବତ୍ ପରିସ୍ଥିତି କଣ, କିନ୍ତୁ ଆଜିକାଲି ଆଉ ଖବରକାଗଜରେ ସେଇ ପୁରୁଣା ଘଟଣା ବିଷୟରେ କିଛି ବାହାରୁ ନ ଥିଲା, ଯଦିଓ ଜନକରାଜଙ୍କର ଏପର୍ଯ୍ୟନ୍ତ କୌଣସି ସନ୍ଧାନ ମିଳି ନ ଥିଲା। ସେ ଯେଉଁ ଦୁଇଜଣଙ୍କୁ ପଚାରିଲା, ସେମାନେ ଏ ବିଷୟରେ କିଛି ଜାଣି ନ ଥିଲେ ତଥା ଆଗ୍ରହୀ ନ ଥିଲେ। ଶେଷକୁ ଅସ୍ଥିର ହୋଇ ବଳଭଦ୍ର ନିଜେ ଥାନାବାବୁଙ୍କୁ ଫୋନ କଲା।

ସେଇ ଦାରୋଗାଙ୍କୁ ପାଇବା ପରେ ବଳଭଦ୍ର କହିଲା, ଆପଣ ମତେ କହିଥିଲେ ସେ ଗପଟି କେବେ ଲେଖିଛି ମନେପଡ଼ିଲେ...। ତାକୁ ଆଉ କହିବାକୁ ନ ଦେଇ ଦାରୋଗା କହିଲା, ମୁଁ ବି ଆପଣଙ୍କୁ ଫୋନ କରିବାକୁ ଯାଉଥିଲି। ଯଦି ଅସୁବିଧା ନ ହୁଏ ଆପଣଙ୍କୁ ପୁଣି ଟିକିଏ ଥାନାକୁ ଆସିବାକୁ ହେବ। ବଳଭଦ୍ର ପଚାରିଲା, କେତେବେଳେ ? ଦାରୋଗା କହିଲା, ବର୍ତ୍ତମାନ ଚାଲିଆସନ୍ତୁ। ବଳଭଦ୍ର କିନ୍ତୁ ପୁଣି ଭାବିଲା କହିବ ବର୍ତ୍ତମାନ ତାକୁ ସୁବିଧା ହେବ ନାହିଁ ପରେ ସୁବିଧା ଦେଖି ଆସିବ, କିନ୍ତୁ ପୁଣି ଭାବି କହିଲା, ଆଚ୍ଛା ହଉ।

ସେ ବର୍ତ୍ତମାନ ସେଇ ପୂର୍ବର ଚଉକି ଉପରେ ବସିଥିଲା ଏବଂ ଦାରୋଗା ପୂର୍ବପରି ସାମନାରେ ଫାଇଲକୁ ରଖି ତା ଭିତରୁ ଗୋଟାଏ କାଗଜ ପଢୁଥିଲା। ବଳଭଦ୍ର ସାମାନ୍ୟ ଭାଙ୍ଗିଯାଇଥିଲା ଏବଂ ଏଥରକ ଆଉ ପ୍ରତ୍ୟୟର ସହିତ ନିଜର ପରିସ୍ଥିତିକୁ ଦେଖୁ ନ ଥିଲା। ଦାରୋଗା ଯେତେବେଳେ ତାକୁ ଚା କଥା ପଚାରିଲା, ବଳଭଦ୍ର ହଁ ଭଳି ତାକୁ ଧନ୍ୟବାଦ ଦେଲା।

ଦାରୋଗା ଫାଇଲରୁ ବହିଟି ବାହାର କରି ସେଥିରୁ ନିର୍ଦ୍ଦିଷ୍ଟ ଗପଟି ଥିବା ପୃଷ୍ଠା ଖୋଲିଲା ଓ ପଚାରିଲା, ଏ ଗପଟି ଆପଣ କେବେ ଲେଖିଥଲେ ବୋଲି କହୁଥିଲେ ? ବଳଭଦ୍ର କହିଲା, ମୋର ଠିକ ମନେ ନାହିଁ, ତେବେ ନିଶ୍ଚୟ ଏଇଟି ଲେଖିଥିଲି କିଛି ବର୍ଷ ତଳେ। ଏଇ ସମୟରେ ଚା ଆସିଲା। ଦାରୋଗା କହିଲା, ନିଅନ୍ତୁ, ଚା ପିଅନ୍ତୁ ଏବଂ ଟିକିଏ କଷ୍ଟ କରି ଭାବିବାକୁ ଚେଷ୍ଟା କରନ୍ତୁ। ବହିଟି ଏଇମାତ୍ର ପ୍ରକାଶ ପାଇଥିବାରୁ ଯେ କେହି ଭାବିବ ଯେ ଗଳ୍ପଟି ଏବର ଲେଖା। ଏ କଥାର ସିଧାସଳଖ ଜବାବ ନ ଦେଇ ବଳଭଦ୍ର ଚା ପିଇଲା ଓ ଭାବିବାର ଛଳନା କଲା। ଚା ପିଇସାରି କପକୁ ଆଡ଼େଇ ରଖି ସେ କହିବାକୁ ଯାଉଛି ଦାରୋଗା କହିଲା, ଆପଣ ସମାଜର ଜଣେ ସମ୍ମାନିତ ଲୋକ। ଆପଣଙ୍କୁ ମୁଁ ଆମର ସନ୍ଦେହର କଥାଟା କହିଦିଏ। ଆପଣଙ୍କ ଗଳ୍ପରେ ଏପରି ଅନେକ ବିସ୍ତାରିତ ବିବରଣୀ ଅଛି ଯାହା ଅପରାଧୀ ଓ ପୋଲିସ ବ୍ୟତୀତ ଆଉ ସମସ୍ତଙ୍କୁ ଅଜଣା। ଏ ବିବରଣୀ ସର୍ବସାଧାରଣରେ ପ୍ରକାଶ କରାଯାଇ ନାହିଁ, ଅନୁସନ୍ଧାନରେ ବ୍ୟାଘାତ ହେବ ବୋଲି। ଆପଣଙ୍କ ଗପରେ ଅପରାଧୀମାନେ ଧଳା ମାରୁତି ଭ୍ୟାନ ବ୍ୟବହାର କରିଥିବା କଥା ଅଛି ଏବଂ

ରାଉରକେଲାରେ ସେମାନେ ସତକୁ ସତ ଏଭଳି ଚାଢ଼ି ବ୍ୟବହାର କରିଥିଲେ। ଏ କଥା କିପରି ହେଲା ?

ବଳଭଦ୍ର କହିଲା, ଏହାର ଉତ୍ତର ଅତି ସହଜ। ଖବରକାଗଜରେ ଅପରାଧ ବିବରଣ ପଢ଼ିଲେ ଜଣାଯିବ ଯେ ଅଧିକାଂଶ ଅପରାଧରେ ଗୋଟିଏ ଧଳା ମାରୁତି ଭ୍ୟାନର ଉପସ୍ଥିତି ଥାଏ। ଦାରୋଗା କହିଲା, ଆପଣଙ୍କ କଥା ବି ଠିକ। ଏଥରକ ଆପଣଙ୍କ ଗପର ଆଉ ଗୋଟିଏ ବିବରଣକୁ ଆସନ୍ତୁ। ହରଣଚାଳ ପରେ ଜନକରାଜଙ୍କ ଟେବୁଲ ଉପରୁ ଗୋଟିଏ ବନ୍ଦ ଲଫାପା ମିଳିଥିଲା ଯାହା ଭିତରେ କେବଳ ଗୋଟିଏ ସାଦା କାଗଜ ଥିଲା। ଏ ବିଷୟଟି ପୋଲିସ ଓ ଆପଣଙ୍କ ବ୍ୟତୀତ ଆଉ କାହାରିକି ଜଣା ନାହିଁ। ଆମର ପ୍ରଶ୍ନ ହେଉଛି, ଆପଣ ଏ କଥାଟି ଜାଣିଲେ କିପରି ?

ବଳଭଦ୍ର ଏ କଥାର ହଠାତ୍ ଜବାବ ଦେଇପାରିଲା ନାହିଁ। ଟିକିଏ ସମୟ ପରେ କହିଲା, ମତେ ଜଣା ନ ଥିଲା ଯେ ରାଉରକେଲା କେସରେ ଏଭଳି ଏକ ଲଫାପା ମିଳିଥିଲା ବୋଲି। ମୁଁ ଏ କଥା ମନରୁ କଳ୍ପନା କରି ଲେଖିଥିଲି। ତା ବ୍ୟତୀତ, ମୁଁ ଆପଣଙ୍କୁ ଆଗରୁ କହିଛି ଯେ ମୋର ଗପଟି ଲେଖା ହୋଇଥିଲା ରାଉରକେଲା ଘଟଣାର ଅନେକ ପୂର୍ବରୁ।

ତାହେଲେ କଣ ଏ କଥା ସମ୍ଭବ ଯେ, ଦାରୋଗା ପଚାରିଲା, ଏଇ ଗପଟି ଦ୍ୱାରା ଅନୁପ୍ରାଣିତ ହୋଇ ରାଉରକେଲା ହରଣଚାଳ ହେଲା ? ବଳଭଦ୍ର ଏଇ ପ୍ରଶ୍ନଟି ପାଇଁ ପ୍ରସ୍ତୁତ ଥିଲା। ସେ କହିଲା, ଅନେକ ସମୟରେ କୌଣସି କାହାଣୀର କାଳ୍ପନିକ ବିବରଣୀ ଭବିଷ୍ୟତରେ ଠିକ ସେହିପରି ଭାବରେ ଘଟିଥାଏ। ତେବେ ସଂପୂର୍ଣ୍ଣ ଆକସ୍ମିକତା ବ୍ୟତୀତ ତାର ଆଉ କୌଣସି ବ୍ୟାଖ୍ୟା ନାହିଁ। ଟାଇଟାନିକ ଜାହାଜ ବୁଡ଼ିବାର କିଛି ବର୍ଷ ପୂର୍ବରୁ ଗୋଟିଏ ବହି ପ୍ରକାଶିତ ହୋଇଥିଲା ଯେଉଁଥିରେ ଏପରି ଗୋଟିଏ ବଡ଼ ଜାହାଜ ତାର ପ୍ରଥମ ଯାତ୍ରାରେ ହିଁ ବୁଡ଼ିଯିବାର ବର୍ଣ୍ଣନା ଥିଲା। ଏପରିକି ଜାହାଜର ଆକାର, ଯାତ୍ରୀ ସଂଖ୍ୟା ଓ ଆହୁରି ଅନେକ ଛୋଟ ଛୋଟ ଘଟଣା ବହିରେ ଲେଖାଥିବା ଭଳି ଘଟିଥିଲା ଟାଇଟାନିକ ବୁଡ଼ିଯିବା ବେଳେ।

ଦାରୋଗା କହିଲା, ହଁ ମୁଁ ଏ ବିଷୟରେ କୋଉଠି ପଢ଼ିଥିଲି। ଲୋକେ କହନ୍ତି ନଷ୍ଟ୍ରାଡାମସଙ୍କ ଲେଖା ବା ଅଚ୍ୟୁତାନନ୍ଦ ମାଳିକାର ଭବିଷ୍ୟଦ୍ ବାଣୀ ଏବେବି ଘଟୁଛି।

ତେବେ ମୁଁ ସେ କଥା ବା ଟାଇଟାନିକ ଘଟିବା ପୂର୍ବର ଉପନ୍ୟାସ କଥା କହୁ ନ ଥିଲି। ମୁଁ କହୁଥିଲି ଏଭଳି ଲେଖା କଥା ଯାହା କାହାରିକୁ ଅପରାଧ କରିବା ପାଇଁ ପ୍ରବର୍ତ୍ତାଏ। ଆମ ପୋଲିସ ରେକର୍ଡରେ ଏଭଳି ଅନେକ ଦୃଷ୍ଟାନ୍ତ ଅଛି ଯେଉଁଥିରେ ଅପରାଧୀ ଗୋଟିଏ ବହି ପଢ଼ି ବା ଫିଲ୍ମ ଦେଖି ଠିକ ସେଇ ଧରଣର ଅପରାଧ କରିଛି।

ବଳଭଦ୍ର କହିଲା, କିନ୍ତୁ ବିହାରର ଗୁଣ୍ଡାଦଳ ମୋର ଗପ ପଢ଼ିବାକୁ ଯିବେ କାହିଁକି? ତା କଥା ଶୁଣି ଦାରୋଗା ହଠାତ୍ ସତର୍କ ହୋଇଗଲା। ସେ ସିଧା ହୋଇ ବସିଲା ଏବଂ ବଳଭଦ୍ରକୁ ପଚାରିଲା, ଆପଣ କିପରି ଜାଣିଲେ ଯେ ରାଉରକେଲା ହରଣଚାଲ ବିହାରର ଗୁଣ୍ଡା କରିଥିଲେ ବୋଲି? ବଳଭଦ୍ର କହିଲା, ସେଦିନ ଆପଣ ମତେ ଯେଉଁ ଖବରକାଗଜ ଦେଇଥିଲେ, ମୁଁ ସେଇଥିରେ ପଢ଼ିଥିଲି।

ଦାରୋଗା ତାର ଫାଇଲ ଭିତରୁ ସେଇ ପୁରୁଣା କାଗଜଟି ବାହାର କରି ବଳଭଦ୍ର ହାତକୁ ଦେଲା। କହିଲା, ଏଇଟିକୁ ଆହୁରି ଥରେ ପଢ଼ି ଦେଖନ୍ତୁ। ଏଥିରେ କୌଣସି ସୂଚନା ନାହିଁ ଅପରାଧୀମାନେ କେଉଁଠାର। ଖବରକାଗଜର ରିପୋର୍ଟକୁ ତନ୍ନତନ୍ନ କରି ପଢ଼ିଲା ବଳଭଦ୍ର। ପ୍ରକୃତରେ ସେଥିରେ ବିହାରୀ ଗୁଣ୍ଡାଙ୍କର କୌଣସି ଉଲ୍ଲେଖ ନ ଥିଲା। ତା ମୁଣ୍ଡକୁ କାହିଁକି ଏ କଥା ଆସିଲା କେଜାଣି ? ଯଦିଓ ପୂର୍ବଥର ସେ କହିଥିଲା ଯେ ସେ ରାଉରକେଲା ହରଣଚାଲ ବିଷୟରେ କିଛି ଜାଣି ନ ଥିଲା, ବର୍ତ୍ତମାନ ନିଜର ଭୁଲକୁ ସୁଧାରିବାକୁ କହିଲା, ତାହେଲେ ମୁଁ ଅନ୍ୟ କେଉଁ ଖବରକାଗଜରେ ପଢ଼ିଥିବି। ଦାରୋଗା କହିଲା, ଆମ ପାଖରେ ସବୁ ଖବରକାଗଜର ଫାଇଲ ଅଛି; ସେଥିରୁ କୌଣସିଟିରେ ବି କେହି ଲେଖିନାହାନ୍ତି ଅପହରଣକାରୀ ବିହାରରୁ ଆସିଥିଲେ ବୋଲି। ତେବେ ଆପଣ ଯଦି ଏପରି କୌଣସି କାଗଜ ଆମକୁ ଦେଖାଇପାରନ୍ତି, ଆମ କାମରେ ଆସିବ।

ଏଥରକ ଠିଆ ହୋଇ ଦାରୋଗା ବଳଭଦ୍ରକୁ ବିଦାୟ ଦେଲା। ଗଲାବେଳେ କହିଲା, ଆମ ଅନୁସନ୍ଧାନ ଜାରି ରହିଛି। ଯଦି ସେଥିରୁ ଜଣାପଡ଼େ ଯେ ଅପହରଣକାରୀ ପ୍ରକୃତରେ ବିହାରର, ଆମର ପୂର୍ବ ସନ୍ଦେହ ନିଶ୍ଚୟ ଦୃଢ଼ତର ହେବ।

ପ୍ରଥମ ଥର ପାଇଁ ଏ ଘଟଣାରେ ବଳଭଦ୍ର ମନରେ ଭୟ ପଶିଲା। ତା ଲେଖକ ଜୀବନରେ ସେ ସବୁଠାରୁ ବେଶି ଅସୁବିଧାରେ ପଡ଼ିଥିଲା ଜଣେ ନେତାଙ୍କ ବିଷୟରେ ଗପ ଲେଖି। ତାର ଗପର ଚରିତ୍ରଟି ଛୋଟା ଥିଲା ଏବଂ ଥିଲା ଅତି ଖଳ, ଦୁଷ୍ଟଚରିତ୍ର ଓ

ଭ୍ରଷ୍ଟାଚାରୀ। ଯଦିଓ ସେ ଚରିତ୍ରଟିର କୌଣସି ନାଁ ଦେଇ ନ ଥିଲା ଏବଂ ତାକୁ କେବଳ ଛୋଟା ବୋଲି କହିଥିଲା, ତାର ଦୁର୍ଭାଗ୍ୟକୁ ସେତେବେଳର ସରକାରରେ ଜଣେ ଛୋଟା ମନ୍ତ୍ରୀ ଥିଲେ ଏବଂ ତାଙ୍କର ଦୁର୍ନାମ ଥିଲା ଅତି ଲାଞ୍ଚଖୋର ହୋଇଥିବାର। ବଳଭଦ୍ରର ଗପଟି ଗୋଟିଏ ପତ୍ରିକାରେ ବାହାରିବା ପରେ ସମସ୍ତେ ଠିକ କରିନେଲେ ଯେ ଏଇଟି ସେଇ ମନ୍ତ୍ରୀଙ୍କ ବିଷୟରେ ଲେଖା ଏବଂ ଅନେକ ଦିନ ଧରି ଏ କଥା ସର୍ବସାଧାରଣରେ ଆମୋଦର କାରଣ ହେଲା। ସାହିତ୍ୟରେ କୌଣସି ଆଗ୍ରହ ରଖୁ ନ ଥିଲେ ବି ଶେଷକୁ ଛୋଟା ଏ ଖବର ପାଇଲା ଏବଂ ତାର ଗୁଣ୍ଡା ଆସି ବଳଭଦ୍ର ଘରେ ପହଞ୍ଚିଲେ। ସେ ସେମାନଙ୍କୁ ଯେତେ ବୁଝାଇଲା ଯେ ଏଇଟି ଗୋଟିଏ ସଂଯୋଗ ମାତ୍ର, ସେମାନେ ମାନିବାକୁ ପ୍ରସ୍ତୁତ ନ ଥିଲେ। ବଳଭଦ୍ର ଖବରକାଗଜରେ କ୍ଷମାପତ୍ର ଲେଖିବାକୁ ରାଜି ହେଲା ଏବଂ ବହି ଛପା ହେବାବେଳେ ଏ ଗପଟିକୁ ସେଥିରୁ ବାଦ ଦେଇଦେବ ବୋଲି କହିଲା, କିନ୍ତୁ ସେମାନେ ମାନିଲେ ନାହିଁ ଏବଂ ତାକୁ ଧମକାଇଲେ ଯେ ସେମାନେ ବଳଭଦ୍ରର ଗୋଡ଼ ଭାଙ୍ଗି ତାକୁ ମଧ୍ୟ ଛୋଟା କରିଦେବେ। ବଳଭଦ୍ରର ଭାଗ୍ୟକୁ ଏଇ ସମୟରେ ଛୋଟାର ଦଳରେ କଣ ସମସ୍ୟା ହେଲା ଏବଂ ତାର ଗୁଣ୍ଡାମାନେ ବଳଭଦ୍ରକୁ ଛାଡ଼ିଦେଇ ଛୋଟାର ବିପକ୍ଷ ଲୋକଙ୍କ ଗୋଡ଼ ଭାଙ୍ଗିବାକୁ ଚାଲିଗଲେ।

ଏଇ ସମୟରେ ତାର ସାଙ୍ଗମାନେ ତାକୁ ପଚାରୁଥିଲେ ସେ କଣ ମନ୍ତ୍ରୀକୁ ଆଖି ଆଗରେ ରଖି ଏଇ ଛୋଟା ଚରିତ୍ରଟି ତିଆରି କରିଥିଲା ନା ତାର କଳ୍ପନାର ଚରିତ୍ରଟି ଦୈବକ୍ରମେ ଏକ ବାସ୍ତବ ଚରିତ୍ର ସାଙ୍ଗରେ ମେଳ ଖାଉଥିଲା। ବଳଭଦ୍ର ଏ କଥାର ଠିକ ଜବାବ ଦେଇପାରୁ ନ ଥିଲା କାରଣ ସେ ନିଶ୍ଚିତ ଏଇ ନେତାଟି ବିଷୟରେ ଜାଣିଥିଲା ଶୁଣିଥିଲା, ତେବେ ଲେଖିଲାବେଳେ ଏ ଲୋକଟିକୁ ନମୁନା ରଖିଥିଲା କି ନା ସେ ବିଷୟରେ ସେ ନିଜେ ମଧ୍ୟ ନିଃସନ୍ଦେହ ନ ଥିଲା।

ଏ କଥା ନୁହେଁ ଯେ ସେ କାହାରିକୁ ଆଖିଆଗରେ ରଖି ତା ବିଷୟରେ ଲେଖୁ ନ ଥିଲା। ତେବେ ଧରା ପଡ଼ିବା ଭୟରେ ସେ ଚରିତ୍ରର ନାଁକୁ ବଦଳାଇ, ଦୁଇ ତିନୋଟି ଲୋକଙ୍କର ଚାଲିଚଳଣ ଭାବଭଙ୍ଗୀ ସ୍ୱଭାବ ଚରିତ୍ରକୁ ଏକାଠି କରି, ଘଟଣାକୁ ଭାଙ୍ଗିମୋଡ଼ି ଅତିରଂଜିତ କରି ଲେଖୁଥିଲା। କେବଳ ଗୋଟିଏ ଗପରେ ସ୍ୱାମୀ ସ୍ତ୍ରୀଙ୍କ ସଂପର୍କକୁ ସେ ସିଧାସଳଖ ରୋକଠୋକ ଓ ସଙ୍କୋଚ ଭାବେ ଲେଖିଥିଲା; ଏ କଥା

ସମ୍ଭବ ହୋଇଥିଲା କାରଣ ସେ ଗପଟିକୁ ଲେଖାଥିଲା ସରସୀ ମରିଯିବା ପରେ। ଅବଶ୍ୟ ଅନେକ ସମୟରେ ତାର ମନେହୋଇଥିଲା ଯେ ଗପଟି ଏକପାକ୍ଷିକ ଥିଲା, କାରଣ ଏଥିରେ ତାର ସ୍ତ୍ରୀର ଦୃଷ୍ଟିବିନ୍ଦୁ ନ ଥିଲା। ଯଦି ତାକୁ ସୁଯୋଗ ଦିଆଯାଇଥାନ୍ତା, ସରସୀ ହୁଏତ ଗପଟିରେ ତା ପ୍ରତି କରାଯାଉଥିବା କେତେକ ଆକ୍ଷେପର ଯୁକ୍ତିସଙ୍ଗତ ଜବାବ ଦେଇପାରିଥାନ୍ତା।

ଏ ତ ଗଲା ଜଣେ ସତ ଚରିତ୍ର କଥା। ତାର ଅନେକ କାଳ୍ପନିକ ଚରିତ୍ରଙ୍କର ଯେ ତା ପ୍ରତି ଆପତ୍ତି ଅଭିଯୋଗ ନ ଥିବ ତା ନୁହେଁ। ତାର ଗୋଟିଏ ଗପରେ ଯୌତୁକ ସମସ୍ୟାରେ ପଡ଼ିଥିବା ସ୍ତ୍ରୀ ଲୋକଟିର ସେ ଯେଉଁ ଚିତ୍ର ଦେଇଥିଲା, ସେଥିରେ କେହି ବି ଟିକିଏ ହେଲେ ସହାନୁଭୂତିଶୀଳ ନ ଥିଲେ ତା ପାଇଁ ; ତାର ପୂର୍ବ ପ୍ରେମିକ, ତାର ସ୍ୱାମୀ, ତାର ବାପ ମା, ତାର ଶାଶୁ ଶଶୁର ନଣନ୍ଦ, ତାର ସାଇର ଲୋକ, ଏପରିକି ସେ ଯେଉଁ ରିକ୍‌ସାରେ ବସିଥିଲା ତାର ଚାଳକ ବି। ବଳଭଦ୍ର ଶେଷରେ ଏଇ ସ୍ତ୍ରୀ ଲୋକଟିକୁ ନିଆଁରେ ପୋଡ଼ି ମାରି ଦେଇଥିଲା। ସେ କଣ ନ୍ୟାୟ କରିଥିଲା ଏଇ କାଳ୍ପନିକ ସ୍ତ୍ରୀଟି ପାଇଁ ? ସେ ଯଦି ଆସି ତା ଆଗରେ ଠିଆ ହୋଇ ତାକୁ ପ୍ରଶ୍ନ କରିବ, କଣ ଜବାବ ଦେବ ସେ ?

ଏପରି ସବୁ ଅପ୍ରୀତିକର ଚିନ୍ତାରୁ ନିଜର ମନକୁ ଫେରାଇ ଆଣିବାକୁ ଚେଷ୍ଟା କଲା ବଳଭଦ୍ର। ତାର ବର୍ତ୍ତମାନର ସମସ୍ୟା ହେଉଛି ରାଉରକେଲାର ହରଣଚାଳ। ତା ପାଖରେ କୌଣସି ପ୍ରମାଣ ନାହିଁ ଯେ ସେ ଏଇ ଗପଟିକୁ ସତ ଘଟଣା ପୂର୍ବରୁ ଲେଖି ଥିଲା, ପରେ ନୁହେଁ। ସେ ଠିକ କଲା ଯେ ପ୍ରକାଶକଙ୍କୁ ଏ ବିଷୟରେ ନିଜର ଦଳଭୁକ୍ତ କରିବ। ତେବେ ପ୍ରକାଶକଙ୍କ ସହିତ ତାର ଏତେ ବେଶି ଭଲ ସଂପର୍କ ନ ଥିଲା ଏବଂ ସେ ଯେ ଏଇ ପୋଲିସ ମାମଲାରେ ହାତ ପୂରାଇବେ ତାର ସେ ବିଶ୍ୱାସ ନ ଥିଲା। ତଥାପି ସେ ଘରକୁ ଫେରି ତାଙ୍କୁ ଫୋନ କଲା; ତାଙ୍କ ଅଫିସରୁ ଜବାବ ମିଳିଲା ଯେ ସେ ଦି ଦିନ ତଳେ ରାଉରକେଲା ବାହାରି ଯାଇଛନ୍ତି।

ତା ମୁଣ୍ଡରେ ବହିର ପାଣ୍ଡୁଲିପି କଥା ପଶିବାରୁ ସେ ଭାବିଲା ଯେ ସେ ପ୍ରକାଶକଙ୍କ ଜରିଆରେ ପ୍ରମାଣ କରିପାରିବ ଯେ ତାର ଗପଟି ଯଦିଓ ବହିରେ ଏଇମାତ୍ର ବାହାରିଛି, ଏଇଟି ହାତଲେଖାରେ ପ୍ରେସକୁ ଯାଇଥିଲା ଅନେକ ଆଗରୁ। ଏବଂ ସେ ସିଧାସଳଖ ପ୍ରକାଶକଙ୍କୁ ଏ ବିଷୟରେ ଅନୁରୋଧ ନ କରି ପାରିଲେ ବି

ପୋଲିସ ନିଶ୍ଚୟ ତାଙ୍କ ପାଖରୁ ଏ କଥାର ସତ୍ୟାସତ୍ୟ ବାହାର କରିପାରିବେ। ଏଇ ଆଶାରେ ସେ ଥାନାବାବୁଙ୍କୁ ଫୋନ କଲା। ଦାରୋଗା ଲାଇନକୁ ଆସିବାରୁ ତାଙ୍କୁ କହିଲା, ମୋର ମନେ ପଡ଼ିଲା ଯେ ମୋ ବହିର ପାଣ୍ଡୁଲିପି ରାଉରକେଲା ଘଟଣା ପୂର୍ବରୁ ପ୍ରେସକୁ ଯାଇଥିଲା। ସେଥିରୁ ପ୍ରମାଣିତ ହୋଇପାରିବ ଯେ ଗପଟି ପୂର୍ବେ ଲେଖା, ପରେ ନୁହେଁ। ଏ ବିଷୟରେ ଆପଣ ପ୍ରକାଶକଙ୍କୁ ବି ପଚାରି ପାରିବେ। ତା କଥା ଶୁଣି ଦାରୋଗା କହିଲା, ଆପଣଙ୍କ ପ୍ରକାଶକ କିଏ କହନ୍ତୁ ତ। ସେ ସୁରସେନର ନାଁ କହିବା ପରେ ଅନେକ ସମୟ ଚୁପ ରହି ଦାରୋଗା କହିଲା, ଦ୍ୟାଟ୍‌ସ୍ ଇଣ୍ଟରେଷ୍ଟିଂ, ଏବଂ ଫୋନ ରଖିଦେଲା।

ତା ପରେ କିଛିଦିନ ପୋଲିସ ପାଖରୁ କୌଣସି ଖବର ଆସିଲା ନାହିଁ, କିନ୍ତୁ ବଳଭଦ୍ର ଏ ଚିନ୍ତାରୁ ନିଜକୁ ମୁକୁଳାଇ ପାରିଲା ନାହିଁ। ସେ ଭାବିବାକୁ ଲାଗିଲା ଗପରେ କିଭଳି ଚରିତ୍ର ତିଆରି କଲେ ତାକୁ ଆଉ ବିପଦରେ ପଡ଼ିବାକୁ ହେବ ନାହିଁ। ପାଠକ ଆଶା କରନ୍ତି ଚରିତ୍ରଟି ବାସ୍ତବଧର୍ମୀ ହେଉ, କିନ୍ତୁ ତାହା ହିଁ ହୋଇଯାଏ ସଂକଟର କାରଣ। ଥରେ ସେ ଗୋଟିଏ ଗପରେ ଲେଖିଥିଲା ଜଣେ ବିବାହିତା ମହିଳାଙ୍କର ପରକୀୟା ପ୍ରେମ କଥା। ଗପଟି ସାଧାରଣରେ ଆଦୃତ ହୋଇଥିଲା, କିନ୍ତୁ ଏତିକିରେ ସନ୍ତୁଷ୍ଟ ନ ହୋଇ ସମସ୍ତେ ଚାହିଁଲେ ଖୋଜି ବାହାର କରିବାକୁ ଏଇ ଚରିତ୍ରର ମୂଳ ଉପାଦାନ କିଏ। ଏଥିରେ ସହରର ଅନେକ ସ୍ୱାଧୀନଚେତା ସ୍ତ୍ରୀଙ୍କ ନାଁ ଉଠିଲା, କ୍ଲବରେ ସ୍ତ୍ରୀଲୋକମାନେ ଚୁପଚୁପ କଥା ହେଲେ ଏବଂ କିଏ କିଏ ପରସ୍ପର ଆଡ଼କୁ ଆଙ୍ଗୁଠି ଦେଖାଇଲେ। ଶେଷରେ ବଳଭଦ୍ର ଦୋଷୀ ହେଲା ଭଦ୍ରଘରର ଝିଅବୋହୂଙ୍କୁ ଆଣି ରାସ୍ତାରେ ଠିଆ କରାଇଥିବାରୁ। ଦିନେ ଜଣେ ବନ୍ଧୁ ଫୋନ କରି ତାକୁ କହିଲା, ଆମ ଭିତରେ ବାଜି ଲାଗିଛି ରାଧା ପ୍ରକୃତରେ କିଏ ବୋଲି। ମୁଁ କହୁଚି ସୀମା ଶର୍ମା କିନ୍ତୁ ମୋ ସାଙ୍ଗ କହୁଛି ସୋନାଲୀ ଦାସ। ସତରେ କିଏ ରାଧା? ତାକୁ ଗାଳି ଦେଇ ବଳଭଦ୍ର ଫୋନ ରଖିଦେଲା, କିନ୍ତୁ କିଛିଦିନ ପରେ ଦେଖିଲା ଯେ ମିଷ୍ଟର ଶର୍ମା ଆଉ ତା ସହିତ କଥା କହୁ ନାହାନ୍ତି।

ସେ ଦୃଷ୍ଟିରୁ ଦେଖିବାକୁ ଗଲେ ତାର କୀର୍ତ୍ତିମୁଖ ନାଁରେ ଲେଖା ବହିର ଚରିତ୍ରମାନେ ସମସ୍ୟାରହିତ। ହୁଏତ ସେ ତାର ବାସ୍ତବଧର୍ମୀ ଚରିତ୍ରମାନଙ୍କର ଅଦଉତିରୁ ରକ୍ଷା ପାଇବା ପାଇଁ ଏଇ କାଗଜପଟାର ପାତ୍ରପାତ୍ରୀ ତିଆରି କରିଥିଲା।

ସେମାନେ ସମସ୍ତେ ଥିଲେ ଦୁଇ ବିସ୍ତାରର ନିର୍ଜୀବ ଖେଳନା, ଯାହାଙ୍କୁ ସେ ନିଜର ସାହିତ୍ୟିକ ସୃଷ୍ଟିରେ ମର୍ଯ୍ୟାଦା ଦେବାକୁ ଚାହୁଁ ନ ଥିଲା। ଏଇ ଫିଲ୍‌ମି ଗୁଣ୍ଡା, ବଦମାସ ପୋଲିସ, ଶସ୍ତା ପ୍ରେମିକମାନେ ଥିଲେ ତାର ଧୂସର ସୃଜନଶୀଳ ପୃଥିବୀର ଅଧୋଲୋକର ବାସିନ୍ଦା; ଏମାନଙ୍କୁ କେହି ବି କେବେ ଭେଟିବ ନାହିଁ ନିଜର ସାଧାରଣ ଚଳପ୍ରଚଳ କରୁଥିବା ରାସ୍ତାଘାଟ ବଜାରରେ। ସେମାନେ ବାସ୍ତବରୁ ଏତେ ଦୂରରେ ଥିଲେ ଏ ପର୍ଯ୍ୟନ୍ତ କେହି ନିଜକୁ ତାର କୀର୍ତ୍ତିମୁଖ ବହିର ଚରିତ୍ର ସହିତ ତୁଳନା କରି ନ ଥିଲା ଅଥବା ତାକୁ ପଚାରି ନ ଥିଲା ସେଇଟି କାହା ଉପରେ ଆଧାରିତ। କିନ୍ତୁ ଅନେକ ସମୟରେ ବାସ୍ତବ ବି କଳ୍ପନାକୁ ଅନୁସରଣ କରେ। ସେଇଥିପାଇଁ ହୁଏତ ରାଉରକେଲା ହରଣଚାଳ ଘଟଣା ତା ପାଇଁ ବିଭ୍ରାଟ ସୃଷ୍ଟି କରିଥିଲା। ସତେ ଯେପରି ତାର ଅନାଦରର କାଗଜ ଚରିତ୍ରମାନେ ପ୍ରତିଶୋଧ ନେବାକୁ ଚାହୁଁଥିଲେ ତା ଉପରେ।

ଏଭଳି ସମୟରେ ପୁଣି ଥାନାରୁ ଫୋନ ଆସିଲା ତା ପାଇଁ। ବଳଭଦ୍ର ସାମାନ୍ୟ ଖୁସି ହେଲା ଏ ଡାକରା ପାଇ କାରଣ ସେ ଜାଣିବାକୁ ଚାହୁଁଥିଲା ଅନୁସନ୍ଧାନର ପ୍ରଗତି କେତେ ଦୂର ଏବଂ ସେଥିରେ ତାର ନିଜର ସ୍ଥିତି କଣ। ପୂର୍ବଘଟିତ କୌଣସି ପ୍ରସଙ୍ଗ ପୁଣି ଥରେ ଅଭିନୀତ ହେଉଥିବା ଭଳି ବର୍ତ୍ତମାନ ବଳଭଦ୍ର ସାମନାରେ ଦାରୋଗା ତାର ଫାଇଲ ଖୋଲି ସେଥିରୁ କଣ ପଢୁଥିଲା। ତା ପାଇଁ ଚା ମଗାଇବା ପରେ ଫାଇଲ ଉପରୁ ଆଖି ଉଠାଇ ଦାରୋଗା ତା ଆଡ଼କୁ ଅନାଇଲା, କହିଲା, ଅନୁସନ୍ଧାନ ସରିବା ଯାଏ ଆମେ ଆପଣଙ୍କୁ ଏମିତି କେତେବେଳେ କେତେବେଳେ କଷ୍ଟ ଦେଉଥିବୁ। ବନ୍ଧୁତାର ହାତ ବଢ଼ାଇ ବଳଭଦ୍ର କହିଲା, ମୁଁ ଆପଣଙ୍କୁ ସବୁମତେ ସାହାଯ୍ୟ କରିବାକୁ ପ୍ରସ୍ତୁତ।

ବର୍ତ୍ତମାନ ଆମେ ଜାଣିପାରିଛୁ ଯେ, ଦାରୋଗା କହିଲା, ବିହାରର ଗୋଟିଏ ଦଳର ହାତ ଅଛି ଏଇ ହରଣଚାଳରେ। ଆପଣ ମନେ ପକାଇ ପାରିଲେ କି ଆପଣ ବିହାରୀ ଗୁଣ୍ଡାଙ୍କ ବିଷୟ କୋଉ କାଗଜରେ ପଢ଼ିଥିଲେ ? ଏ ବିଷୟରେ କୌଣସି ଦୀର୍ଘ କୈଫିୟତ ଦେବାର ସାହସ ହେଲା ନାହିଁ ବଳଭଦ୍ରର; ସେ ଖାଲି ନା ବୋଲି କହିଲା।

ଆପଣ ବିଭାସ ଦାସ ବିଷୟରେ ଜାଣିଲେ କେମିତି ?

ବିଭାସ ଦାସ ? ଏ ଭଳି କୌଣସି ଲୋକକୁ ଜାଣିବାର ମୋର ମନେ ନାହିଁ।

ଆପଣଙ୍କ ଗପରେ ଅପରାଧୀଙ୍କ ଭିତରୁ ବିଭାସ ଦାସ ଜଣେ। ଆପଣଙ୍କୁ ବହିଟା ଦେବି, ଦେଖିବେ ?

ନା, ମୋର ମନେ ପଡ଼ିଲା। ମୁଁ ଏଇ ନାଁଟା ବ୍ୟବହାର କରିଛି ସେ ଗପରେ। ଆମେ ଲେଖକମାନେ ମନରୁ ଭାବି ଚରିତ୍ରମାନଙ୍କର ନାଁ ଦେଇଥାଉ। ଗପର ଘଟଣାମାନ ଯେପରି କାଳ୍ପନିକ, ଚରିତ୍ରଙ୍କର ନାଁ ବି।

ଦାରୋଗା କହିଲା, ଏପରି ବି ହୁଏ ଯେ ସତ ଘଟଣାକୁ ଆଧାର କରି ଗପ ଲେଖାଯାଇଥାଏ। ଯଦି ଆପଣ ଗୋଟିଏ ସତ ଘଟଣା ଉପରେ ଗପ ଲେଖିଥାନ୍ତେ, ତେବେ ଚରିତ୍ରର ନିଜ ନାଁ ରଖିଥାନ୍ତେ ଗପରେ ନା ଆଉ କିଛି ?

ବଳଭଦ୍ର ଜାଣିଲା ଯେ ସେ ଯାହା ବି ଜବାବ ଦେବ, ଅସୁବିଧାରେ ପଡ଼ିଯିବ। ତାର ମନେପଡ଼ିଲା ଆକାଶ ବିକାଶ, ବିଜୟ ବିନୟଙ୍କ କଥା। କିନ୍ତୁ ପୋଲିସକୁ ଏତେ କଥା କହି କୌଣସି ଲାଭ ନାହିଁ। ସିଧାସଳଖ ତାର ଉତ୍ତର ନ ଦେଇ କହିଲା, ଲେଖକମାନେ ପ୍ରାୟଶଃ କାଳ୍ପନିକ ନାଁ ବ୍ୟବହାର କରିଥାନ୍ତି। ଦାରୋଗା ସେଦିନର ଜବାବସୁଆଲ ଏତିକିରେ ବନ୍ଦ ରଖି କହିଲା, ଯଦି ବିଭାସ ଦାସ ବିଷୟରେ କିଛି ମନେ ପଡ଼େ ମତେ ଜଣାଇବେ।

ବଳଭଦ୍ର ବୁଝିପାରିଲା ନାହିଁ ଦାରୋଗା ବିଭାସ ଦାସ ବିଷୟରେ ଜାଣିବାକୁ ଏତେ ବ୍ୟସ୍ତ କାହିଁକି। ସେ ତ ତା ଗପରେ ଅନ୍ୟ କେତେକଙ୍କ ନାଁ ବି ଲେଖିଥିଲା। ସେ ସତକୁ ସତ ମନେ ପକାଇବାକୁ ଚେଷ୍ଟା କଲା କୋଉ ବିଭାସ ଦାସକୁ ସେ ଜାଣେ କି ବୋଲି, କିନ୍ତୁ ଏପରି କେହି ତାର ମନେ ପଡ଼ିଲେ ନାହିଁ। କିଛି ଦିନ ପର୍ଯ୍ୟନ୍ତ ଏଇ ବିଭାସ ଦାସର ଚିନ୍ତା ତାକୁ ଘାରି ରହିଲା।

ସେ ତାର ପୋଲିସ ସମସ୍ୟା ବିଷୟରେ ଏ ପର୍ଯ୍ୟନ୍ତ କାହାରିକି କହି ନ ଥିଲା। ଭାବିଲା, ସୁରସେନକୁ ସବୁକଥା କହି ତାର ପରାମର୍ଶ ନେବ। କିନ୍ତୁ ଫୋନ କରି ସେ କେବେ ଫେରିବ ପଚାରିବାରେ ତା ଅଫିସବାଲା କହିଲେ ଯେ ସେ ରାଉରକେଲା କି ଆଉ କୁଆଡ଼େ ଯାଇଛନ୍ତି ସେ କଥା ସେମାନେ କହିପାରିବେ ନାହିଁ ଏବଂ ସେ କେବେ ଫେରିବେ ସେ କଥା ମଧ୍ୟ ତାଙ୍କର ଅଜଣା।

ପରଦିନ ତାକୁ ବିଭାସ ଦାସ ରହସ୍ୟର ଉତ୍ତର ମିଳିଗଲା। ସେଦିନର ସକାଳ କାଗଜରେ ହରଣଚାଳ ସଂପର୍କରେ ଛୋଟ ଖବରଟିଏ ବାହାରିଥିଲା। ଯଦିଓ

ଏପର୍ଯ୍ୟନ୍ତ ଜନକରାଜର ସନ୍ଧାନ ମିଳି ନ ଥିଲା, ସନ୍ଦେହରେ ପୋଲିସ ବିହାରର ଗୋଟିଏ ଡକାୟତ ଦଳକୁ ଧରିଥିଲେ। ଏଇ ଦଳର ଜଣେ ଲୋକର ନାଁ ଥିଲା ପ୍ରଭାସ ଦାସ।

ହଠାତ୍ ବଳଭଦ୍ର ମନକୁ ଭୟ ଆସିଲା ଏବଂ ସେ ନିଜକୁ ଜେଲ ଭିତରେ ଦେଖିବାକୁ ପାଇଲା। ଯଦିଓ କେବେହେଲେ ଜେଲ ଭିତର ଦେଖିବାର ସୌଭାଗ୍ୟ ତାର ହୋଇ ନ ଥିଲା, ସେ ଗୋଟିଏ ଗପରେ କଳ୍ପନା କରି ଜେଲ କଥା ଲେଖିଥିଲା। ଏ ଗପରୁ ତାର ମନେ ପଡ଼ିଲା ଜେଲର୍ ଗୁଣନିଧି ଓ ତାର ହାତବାରିସି ଭିକାରୀ ନାୟକ କଥା। ତା ଗପରେ ଗୁଣନିଧି ଗୋଟିଏ ପାଜି ଥିଲା ଏବଂ କଇଦୀମାନଙ୍କୁ କିପରି ହଇରାଣ କରି ନୟାନ୍ତ କରାଯାଇପାରେ ସେ ବିଷୟରେ ବିଶେଷଜ୍ଞ ଥିଲା। ବଳଭଦ୍ରର ଆଶଙ୍କା ହେଲା ଯେ ସେ ଏଇ ଜେଲର୍ ହାବୁଡ଼ରେ ପଡ଼ିବ ଏବଂ ତା ଆଗରେ ଠିଆ ହୋଇ ଗୁଣନିଧି ତାକୁ କହିବ, ମୋ ନାଁରେ ସତମିଛ ଯୋଡ଼ି ଗପ ଲେଖିଥିଲୁ ପରା ? ଦେଖ, ମୁଁ କେମିତି ତତେ ଜେଲ୍‌ର ମଜା ଚଖାଉଛି। ଏହାପରେ ସେ ଭିକାରୀକୁ ଲଗାଇଦେବ ତା ପଛରେ ତାକୁ ହଇରାଣ କରିବା ପାଇଁ। ଗପରେ ଭିକାରୀ ପାଇଁ ସେ ଯେତେ ଦହଗଂଜ କରିବାର ପଦ୍ଧତି ବ୍ୟବହାର କରିଥିଲା ସବୁ ତାର ମନେ ପଡ଼ିଲା ଏବଂ ଭିକାରୀ ତା ଉପରେ ଏ ସବୁର ପ୍ରୟୋଗ କରୁଥିବାର କଳ୍ପନା କଲା ବଳଭଦ୍ର। ଏହା ଅତି ଭୟପ୍ରଦ ଥିଲା।

ଖବରକାଗଜର ସଂକ୍ଷିପ୍ତ ସଂବାଦ, କୌଣସି ଅନିର୍ଦ୍ଦିଷ୍ଟ ସ୍ଥାନକୁ ଯାଇଥିବାରୁ ସୁରସେନର ଅନୁପସ୍ଥିତି, ହରଣଚାଳ କେସରେ ବିଭାସ ବନାମ ପ୍ରଭାସ ଦାସ ଧରା ପଡ଼ିବା, ଥାନାରୁ ଆଉ ଡକରା ନଆସିବା ସବୁ ମିଶି ବଳଭଦ୍ରକୁ ବ୍ୟତିବ୍ୟସ୍ତ କରିଦେଲେ। ଏଇ କେସ ବ୍ୟତୀତ ତାର ଆଉ କୌଣସି କାମରେ ମନ ଲାଗିଲା ନାହିଁ। ସେ ଗପ ସହିତ ପ୍ରକୃତ ଘଟଣାର ସାମଞ୍ଜସ୍ୟ ଯେଉଁ କାରଣରୁ ହୋଇଥାଉ ନା କାହିଁକି, ସେ ନିଶ୍ଚିନ୍ତ ହେବ ଯେତେବେଳେ ଜନକରାଜର ସନ୍ଧାନ ମିଳିବ ଓ ଅପରାଧୀମାନେ ଧରା ହେବେ। ତା ହେଲେ ହିଁ ପ୍ରମାଣିତ ହେବ ଯେ ତାର ଲେଖା ସହିତ ବାସ୍ତବ ବ୍ୟାପାରର କୌଣସି ସଂପର୍କ ନ ଥିଲା ଏବଂ ଏଇଟି ଥିଲା ନିଛକ ଆକସ୍ମିକ ମାତ୍ର। ସେ ଟେଲିଫୋନକୁ ଅନାଇ ବସି ରହିଲା।

ଏଇଭଳି ଭାବେ ତାର ଧୈର୍ଯ୍ୟଚ୍ୟୁତି ହେବା ବେଳକୁ ଥାନାରୁ ଖବର ଆସିଲା ଯେ ସେ ଯାଇ ଦାରୋଗାକୁ ଦେଖା କରୁ। ଏତେ ଦିନରେ ଉତ୍କଣ୍ଠାର ଉପଶମରେ ସେ ଶାନ୍ତିର ନିଶ୍ୱାସ ନେଲା, ଯଦିଓ ସେ ଜାଣିଥିଲା ଯେ ବାରମ୍ବାର ଥାନାକୁ ଯିବାରେ ସେ ଅପରାଧମଣ୍ଡଳ ଭିତରେ ଆହୁରି ଆହୁରି ଜଡ଼ିତ ହୋଇଯାଉଛି। ଥାନା ଚଉକିରେ ବସି ଦାରୋଗାକୁ ଅନାଇବା ବେଳେ ତାର ମନେ ପଡ଼ିଲା କାଫ୍‌କାଙ୍କ ପୃଥିବୀ, ଯାହାର ଚିତ୍ର ତା ପାଇଁ ବର୍ତ୍ତମାନ ଯେତିକି ହାସ୍ୟକର ଥିଲା, ଥିଲା ସେତିକି ଭୟଙ୍କର। ଏଥରକ ଦାରୋଗାର କଥାବାର୍ତ୍ତା ସଂପୂର୍ଣ୍ଣ ବ୍ୟାବହାରିକ ଥିଲା ଏବଂ ସେ ତାକୁ ହରଣଚାଳ ବିଷୟରେ ପ୍ରଶ୍ନ ନ କରି ପ୍ରଶ୍ନ କରୁଥିଲା ସୁରସେନ ବିଷୟରେ। ବଳଭଦ୍ର ତାକୁ ଜଣାଇଲା ଯେ ସେ ସୁରସେନକୁ ଅନେକ ବର୍ଷ ଧରି ଜାଣେ ଏବଂ ସେମାନଙ୍କର ସଂପର୍କ ବ୍ୟବସାୟ ବାହାରେ ମଧ୍ୟ ସୌହାର୍ଦ୍ଦ୍ୟପୂର୍ଣ୍ଣ। ସେ ସୁରସେନର ଅଫିସରୁ ଜାଣିଥିଲା ଯେ ସେ ରାଉରକେଲା ଯାଇଛି, କିନ୍ତୁ କି କାମରେ ସେ ସେଠାକୁ ଯାଇଥିଲା ବଳଭଦ୍ର ଜାଣେ ନାହିଁ। ନା, ତାର ଲେଖାରେ ସୁରସେନର କୌଣସି ହାତ ନାହିଁ ଏବଂ ଗପ ଲେଖିବା ପୂର୍ବରୁ ସେ ସୁରସେନ ସହିତ ସେ ବିଷୟରେ ଆଲୋଚନା କରି ନ ଥାଏ। କେଉଁ ପ୍ରକାର ଗପର ଭଲ କାଟତି ସେ ବିଷୟରେ ସେମାନଙ୍କ ଭିତରେ କେବେ କେବେ ଚର୍ଚ୍ଚା ହୋଇଛି, କିନ୍ତୁ ତାର ହରଣଚାଳ ଗପରେ ସୁରସେନର କୌଣସି ସହଯୋଗ ନାହିଁ। ବିଭିନ୍ନ ଲୋକଙ୍କ ପାଖରୁ ଶୁଣିଥିବା କଥା ସେ ଗପରେ ଉପଯୋଗ କରିଥାଏ, କିନ୍ତୁ ସୁରସେନ ତାକୁ କହିଥିବା କୌଣସି ଘଟଣା ଉପରେ ଭିତ୍ତି କରି ସେ ହରଣଚାଳ ଗପ ଅଥବା ଅନ୍ୟ କେଉଁ ଗପ ଲେଖିଥିବାର ତାର ମନେ ନାହିଁ। ସୁରସେନର ପ୍ରକାଶନ ବ୍ୟବସାୟରେ ତାର କୌଣସି ଭାଗ ବା ସଂପର୍କ ନାହିଁ ଏବଂ ସୁରସେନର ଆର୍ଥିକ ଅବସ୍ଥା ବିଷୟରେ ତାର କୌଣସି ଧାରଣା ନାହିଁ। ସୁରସେନ ପ୍ରକୃତରେ ରାଉରକେଲା ଯାଇଛି କି ନା ଏବଂ କେବେ ଫେରିବ ତାକୁ ଜଣା ନାହିଁ। ତାକୁ ଯେତେଦୂର ମନେପଡୁଛି ସୁରସେନ କେବେହେଲେ ଏତେଦିନ ଧରି ସହର ଛାଡ଼ି ବାହାରେ ରହି ନ ଥିଲା।

ତା ପାଖରୁ ଏତେ ଖବର ବାହାର କରି ସାରିବା ପରେ ଦାରୋଗା କହିଲା, ଅନୁସନ୍ଧାନରେ ସାହାଯ୍ୟ କରିବାକୁ ଆପଣଙ୍କୁ ରାଉରକେଲା ଯିବାକୁ ହେବ। ଏ କଥାରେ ବଳଭଦ୍ର ଆଶ୍ଚର୍ଯ୍ୟ ହେଲା ନାହିଁ କାରଣ ସେ ମାନି ନେଇଥିଲା ଯେ ଯେଉଁ

କାରଣରୁ ହେଉ ପଛକେ ସେ ବର୍ତ୍ତମାନ ଏଇ ଅନୁସନ୍ଧାନର ଏକ ବିଶେଷ ଅଂଶ ଏବଂ ତାକୁ ଏଥିରେ ସକ୍ରିୟ ଭାଗ ନେବାକୁ ପଡ଼ିବ।

ଚଳନ୍ତା ଟ୍ରେନରେ କନଷ୍ଟେବଲ ପାଖରେ ବସି ନିଜ ଆଖପାଖକୁ ଅନାଇଲା ବଳଭଦ୍ର। ତା ସାମନାରେ ବସିଥିବା ବୟସ୍କ ଭଦ୍ରବ୍ୟକ୍ତି ଓ ଯୁବକ ପତିପତ୍ନୀ ଯୋଡ଼ି ତାକୁ ପରିଚିତ ମନେହେଲେ। ନିଜର ସମସ୍ୟାକୁ ପାସୋରି ସେ ତାଙ୍କର ଗତିବିଧିରେ ମନ ଦେଲା। ଭଦ୍ରବ୍ୟକ୍ତି ପାଖରେ ବସିଥିବା ଯୁବକ ଆଡ଼କୁ ଟାଇମଟେବୁଲ ବଢ଼ାଇ ଦେଇ କହିଲେ, ମୁଁ ଚଷମାଟା ଖୋଜି ପାଉ ନାହିଁ; ଟିକିଏ ଏଥିରୁ ଦେଖିବେ ଟ୍ରେନ କେତେବେଳେ ଜଙ୍କସନରେ ପହଞ୍ଚିବ। ଯୁବକ ପୃଷ୍ଠା ଓଲଟାଇଲା। ଭଦ୍ରବ୍ୟକ୍ତି କହିଲେ, ଦଶ ନ ହେଲେ ଏଗାର ନମ୍ବର ଟେବୁଲରେ ଥିବ। ଯୁବକ ତାଙ୍କୁ ସମୟ କହିଲା ଏବଂ ଭଦ୍ରବ୍ୟକ୍ତି ହାତଘଡ଼ି ଦେଖି କହିଲେ, ଟ୍ରେନ ତିନି ଘଣ୍ଟା ଲେଟ ଚାଲୁଛି। ଏଥରକ ବଳଭଦ୍ରକୁ ଯୁବକର ନାଁ ମନେ ପଡ଼ିଲା, ମଧୁବନ; ତାର ସ୍ତ୍ରୀର ନାଁ ସୁରମା। ଏମାନଙ୍କୁ ନେଇ ସେ ଅନେକ ଦିନ ତଳେ ଗୋଟିଏ ଗପ ଲେଖିଥିଲା।

ରାଉରକେଲାର ଦାରୋଗା ପ୍ରୌଢ଼, ପୃଥୁଳ ଓ ହିଂସ୍ର ପ୍ରକୃତିର ଥିଲା। ଥାନାର କୋଠରୀଟି ଅନୁଜ୍ଜ୍ୱଳ, ଉଦାସ ଓ ଭୟୋତ୍ପାଦକ। ବଳଭଦ୍ର ଚଉକିରେ ବସିବାମାତ୍ରେ ଦାରୋଗା ତାକୁ କହିଲା, ଆପଣ ଜାଣି ଖୁସି ହେବେ ଯେ ଆମର ଅନୁସନ୍ଧାନ ସରିଗଲାଣି। ଆପଣ ନିଶ୍ଚୟ ସୁରସେନ ଓ ଜନକରାଜଙ୍କ ବ୍ୟବସାୟ ସଂପର୍କ ବିଷୟରେ ଜାଣିଥିବେ। ଏବଂ ଜାଣିଥିବେ ଯେ ସୁରସେନ ଉପରେ ଜନକରାଜଙ୍କର ଅନେକ ଟଙ୍କା ବାକି ଥିଲା। ସୁରସେନଙ୍କୁ ଗିରଫ କରି ଆମେ ହାଜତରେ ରଖିଛୁ। ଆମର ସନ୍ଦେହ ଏଇ କେସରେ ଆପଣ ସୁରସେନର ସହଯୋଗୀ ଏବଂ ସେଥିପାଇଁ ଆମେ ଆପଣଙ୍କୁ ମଧ୍ୟ ଗିରଫ କରିବୁ। ଏହାପରେ ଦାରୋଗା ଚଉକିରୁ ଉଠି ଠିଆ ହେଲା ଏବଂ ତା ଆଡ଼କୁ ଆଙ୍ଗୁଠି ଦେଖାଇ ନାଟକୀୟ ଭଙ୍ଗୀରେ ବଡ଼ ପାଟିରେ କହିଲା, ୟୁ ଆର ଅଣ୍ଡର ଆରେଷ୍ଟ !

ବଳଭଦ୍ର ଏଥିରେ ଆଦୌ ହତଚକିତ ହେଲା ନାହିଁ ଯେପରିକି ଏ କଥା ସଂପୂର୍ଣ୍ଣ ପ୍ରତ୍ୟାଶିତ ଥିଲା। ସେ ନିଜର ଚାରିଆଡ଼କୁ ଆଖି ପକାଇଲା। ହାଜତ ଘରଟି ଥିଲା ଥାନାବାବୁଙ୍କ ବାଁ ପାଖରେ। ହାଜତର ଦରଜା ପାଖରେ ଗୁଣନିଧି ଜେଲର୍ ଇଉନିଫର୍ମ ପିନ୍ଧି ଠିଆ ହୋଇଥିଲା ଓ ତା ଆଡ଼କୁ ଆଙ୍ଗୁଠି ଦେଖାଇ ପାଖରେ ଅର୍ଦ୍ଦଳି ପୋଷାକରେ

ଥିବା ଭିକାରୀକୁ କଣ ନିର୍ଦ୍ଦେଶ ଦେଉଥିଲା। ହାଜତର ଲୁହା ଛଡ଼ ଦେଇ ସେ ଭିତରେ ଠିଆ ହୋଇଥିବା ସବୁ ଲୋକଙ୍କୁ ଦେଖି ପାରୁଥିଲା। ଗୋଟିଏ ଫାଙ୍କରେ ମୁହଁ ଦେଇ ସୁରସେନ ତା ଆଡ଼କୁ କଟମଟ କରି ଅନାଇଥିଲା, ଯେପରି କହୁଥିଲା, ତୋ ଯୋଗୁ ମୁଁ ଏମିତି ଅବସ୍ଥାରେ ପଡ଼ିଲି। ତା ପାଖକୁ ଲାଗି ସୀମା ଶର୍ମା ଓ ସୋନାଲୀ ଦାସ ଛିଡ଼ା ହୋଇଥିଲେ ଏବଂ ଦୁହେଁ ଏକାଭଳି ମୁଚୁକି ମୁଚୁକି ହସୁଥିଲେ। ତାଙ୍କ ପାଖକୁ ଲାଗି ଯେଉଁ ସ୍ତ୍ରୀଲୋକଟି ଛିଡ଼ା ହୋଇଥିଲା, ତର ମୁହଁଟି ସଂପୂର୍ଣ୍ଣ ଜଳି ଭୟଙ୍କର ହୋଇଯାଇଥିଲା, କିନ୍ତୁ ସେ ତାର ଅନ୍ଧ ଆଖିରେ ବଳଭଦ୍ର ଆଡ଼କୁ ନିଷ୍ପଲକ ଅନାଇଥିଲା। ମିତା ତାର ଛୁଆକୁ କାଖେଇ ତାକୁ ଗେଲ କରୁଥିଲା କିନ୍ତୁ ବଳଭଦ୍ରକୁ ଅନାଉ ନ ଥିଲା। ବିକାଶ ଓ ବିନୟ ନିଜ ଭିତରେ କଥାବାର୍ତ୍ତାରେ ବ୍ୟସ୍ତ ଥିଲେ ଏବଂ କୌଣସି କଥାରେ ହସୁଥିଲେ। ସରସୀ ନିବିଷ୍ଟ ଚିତ୍ତରେ ପାନ ଖାଉଥିଲା ଏବଂ ବଳଭଦ୍ର ଆଖିରେ ଆଖି ପଡ଼ିବାରୁ ତା ଆଡ଼କୁ ପାନପିକ ପକାଇଲା। ଛୋଟା ଆଶାବାଡ଼ିରେ ତା ଆଡ଼କୁ ଦେଖାଉଥିଲା ଏବଂ ତାର ଗୁଣ୍ଡା ନିଶରେ ତାଉ ଦେଉଥିଲା। ସୁରମା ମଧୁବନର କାନ୍ଧରେ ମୁଣ୍ଡ ରଖି ଶୋଇଯାଇଥିଲା।

ଏମାନଙ୍କ ପଛରେ ଧାଡ଼ି ଧାଡ଼ି ହୋଇ ବିଭାସ ଦାସ ସମେତ କୀର୍ତ୍ତିମୁଖମାନେ ହାଜତ କୋଠରୀରେ ଭିଡ଼ ଜମାଇଥିଲେ। କ୍ଳାନ୍ତ ଓ ବିରକ୍ତ ହୋଇ ବଳଭଦ୍ର ଏମାନଙ୍କ ଆଡୁ ନିଜର ମୁହଁ ଫେରାଇ ନେଲା।

—

ଭାବମୂର୍ତ୍ତି

ଉଦୟ ପ୍ରକାଶ ଯେତେବେଳେ ହସପିଟାଲ ଛାଡ଼ିଲା, ତାକୁ ଔଷଧର ବ୍ୟବସ୍ଥାପତ୍ର ଓ ଖାଇବା ପିଇବା ଚଳିବାର ବିଧିନିର୍ଦ୍ଦେଶ ଦେଇସାରି ଡାକ୍ତର କହିଲା, ମନେ ରଖିବେ, ଏଇଟି ଥିଲା ଆପଣଙ୍କ ପାଇଁ ଯମର ପ୍ରଥମ ଭିଜିଟିଂ କାର୍ଡ। ନା, ମୁଁ ଏକଥା ଆପଣଙ୍କୁ ଭୟ ଦେଖାଇବା ପାଇଁ କହୁ ନାହିଁ କିମ୍ବା ଏଥିରେ ବିଚଳିତ ହେବାର ବି କିଛି ନାହିଁ। ଆପଣ ଯଦି ଜଗି ରଖି ଚଳିବେ, ଖାଇବା ପିଇବାରେ ନିୟନ୍ତ୍ରଣ ରଖିବେ ଏବଂ ଦିନକୁ ଅଧା ମାଇଲ ଚାଲିବେ, ଆଉ କୌଣସି ସମସ୍ୟା ହେବାର ଆଶଙ୍କା ନାହିଁ। ଆପଣଙ୍କ ଜୀବନ ପୁଣି ଆଗ ଭଳି ହୋଇଯିବ। ଡାକ୍ତର ଉଠି ଛିଡ଼ା ହେଲା, ତାକୁ ବିଦାୟ ଦେବା ପାଇଁ ତା ସହିତ ହାତ ମିଳାଇ କହିଲା, ବେଷ୍ଟ ଲକ୍ !

ମାସକ ପରେ ଘରକୁ ଫେରି ଉଦୟ ପ୍ରକାଶ ପ୍ରଥମେ ଯାଇ ନିଜ ବିଛଣା ଉପରେ

ଶୋଇଲା। ଏଥିରେ ଯେପରି ଏକ ସ୍ୱତନ୍ତ୍ର ପୁଲକ ଥିଲା। ଆରୋଗ୍ୟ ହୋଇଥିବା ଅପେକ୍ଷା ଘର ଫେରିବାର ଆନନ୍ଦକୁ ସେ ବେଶି ଉପଭୋଗ କରୁଥିଲା ବର୍ତ୍ତମାନ। ସେ ଯେପରି ତାର ଆତ୍ମବିଶ୍ୱାସ ଫେରି ପାଇଥିଲା। ଏଥରକ ଗାଧୁଆ ଘରକୁ ଯାଇ ସେ ଦର୍ପଣରେ ନିଜକୁ ଦେଖିଲା। ଏବଂ ମାନିନେଲା ଯେ ସେ ଆଉ ପୂର୍ବ ଭଳି ନାହିଁ। ଏହି ମାସକ ଭିତରେ ତାର ଚେହେରାରେ ଅନେକ ପରିବର୍ତ୍ତନ ହୋଇଯାଇଥିଲା। ସେ ଜାଣିଥିଲା ଯେ ତାର ଓଜନ ଅନେକ କମିଯାଇଛି, କିନ୍ତୁ ମୁହଁ ଉପରେ ଯେ ତାର ଏତେ ପ୍ରଭାବ ପଡ଼ିବ, ଭାବି ପାରି ନ ଥିଲା। ତାର ଆଖି ଭିତରକୁ ପଶିଯାଇଥିଲା, ଗାଲର ହାଡ଼ ଦେଖାଯାଉଥିଲା ଏବଂ ତାର ବୟସ ଯେପରି ବଢ଼ିଯାଇଥିଲା ଅନେକ। ସେ

ନିଜକୁ ଆଶ୍ୱାସନା ଦେଲା ଯେ ଡାକ୍ତରର କଥା ମାନି ଚଳିଲେ ପୁଣି କିଛି ଦିନରେ ସବୁ ପୂର୍ବଭଳି ହୋଇଯିବ।

କିନ୍ତୁ ସତରେ ହୋଇଯିବ କି? ନିଜକୁ ପ୍ରଶ୍ନ କଲା ଉଦୟ ପ୍ରକାଶ। ସେ ଆଗରୁ କେବେହେଲେ ଏପରି ମୃତ୍ୟୁ କଥା ଭାବି ନ ଥିଲା। ଅବଶ୍ୟ ସେ ମୃତ୍ୟୁ ବିଷୟରେ ଅନେକ କବିତା ଲେଖିଥିଲା, କିନ୍ତୁ କବିତାର ମୃତ୍ୟୁ ଓ ଡାକ୍ତର କହିଥିବା ମୃତ୍ୟୁ ଭିତରେ ଅନେକ ପ୍ରଭେଦ ଥିଲା। କବିତାର ମୃତ୍ୟୁ ଆସୁଥିଲା ଏକ କୋମଳ ଶୀତଳ ଘନିଷ୍ଠ ଆଧ୍ୟାତ୍ମିକ ପରିବେଶରେ, ଦୁଃଖାନ୍ତ ସଙ୍ଗୀତର ଲହରୀରେ ଭାସି, କିନ୍ତୁ ଅନ୍ୟ ମୃତ୍ୟୁଟି ଡାକ୍ତରଖାନାର ନିର୍ବୈକ୍ତିକ କୀଟାଣୁରହିତ ରୋକଠୋକ କୋଠରୀକୁ ଧସି ପଶି ଆସୁଥିଲା ହାତରେ ପରୁଆନା ଧରି। ଝଲକାଏ ଥଣ୍ଡା ପବନ ଆସି ତା ଛାତିକୁ ଧକ୍କା ଦେଲା। ଗାଧୁଆ ଘରୁ ବାହାରି ସେ ପୁଣି ବିଛଣାରେ ଶୋଇଗଲା।

ନା, ଏଥରକ ତାର ଜୀବନର ଦୈନନ୍ଦିନୀକୁ ବଦଳାଇବାକୁ ପଡ଼ିବ। ଆଉ ନୁହେଁ ତା ପାଇଁ ସମୟକୁ ଫାଙ୍କି ଦେଇ ଅଦରକାରୀ କାମରେ ନିଜକୁ ବ୍ୟସ୍ତ ରଖିବା। ଆଗେ ସେ କବିତା ଲେଖିବାକୁ ବସିଛି, ତାର ହଠାତ୍ ମନେପଡ଼ି ଯାଉଥିଲା ଯେ ତାର ବିଜୁଳିର ବିଲ୍ ଦିଆ ହୋଇନାହିଁ। ବା, ମୁନିସିପାଲିଟିରୁ ଯେଉଁ ଚିଠି ଆସିଥିଲା, ତାର ଜବାବ ଦେବାକୁ ହେବ। କବିତାର ଖାତାକୁ ଆଡ଼େଇ ଦେଇ ସେ ସାଙ୍ଗେ ସାଙ୍ଗେ ବସି ଯାଉଥିଲା ଚେକ୍ ବହି ଧରି, ମୁନିସିପାଲିଟି କାଗଜର ଫାଇଲ ଖୋଲି। କବିତା ଲେଖିବା ଦୁରୂହ କାମ ନିଶ୍ଚୟ ଏବଂ ତା ସହିତ ପ୍ରତିଯୋଗିତା କରିବା ପାଇଁ ସବୁବେଳେ ଥିଲେ ନାନା ଅକିଞ୍ଚିତ୍କର ଘରୋଇ କାମ ଯାହାକୁ ସେ ବାଛି ନେଉଥିଲା। ମନେ ମନେ ଯୁକ୍ତି କରୁଥିଲା, କବିତା ତ କାଲି ଲେଖି ହେବ, କିନ୍ତୁ ଆଜି ବିଲ୍ ନ ଦେଲେ ବିଜୁଳି କଟିଯିବ। ଏଇଭଳି ଭାବରେ ତାକୁ ନ ଲେଖିବାର ଅନେକ ବାହାନା ମିଳିଯାଉଥିଲା। ବିଲ୍ ଦେବାକୁ ନ ଥିଲେ ତାର ମନେପଡୁଥିଲା ଯେ ତାକୁ ବେମାର ପଡ଼ିଥିବା ବଂଧୁଙ୍କୁ ଦେଖିବାକୁ ଯିବାକୁ ହେବ, ଯଦିଓ ସେ ବେମାର ପଡ଼ିଥିବା ବେଳେ ବଂଧୁ ତାକୁ ଦେଖିବାକୁ ଆସି ନ ଥିଲେ। ଉଦୟ ପ୍ରକାଶ ମନକୁ ବୁଝାଉଥିଲା ଯେ ସେ ନିଶ୍ଚୟ ତାର ବନ୍ଧୁଙ୍କଠାରୁ ବେଶି ଉଦାର ଏବଂ କବିତା କଦାପି ବଂଧୁତ୍ୱଠାରୁ ମହତ୍ତ୍ୱପୂର୍ଣ୍ଣ ହୋଇ ନ ପାରେ। ତେବେ ସେ ଜାଣିଥିଲା ଯେ ଯଦି ତା ଉପରେ କବିତା

ଲେଖିବାର ଭାର ନ ଥାନ୍ତା, ସେ କିଛି ନ କରି ଘରେ ବସି ରହିଥାନ୍ତା କିନ୍ତୁ ବେମାର ବନ୍ଧୁଙ୍କୁ ଦେଖିବାକୁ ଯାଇ ନ ଥାନ୍ତା।

ତାର ଜଣେ ସାଙ୍ଗ ଅନେକ ବର୍ଷ ଧରି ଗବେଷଣା କରୁଥିଲା, କିନ୍ତୁ ତାର ବହିଟି ଲେଖୁ ନ ଥିଲା। ପଚାରିଲେ କହୁଥିଲା, ମୁଁ ଯେ ପର୍ଯ୍ୟନ୍ତ ଜାଣି ନାହିଁ ମୋର ମୃତ୍ୟୁ କେବେ ହେବ, ବର୍ତ୍ତମାନ କାହିଁକି ବହିଟି ଲେଖିବି ? ଉଦୟ ପ୍ରକାଶ କଥାଟିର ତାତ୍ପର୍ଯ୍ୟ ଠିକ ବୁଝିପାରୁ ନ ଥିଲେ ବି ଜାଣୁଥିଲା ଯେ ସେଥିରେ ଗୋଟିଏ ନିଛକ ସତ୍ୟ କେଉଁଠି କିପରି ନିହିତ ଅଛି। ତା ପାଖରେ ବର୍ତ୍ତମାନ ଏଭଳି ବାହାନା ନ ଥିଲା। ଡାକ୍ତର ତାକୁ ମୃତ୍ୟୁର ଦିନ ଲେଖି ଦେଇ ନ ଥିଲେ ମଧ୍ୟ ତାକୁ ମୃତ୍ୟୁ ବିଷୟରେ ସଚେତନ କରି ଦେଇଥିଲା। ଭିଜିଟିଂ କାର୍ଡ ପଠାଇବା ଏବଂ ଆଗନ୍ତୁକ ସ୍ୱୟଂ ସଶରୀର ଉପସ୍ଥିତ ହେବା ଭିତରେ ସମୟର ବ୍ୟବଧାନ ଅସୀମିତ ନୁହେଁ, ଗଣିହେବା ଭଳି ମୁହୂର୍ତ୍ତ ମାତ୍ର। ତାର ବାପା ଯେ ଅଳ୍ପ ବୟସରେ ହୃଦ୍‌ରୋଗରେ ମରିଯାଇଥିଲେ, ସେ ତଥ୍ୟଟି ମଧ୍ୟ ବାରମ୍ବାର ତା ମନକୁ ଆସୁଥିଲା।

କିଛି ଗୋଟିଏ ବିଶେଷ ମାନସିକ ବା ଶାରୀରିକ ବିପତ୍ତି ପଡ଼ିବା ପର୍ଯ୍ୟନ୍ତ ସମସ୍ତେ ଧରି ନିଅନ୍ତି ଜୀବନ ଯେପରି ଏକ ଅସରନ୍ତି ଯାତ୍ରା, ଯେଉଁଥିରେ ମନ୍ଦଫଳର ଆଶଙ୍କା ଥାଇ ମଧ୍ୟ ନିର୍ଣ୍ଣୟ ନିଆଯାଇପାରେ, କାରଣ ସବୁବେଳେ ଭୁଲକୁ ସୁଧାରିବାର ସମ୍ଭାବନା ଥାଏ। କିନ୍ତୁ ଏଭଳି ଦୁର୍ଗତି ଆସିବା ମାତ୍ରେ ଜୀବନ ପ୍ରତି ମଣିଷର ଦୃଷ୍ଟିକୋଣ ହଠାତ୍ ବଦଳିଯାଏ; ସମୟ ସୀମିତ ହୋଇଯାଏ ଓ ସମାପ୍ତି ରେଖା ଦୃଷ୍ଟିର ଅବଧି ଭିତରକୁ ଆସିଯାଏ। ଉଦୟ ପ୍ରକାଶ ଆଉ ଭାବୁ ନ ଥିଲା ନୂଆ କଣ ହାତକୁ ନେବ; ସେ ବର୍ତ୍ତମାନ ଭାବୁଥିଲା ଅଧା ରହିଯାଇଥିବା କାମ ସବୁକୁ ସେ ଶେଷ କରିବ କିପରି।

ସୁବ୍ୟବସ୍ଥିତ ପ୍ରକୃତିର ହୋଇଥିବାରୁ ଅନେକ ଦିନୁ ହିଁ ନିଜର ଜୀବନକୁ ସଂଗଠିତ କରି ନେଇଥିଲା ଉଦୟ ପ୍ରକାଶ। ବର୍ତ୍ତମାନ ବାସ୍ତରି ବର୍ଷ ବୟସରେ ପଛକୁ ଅନାଇବା ବେଳେ କିନ୍ତୁ ତାର ମନେହେଲା ସେ କେଉଁଠି ଯେପରି ପୂର୍ଣ୍ଣତା ଦେଖି ପାରୁ ନ ଥିଲା। କାହିଁକି ଏଭଳି ମନେ ହେଉଥିଲା ? ଅନେକ ଦିନ ଆଗରୁ ପ୍ରଥମ ପ୍ରଥମ ଇନ୍‌ସ୍ୟୁରାନ୍‌ସ କାମ ଆରମ୍ଭ କଲାବେଳୁ ସେ ଠିକ କରିନେଇଥିଲା ଯେ ସେ କବି ହିଁ ହେବ। କିଛି ବର୍ଷ ଧରି ତାକୁ କେହି କବିର ମାନ୍ୟତା ଦେବାକୁ ପ୍ରସ୍ତୁତ ହେଲେ ନାହିଁ;

ତାର କାରଣ ତାର କବିତାର ଦୋଷଦୁର୍ବଳତା ନ ଥିଲା, ଥିଲା ତାର ପେଶା। କୌଣସି ଅଲିଖିତ ନିୟମ ଅନୁସାରେ କବିତା ଲେଖିବାର ସ୍ୱତ୍ୱ ଓ ଅଧିକାରକୁ ହାତ କରି ନେଇଥିଲେ ଅମଲା ଓ ଶିକ୍ଷକମାନେ ଏବଂ ସେମାନେ ତାଙ୍କର ମୋହିନୀ ବୃତ୍ତ ଭିତରକୁ ଇନ୍‌ସ୍ୟୁରାନ୍‌ସ ଏଜେଣ୍ଟ ଭଳି ଇତର ଲୋକଙ୍କର ଅନୁପ୍ରବେଶ ଚାହୁଁ ନ ଥିଲେ। ଶେଷରେ କିନ୍ତୁ ଅଧ୍ୟବସାୟର ଜୟ ହେଲା ଏବଂ କବି ଭାବରେ ସ୍ୱୀକୃତି ମିଳିଲା ଉଦୟ ପ୍ରକାଶକୁ।

ନିଜର ଘର ସଂସାରକୁ ଗୋଛଗାଛ ଓ ପିଲାମାନଙ୍କର ଥଇଥାନ କରିସାରିବା ପରେ ସେ ତାର କାମ ବି ଛାଡ଼ିଦେଲା ଏବଂ ହୋଇଗଲା ପୂରାମାତ୍ରାରେ କବି। ପିଲାମାନେ ବର୍ତ୍ତମାନ ବାହାରେ ଥିଲେ ଏବଂ ସ୍ତ୍ରୀ ସହିତ ସଂପର୍କକୁ ସେ ଅନେକ ଦିନରୁ ସଜାଡ଼ି ସଂପୂର୍ଣ୍ଣ ଔପଚାରିକ କରିଦେଇଥିଲା। ନିଜର ଆୟବ୍ୟୟ ତାର ନିୟନ୍ତ୍ରଣରେ ଥିଲା, ସଂସାରର ଆଉ କୌଣସି ଭାର ନ ଥିଲା ତା ଉପରେ ଏବଂ ସେ ନିଜକୁ କବି ବିନା ଆଉ କୌଣସି ଭାବେ ଦେଖୁ ନ ଥିଲା। ଏବଂ ଏହା ହିଁ ଥିଲା ତାର ଜୀବନର ସବୁଠାରୁ ବଡ଼ ସମସ୍ୟା।

ଉପନ୍ୟାସ ଲେଖକ ନିଜ ପାଇଁ ନିୟମ କରିଦେଇପାରେ ଯେ ସେ ପ୍ରତିଦିନ ପଚାଶ ପୃଷ୍ଠା ଲେଖିବ ହିଁ ଲେଖିବ। ନାଟକକାର ଗୋଟିଏ ଦୃଶ୍ୟ ଲେଖୁଥିବା ସହିତ ଅଭିନେତା ଅଭିନେତ୍ରୀ ନିର୍ଦ୍ଦେଶକଙ୍କ ସହିତ ସମୟ କଟାଇପାରେ। କିନ୍ତୁ କବି ବସି ବସି ସାରାଦିନ କବିତା ଲେଖିବା ତ ସମ୍ଭବ ନୁହେଁ। କବିତା ଲେଖିବାର ଅନୁଷଙ୍ଗ ଯଥା ବହି ପଢ଼ିବା, କବିତା ବିଷୟରେ ଆଲୋଚନା ଇତ୍ୟାଦି କରିବା ପାଇଁ ସୁବିଧା ନ ଥିଲା ତା ସହରରେ। ସାହିତ୍ୟିକ ବନ୍ଧୁମାନଙ୍କ ମେଳରେ ବସିଲେ ତାକୁ ବିଭିନ୍ନ ଲେଖକ ଲେଖିକାଙ୍କର ବ୍ୟକ୍ତିଗତ ଜୀବନ, ଚରିତ୍ର ଓ ଅପକୀର୍ତ୍ତି ବିଷୟରେ ଅନେକ ରୋଚକ ଖବର ମିଳୁଥିଲା, କିନ୍ତୁ ଏଗୁଡ଼ିକର କୌଣସି ବି ସାହିତ୍ୟିକ ମହତ୍ତ୍ୱ ନ ଥିଲା। ସେ ନିଜେ ଏକ ଶୁଷ୍କ ଓ ଅସାମାଜିକ ଜୀବନଯାପନ କରୁଥିବାରୁ ଆସ୍ତେ ଆସ୍ତେ ଏଭଳି ବଂଧୁମାନଙ୍କ ପାଖରୁ ଦୂରରେ ରହିବାରେ ଲାଗିଲା ଓ ଜଣେ ସଂଗବିମୁଖ ସ୍ୱାଭିମୁଖୀ ଲୋକରେ ଗଣା ହେଲା।

ସେ ସାହିତ୍ୟ ସମାଜକୁ ଛାଡ଼ି ଦେଇଥିଲେ ବି ସେମାନେ ତାକୁ ଛାଡ଼ୁ ନ ଥିଲେ। ମଝିରେ ମଝିରେ ସଭାସମିତିରୁ ତାକୁ ଡାକରା ଆସୁଥିଲା ଏବଂ କେବେ କେବେ ତାର

ସାକ୍ଷାତ୍‌କାର ନେବା ପାଇଁ କେହି ପହଞ୍ଚିଯାଉଥିଲେ। ସାକ୍ଷାତ୍‌କାରର ପର୍ବମାନ ସେଇ ଏକା ପ୍ରକାରର ଥିଲା ; ତାର କୌଣସି ବି ଲେଖା ପଢ଼ି ନ ଥିବା ଯୁବକ ପତ୍ରକାର ଏବଂ ଧରାବନ୍ଧା ପ୍ରଶ୍ନମାନଙ୍କର ନିର୍ଦ୍ଦିଷ୍ଟ କ୍ରମ। ଆପଣଙ୍କର ଜନ୍ମ ତାରିଖ କଣ ? ଆପଣ କେତୋଟି ବହି ଲେଖିଛନ୍ତି ? ଆପଣଙ୍କ ପ୍ରଥମ କବିତା କେଉଁଠାରେ ପ୍ରକାଶିତ ହୋଇଥିଲା ? ଆପଣ କି କି ପୁରସ୍କାର ପାଇଛନ୍ତି ? ଇତ୍ୟାଦି। ସାହସୀ ପତ୍ରକାର ହେଲେ ତାକୁ ପ୍ରେମ ସଂପର୍କରେ ପ୍ରଶ୍ନ ପଚରା ହେଉଥିଲା : ଆପଣଙ୍କ ପ୍ରେମ କବିତାର ପ୍ରେରଣା କିଏ ? ସେ ବିବାହିତା ନା ଅବିବାହିତା ? ଏ କଥା ଅବଶ୍ୟ ମାନିବାକୁ ପଡ଼ିବ ଯେ ଏ ପର୍ଯ୍ୟନ୍ତ କେହି ତାକୁ ତାର ପ୍ରେରଣାର ନାଁ, ଠିକଣା ବା ଟେଲିଫୋନ ନମ୍ବର ଇତ୍ୟାଦି ପଚାରି ନ ଥିଲା। ଆଉ ଗୋଟିଏ ଅବଶ୍ୟ ପ୍ରଶ୍ନ ଥିଲା, ଆପଣ ଲେଖନ୍ତି କାହିଁକି ? ଉଦୟ ପ୍ରକାଶ ଏ ପ୍ରଶ୍ନର ସଙ୍ଗତି ଆଦୌ ବୁଝିପାରୁ ନ ଥିଲା କାରଣ ନାଟକ କରୁଥିବା, ଚିତ୍ର ଆଙ୍କୁଥିବା ବା ନାଚୁଥିବା କଳାକାରମାନଙ୍କୁ କେହି କେବେ ପ୍ରଶ୍ନ କରେ ନାହିଁ ଆପଣ କାହିଁକି ଅଭିନୟ କରନ୍ତି, ଆଙ୍କନ୍ତି ବା ନାଚନ୍ତି। ସେଇପରି ତାକୁ ପ୍ରଶ୍ନ ହେଉଥିଲା, ଆପଣଙ୍କ ପେଶା ସହିତ ଆପଣଙ୍କର ଲେଖାର ସଂପର୍କ କଣ, ଯାହା ଉଦୟ ପ୍ରକାଶ ମତରେ ସଂପୂର୍ଣ୍ଣ ନିରର୍ଥକ ଥିଲା। ଅମଲାତନ୍ତ୍ରୀ କବିଙ୍କ ଲେଖା ପଢ଼ିବା ବେଳେ କଣ ଜାଣିବା ଦରକାର କବିତାଟି ଲେଖିବାବେଳେ ସେ କୃଷି ବିଭାଗରେ ଥିଲେ ନା ପଶୁପାଳନ ବିଭାଗରେ ?

ସାକ୍ଷାତ୍‌କାରର ଏଭଳି ଅପ୍ରାସଙ୍ଗିକ ପ୍ରଶ୍ନ ବେଳେ ସେ ପ୍ରଥମେ ପ୍ରଥମେ ବିରକ୍ତ ହେଉଥିଲା। ତା ପରେ ସେ ଏ ସବୁ ପ୍ରଶ୍ନକୁ ଯଥାସମ୍ଭବ ଏଡ଼ାଇ ଅସ୍ପଷ୍ଟ ଉତ୍ତର ଦେବାକୁ ଶିଖିଲା। ଯେତେବେଳେ ପତ୍ରକାରମାନେ ଏଥିରେ ଅସନ୍ତୁଷ୍ଟ ହେଲେ ଏବଂ ସେ ସେମାନଙ୍କ ସହିତ ସହଯୋଗ କରୁନାହିଁ ବୋଲି ଅଭିଯୋଗ କଲେ, ସେ ସାକ୍ଷାତ୍‌କାର ଦେବା ପୂରାପୂରି ବନ୍ଦ କରିଦେଲା।

ଏଇଭଳି ଅପ୍ରୀତିକର ଅଭିଜ୍ଞତା ଥିଲା ସାହିତ୍ୟ ସଭାର। ତାକୁ କେହି କିଛି କହିବା ପାଇଁ ନିମନ୍ତ୍ରଣ କଲେ ସେ ସମୟ ଦେଇ ପଢ଼ାପଢ଼ି କରି ଗୋଟିଏ ଲେଖା ତିଆରି କରୁଥିଲା, କିନ୍ତୁ ତାର ଏତେ ସବୁ ପରିଶ୍ରମ ବୃଥା ଯାଉଥିଲା ସାହିତ୍ୟ ସଭାର ଅଦ୍ଭୁତ ସଞ୍ଚାଳନରେ। ନିୟମାନୁବର୍ତ୍ତୀ ହୋଇ ଥିବାରୁ ସେ ଠିକ ସମୟରେ ପହଞ୍ଚିଯାଉଥିଲା କିନ୍ତୁ ସେତେବେଳେ ସଭାରେ ଗୋଟିଏ ବି ଲୋକ ନ ଥାନ୍ତି। ତାର

ଜୀବନ କାଳରେ ସେ କୌଣସି ସଭାକୁ ଠିକ ସମୟରେ ଆରମ୍ଭ ହେବାର ଦେଖି ନ ଥିଲା। ସଭାର ପ୍ରସ୍ତୁତି ପର୍ବ ଯଥା ସଂଗୀତ, ସ୍ୱାଗତ ଭାଷଣ, ବକ୍ତାଙ୍କର ପରିଚୟ ଇତ୍ୟାଦିରେ ଏତେ ସମୟ ଚାଲିଯାଉଥିଲା ଯେ ମୂଳ ସାହିତ୍ୟ ଚର୍ଚ୍ଚା ବେଳକୁ ଆଉ କାହାରି ଆଗ୍ରହ ରହୁ ନ ଥିଲା। କିମ୍ବା ବକ୍ତାଙ୍କୁ ଯଦି ଶେଷ ବେଳକୁ ଡକରା ମିଳୁଥିଲା, ସେତେବେଳେ ସଭା ଘରେ ଆଉ ଶ୍ରୋତା ରହୁ ନ ଥିଲେ। ଅନେକ ସମୟରେ ଶ୍ରୋତା ମାନଙ୍କ ଆଡ଼କୁ ଅନାଇ ସେମାନଙ୍କର ଅନାଗ୍ରହ ଦେଖି ଉଦୟ ପ୍ରକାଶ ନିଜର ସଂକ୍ଷିପ୍ତ ଭାଷଣକୁ ଆହୁରି ସଂକ୍ଷେପ କରି ଦେଉଥିଲା। ଏଭଳି ବାରମ୍ବାର ବିରୂପ ଅନୁଭବ ପରେ ସେ କ୍ରମେ କ୍ରମେ ନିଜକୁ ସଭା ସମିତିରୁ ମଧ୍ୟ ଅଲଗା ରଖିଲା।

ଏତେବେଳକୁ ସେ ଜଣେ ପ୍ରତିଷ୍ଠିତ କବି ଭାବରେ ସ୍ୱୀକୃତି ପାଇ ସାରିଥିଲା ଏବଂ ସଚେତନ ଥିଲା ଯେ ସେ ପାଠକ ଓ ସର୍ବସାଧାରଣଙ୍କ ପାଇଁ ନିଜର ଏକ ନିର୍ଦ୍ଦିଷ୍ଟ ବ୍ୟକ୍ତିତ୍ୱ ତିଆରି କରିବ। ସେ ଚାହୁଁଥିଲା ତାର ଭାବମୂର୍ତ୍ତି ହେବ କବି, କବି ଏବଂ କବି ହିଁ। ତେବେ ଲୋକଙ୍କର ଏ ବିଷୟରେ ଭିନ୍ନ ପ୍ରକାରର ପ୍ରତ୍ୟାଶା ଥାଏ; କବି କହିଲେ ସେମାନେ ବୁଝନ୍ତି, ଏକ ପୂରାପୂରି ଅସଂସାରୀ, ଅନିୟନ୍ତ୍ରିତ, ସ୍ୱୈରାଚାରୀ, ମଦ୍ୟପ ଓ ଲମ୍ପଟ ଜୀବ, ଯାହାକୁ ସହ୍ୟ କରାଯାଇପାରେ କେବଳ ତାର କବିତା ପାଇଁ। ନିଜେ ଏଭଳି ଜୀବନ ଚର୍ଯ୍ୟାରୁ ଦୂରରେ ଥିବାରୁ ଉଦୟ ପ୍ରକାଶକୁ ଏକ ବିକଳ୍ପ ଭାବମୂର୍ତ୍ତି ତିଆରି କରି ତାକୁ ପହଞ୍ଚାଇବାର ଥିଲା ସମସ୍ତଙ୍କ ପାଖରେ ଏବଂ ଏ କାମଟି ଅତ୍ୟନ୍ତ ଦୁରୂହ ଥିଲା। ସାହିତ୍ୟିକ ଗୋଷ୍ଠୀ ଓ ବନ୍ଧୁ ମିଳନରେ ସେ ଯେତେବେଳେ ପାନୀୟ ନେବାକୁ ମନା କରୁଥିଲା, କେହି ବି ବିଶ୍ୱାସ କରୁ ନ ଥିଲେ ଯେ ସେ ପ୍ରକୃତରେ ପିଏ ନାହିଁ। ବରଂ ଏପରି ଏକ ଧାରଣା ସୃଷ୍ଟି ହେଉଥିଲା ଯେ ସେ କପଟୀ ଏବଂ ଘରେ ପ୍ରତିଦିନ ମଦ ପିଉଥିବା ବେଳେ ବାହାରେ ଦେଖାଇବାକୁ ଚାହେଁ ଯେ ସେ ଜଣେ ସାଧୁ ସନ୍ଥ ପୁରୁଷ ! ତାର ପୋଷାକପତ୍ର ମଧ୍ୟ ଆଦୌ କବିସୁଲଭ ନ ଥିଲା। ଭାରତ ବୋଧହୁଏ ଏକମାତ୍ର ଦେଶ ଯେଉଁଠାରେ ବିଭିନ୍ନ ବୃତ୍ତିର ଲୋକଙ୍କ ପାଇଁ ବିଭିନ୍ନ ପୋଷାକର ଲୋକାଚାର ଅଛି, ଯେପରିକି ଗାନ୍ଧୀ ଟୋପି ଦେଖିଲେ ଜାଣିହେବ ଲୋକଟି ରାଜନୈତିକ ନେତା, ବାବୁରି ବାଳରୁ ନର୍ତ୍ତକ ଓ ଅଯତ୍ନ ପୋଷାକ ଓ ଝୋଲାରୁ ବୁଦ୍ଧିଜୀବୀ ବୋଲି। କବି ପାଇଁ କୌଣସି ନିର୍ଦ୍ଧାରିତ ପୋଷାକ ନ ଥିଲେ ମଧ୍ୟ ଦାଢ଼ି ଏକ ସହାୟକ ଭୂଷଣଭାବେ ଗଣା ହୋଇଥାଏ। ଦୁର୍ଭାଗ୍ୟକୁ ଉଦୟ ପ୍ରକାଶ

ନିଶ ମଧ୍ୟ ରଖି ନ ଥିଲା। ଚରିତ୍ର ଦୃଷ୍ଟିରୁ ସେ ରକ୍ଷଣଶୀଳ ଏକପତ୍ନୀବ୍ରତୀ ଥିଲା ଏବଂ ନିଜ ବିଷୟରେ କୌଣସି ନାରୀଜନିତ ଅପବାଦ ସୃଷ୍ଟି ହେବାକୁ ଦେଇ ନ ଥିଲା। ଲୋକେ ତା ବିଷୟରେ ଯାହା ଭୁଲ ଧାରଣା ରଖିଥାନ୍ତୁ ପଛକେ, ସେ ସ୍ଥିର କରିଥିଲା ଯେ ତାର ସାହିତ୍ୟିକ ପରିଚୟ ହେବ କେବଳ ତାର କବିତା, କବିତା ଏବଂ କବିତାର ହିଁ ମାଧ୍ୟମରେ।

ଭାବମୂର୍ତ୍ତି ତିଆରି କରିବାର ଆଉ ଗୋଟିଏ ବଡ଼ ସମସ୍ୟା ଥିଲା କବିତାର ବ୍ୟାଖ୍ୟା ନେଇ। କବିତାରେ ସେ କଣ କହିବାକୁ ଚାହେଁ ? କାହାରି କାହାରିକୁ ପ୍ରେମିକ କବି, ବିଦ୍ରୋହୀ କବି ବା ମୃତ୍ୟୁର କବି ଆଖ୍ୟା ଦିଆଯାଇଥିବା ବେଳେ ତା ପ୍ରତି କେହି ଏପରି କୌଣସି ବିଶେଷଣ ପ୍ରୟୋଗ କରି ନ ଥିଲେ। ସେ ବିଭିନ୍ନ ବିଷୟ ନେଇ କବିତା ଲେଖୁଥିଲା ଏବଂ ମନେ କରୁଥିଲା ତାହା ହିଁ ତାର ବିଶେଷତ୍ୱ। ତେବେ ସମାଲୋଚକ ମାନେ ସହଜରେ ଛାଡ଼ିବାର ଲୋକ ନ ଥିଲେ; ସେମାନେ ଟାଣିଓଟାରି ତାକୁ ଗୋଟିଏ ଛାଞ୍ଚରେ ପକାଇବାକୁ ଚେଷ୍ଟା କରୁଥିଲେ। ଥରେ କୌଣସି ଆଲୋଚକ ତାର ଗୋଟିଏ କବିତାର ସମୀକ୍ଷା କରିବାକୁ ଯାଇ ଏକ ବିକୃତ ଅର୍ଥ ବାହାର କରିଥିଲେ ଯାହା କେବେ ବି କହିବାକୁ ଚାହିଁ ନ ଥିଲା ଉଦୟ ପ୍ରକାଶ। ଏଇ ପ୍ରବନ୍ଧଟି ପ୍ରକାଶ ପାଇବା ପରେ ଉଦୟ ପ୍ରକାଶ ସଂପାଦକଙ୍କୁ ପତ୍ର ଲେଖି ଏକ ଦୀର୍ଘ ସ୍ପଷ୍ଟୀକରଣ ଦେଲା ସେ କାହିଁକି ଏ କବିତା ଲେଖିଥିଲା, ସେ ଏଥିରେ କଣ ସଂପ୍ରେଷଣ କରିବାକୁ ଚାହେଁ, ଇତ୍ୟାଦି। ସେ ଜାଣି ନ ଥିଲା ଯେ ସାହିତ୍ୟ ଯୁଦ୍ଧରେ ସମାଲୋଚକମାନେ ସବୁବେଳେ ଭୟଙ୍କର ତଥା ଅଜେୟ ଓ ଅମର। ତାର ଚିଠିଟି ପ୍ରକାଶ ପାଇବା ପରେ ସମାଲୋଚକ ଆହୁରି ଏକ ଦୀର୍ଘପତ୍ର ଲେଖି ଯେଉଁ ସତ୍ୟ ସବୁ ପ୍ରତିପାଦିତ କଲେ ତା ଏପରି: କବି କାହିଁକି ତାର କବିତାଟି ଲେଖିଥିଲା, ଲେଖାର ମୂଲ୍ୟାୟନ କଲାବେଳେ ସେ ତଥ୍ୟଟି ସଂପୂର୍ଣ୍ଣ ଅପ୍ରାସଂଗିକ; କବିତାଟି ହିଁ ସମାଲୋଚକ ପାଇଁ ସବୁ କିଛି। ଲେଖା ଛପା ହୋଇ ସାରିବା ପରେ ସେଇଟି ସର୍ବସାଧାରଣଙ୍କ ସଂପତ୍ତି, ତା ଉପରେ ଲେଖକର କୌଣସି ଏକଚାଟିଆ ସ୍ୱତ୍ତ୍ୱାଧିକାର ନାହିଁ। ଶେଷରେ ସମାଲୋଚକ ଶ୍ଳେଷ କରି ଲେଖିଥିଲେ, କବି ଆମକୁ ଗୋଟିଏ ସୁନ୍ଦର କବିତା ଦେଇଛନ୍ତି ସତ, କିନ୍ତୁ ସେ ନିଜେ ଆଦୌ ଜାଣନ୍ତି ନାହିଁ ସେ କଣ ଲେଖିଛନ୍ତି !

ଏ ଘଟଣାଟି ପରେ ସେ ସମାଲୋଚକମାନଙ୍କ ସହିତ ବାକ୍ୟ ବିନିମୟ ବନ୍ଦ କରିଦେଲା ଏବଂ ଠିକ କଲା ଯେ ସେ ପ୍ରତିଟି କବିତା ପାଇଁ ଗୋଟିଏ ପ୍ରାକ୍‌ଭାଷ ତିଆରି କରିବ ଯେଉଁଥିରେ ସେ ଜଣାଇବ ସେ କାହିଁକି କବିତାଟି ଲେଖିଥିଲା ଏବଂ ସେ କବିତାଟିରେ କଣ କହିବାକୁ ଚାହେଁ। ଏ କାମ ଆରମ୍ଭ କରି ସେ ଦେଖିଲା ଯେ ଏଥିରେ ଅନେକ ସମସ୍ୟା। କେତେବେଳେ ତାର ଯଦି ମନେ ପଡୁ ନଥିଲା ସେ କାହିଁକି ଏଇଟି ଲେଖିଥିଲା ତ କେତେବେଳେ ସମାଲୋଚକ କହିଥିବା ଭଳି ସେ ନିଜେ ଜାଣି ପାରୁ ନ ଥିଲା କବିତାରେ ସେ କଣ କହିବାକୁ ଚାହେଁ। ତଥାପି ସେ ଏ କାମଟି ଜାରି ରଖିଲା ଯଦିଓ ସେ ଜାଣିଥିଲା ଯେ ସେ ଯାହା କରୁଛି ତା ସର୍ବତୋଭାବେ ନ୍ୟାୟସଙ୍ଗତ ଓ ସତ୍ୟାଶ୍ରୟୀ ନୁହେଁ।

ଏଇଭଳି ଭାବରେ ତାର ପରିପକ୍ୱ ସାହିତ୍ୟିକ ଜୀବନରେ ଯେଉଁ ସଂକଟମାନ ଉପୁଜୁଥିଲା ତାକୁ ସମାଧାନ କରୁଥିବାବେଳେ ସେ ବେମାର ପଡ଼ି ହସପିଟାଲରେ ଭର୍ତ୍ତି ହେଲା। ବର୍ତ୍ତମାନ ହସପିଟାଲରୁ ବାହାରି ଡାକ୍ତର ମିଆଦ ଟାଣି ଦେଇଥିବା ବଳକା ସମୟ ଆଡ଼କୁ ଅନାଇ ଉଦୟ ପ୍ରକାଶ ଉପଲବ୍ଧି କଲା ଯେ ତାର ଜୀବନର ଅଭିମୁଖ ସବୁ ବଦଳି ଯାଇଛି। ସେ ନିଜ ବିଷୟରେ, ସାହିତ୍ୟ ବିଷୟରେ ଏବଂ ଭବିଷ୍ୟତ ବିଷୟରେ ଯାହା ସବୁ ନୀତିନିୟମ ସ୍ଥିର କରିଥିଲା, ତାର ମନେ ହେଲା ସେ ସବୁ ଶେଷ କଥା ନ ଥିଲେ ଏବଂ ସଂଶୋଧନର ଅପେକ୍ଷା ରଖୁଥିଲେ। ତେଣୁ ସେ ଏକ ଭିନ୍ନ ପ୍ରକାରର ଜୀବନ ପ୍ରଣାଳୀରେ ନିଜକୁ ସମର୍ପଣ କରିଦେଲା।

ଆଗରୁ କେବେହେଲେ ସଭାସମିତି ନ ଯାଉଥିବା ବେଳେ ବର୍ତ୍ତମାନ ସେ ଯେ କେବଳ ସବୁ ନିମନ୍ତ୍ରଣକୁ ସ୍ୱୀକାର କଲା ତା ନୁହେଁ, ସେ ଖୋଜି ବୁଲିଲା ଆଉ କେଉଁ ଅନୁଷ୍ଠାନ ତାକୁ ଭାଷଣ ଦେବାକୁ ଡାକିବେ। ଅଳ୍ପଦିନ ଭିତରେ ତାକୁ ରାଜ୍ୟର ବିଭିନ୍ନ ସ୍ଥାନରେ ଆଲୋଚନା ସଭା, ସାହିତ୍ୟିକ ଗୋଷ୍ଠୀ, ପୁସ୍ତକ ଉନ୍‌ମୋଚନ, ପୁରସ୍କାର ବିତରଣୀ, ବାର୍ଷିକ ଉତ୍ସବ ଇତ୍ୟାଦି କାର୍ଯ୍ୟକ୍ରମରେ ଦେଖିବାକୁ ମିଳିଲା। ଅଭ୍ୟାସ ଯୋଗେ ସେ ବକ୍ତୃତା ଦେବାରେ ଦକ୍ଷ ମଧ୍ୟ ହୋଇଗଲା ଏବଂ ତାର ନିଜ କାନକୁ ତାର ସ୍ୱର ପ୍ରୀତିକର ଜଣାଗଲା। ଏହା ବ୍ୟତୀତ ସେ ନିଜର ଅଧ୍ୟାପକ ବନ୍ଧୁମାନଙ୍କୁ ଅନୁରୋଧ କରି ତାର ଲେଖା ଉପରେ କିପରି ଗବେଷଣା ହେବ ଓ ତାର କବିତା ପାଠ୍ୟପୁସ୍ତକରେ ଭର୍ତ୍ତି ହେବ ତାର ବ୍ୟବସ୍ଥା କଲା। ଏପରିକି ଅନେକ ଚେଷ୍ଟା କରି

ନିଜର କବିତାଭିତ୍ତିକ ଏକ କାର୍ଯ୍ୟକ୍ରମ ଦୂରଦର୍ଶନରେ ମଧ୍ୟ ଦେଖାଇବାରେ ସମର୍ଥ ହେଲା ଉଦୟ ପ୍ରକାଶ।

ଏହାର ଗୋଟିଏ ପରିଣାମ ଥିଲା ଖବରକାଗଜରେ ନାଁ ଓ ଫଟୋ ବାହାରିବା। ଏଇ ସୂତ୍ରରେ ଉଦୟ ପ୍ରକାଶ ବିଭିନ୍ନ ପ୍ରକାରର ସାକ୍ଷାତ୍‌କାର ଦେବାକୁ ମଧ୍ୟ ଆରମ୍ଭ କଲା। ଆଗରୁ ସାକ୍ଷାତ୍‌କାର ନେବାକୁ ଆସିଥିବା ଯୁବକଙ୍କୁ ହୀନିମାନ କରୁଥିବା ବେଳେ ସେ ବର୍ତ୍ତମାନ ସେମାନଙ୍କୁ ସମ୍ମାନର ସହିତ ଭେଟି ସେମାନଙ୍କର ଯଥାବିଧି ଆପ୍ୟାୟନ କରୁଥିଲା, ସେମାନେ କାଗଜକୁ ପଠାଇବା ପୂର୍ବରୁ ସେମାନଙ୍କ ଲେଖାରେ ସଂଶୋଧନ କରି ତାକୁ ମାର୍ଜିତ କରିବାର ପରାମର୍ଶ ଦେଉଥିଲା ଏବଂ ବିଷୟବସ୍ତୁ ଉପରେ ନିର୍ଭର କରି ଖାପଖାଇବା ଭଳି ନିଜର ଫଟୋ ଯୋଗାଇ ଦେଉଥିଲା। କ୍ରମେ ସାକ୍ଷାତ୍‌କାରରେ କେବଳ ସାହିତ୍ୟ ବିଷୟ ନ ରହି ଅନ୍ୟାନ୍ୟ ବିଷୟରେ ତାର ମତାମତ ନିଆହେଲା। ଏପରିକି ଥରେ ଜଣେ ସାମ୍ବାଦିକ ତାର ଖାଇବାର ରୁଚି ବିଷୟରେ ଲେଖା ଲେଖି ତା ସହିତ ଉଦୟ ପ୍ରକାଶ ତିଆରି କରିଥିବା ଗୋଟିଏ ଖାଦ୍ୟର ପ୍ରସ୍ତୁତ ପ୍ରଣାଳୀ ଓ ରୋଷାଇ କରୁଥିବା ବେଳେ ତାର ଫଟୋ ମଧ୍ୟ ପ୍ରକାଶ କଲେ। ସଭାରେ ନିଜର ସ୍ୱର ଭଳି ଖବରକାଗଜ ପୃଷ୍ଠାରେ ନିଜର ପ୍ରତିକୃତି ମଧ୍ୟ ଉଦୟ ପ୍ରକାଶକୁ ଆନନ୍ଦ ଦେଲା।

ଏ ସବୁ କରିବା ସହିତ ନିଜର କବିତା ଲେଖା ମଧ୍ୟ ଅବ୍ୟାହତ ରଖିଲା ଉଦୟ ପ୍ରକାଶ। ଅଳ୍ପ ସମୟ ଭିତରେ ସେ କେତେ ବେଶି ଲେଖିପାରିବ, ଏ କଥା ତା ପାଇଁ ଗୋଟିଏ ଅଗ୍ନିପରୀକ୍ଷା ଭଳି ହୋଇଗଲା ଏବଂ ଏ ପର୍ଯ୍ୟନ୍ତ ଅତି ସତର୍କ ଓ ସୁଚିନ୍ତିତ ଭାବରେ ଲେଖିଥିବା କବି ହୋଇଗଲା ବହୁପ୍ରସୂ ଲେଖକ। କହିବା ବାହୁଲ୍ୟ, ଲେଖାର ମାନ ଉପରେ ଏହାର ପ୍ରଭାବ ପଡ଼ିଲା ଏବଂ କେହି ଆଉ ତାର କବିତାକୁ ମହତ୍ତ୍ୱ ଦେଲେ ନାହିଁ। ତେବେ ଜଣେ ପ୍ରତିଷ୍ଠିତ କବି ହୋଇଥିବାରୁ ତାର କବିତା ପତ୍ରପତ୍ରିକା ପୃଷ୍ଠାକୁ ଅଳଙ୍କୃତ କରିବାରେ ଲାଗିଲେ ଯଦିଓ ତାର କେହି ପାଠକ ରହିଲେ ନାହିଁ।

ଏପରି ପ୍ରଚଣ୍ଡ ଗତିରେ ଲେଖିବା ସହିତ ସେ ତାର ପ୍ରତିଟି ପୁରୁଣା କବିତାର ଆମୁଖ ମଧ୍ୟ ଲେଖି ଚାଲିଲା ଯେପରିକି ଭବିଷ୍ୟତରେ ତାର ଲେଖାର ଉପଯୁକ୍ତ ମୂଲ୍ୟାୟନ ହେବ ଏବଂ କୌଣସି ବ୍ୟାଖ୍ୟାକାର ତାର କବିତାରୁ ଟାଣିଓଟାରି ଭୁଲ ଅର୍ଥ ବାହାର କରିବେ ନାହିଁ। ତାର ଦୁଃଖ ଥିଲା ଯେ ତାର କବିତାର ଗୁଣକୁ ନେଇ

ଏପର୍ଯ୍ୟନ୍ତ ତାକୁ କୌଣସି ଉପନାମ ଦିଆଯାଇ ନ ଥିଲା। ନିଜର ପୁରୁଣା କବିତାକୁ ପଢ଼ିବାବେଳେ ତାର ମନେ ହେଲା ଯେ ତାକୁ ଅସ୍ତିତ୍ୱବାଦୀ କବି କୁହାଯାଇପାରେ। ସେଥିପାଇଁ ସେ ନିଜର କବିତାମାନଂଙ୍କର ଭୂମିକା ଲେଖିବା ବେଳେ ତାକୁ ଅସ୍ତିତ୍ୱବାଦର ଛାଞ୍ଚରେ ପକାଇବାକୁ ଯତ୍ନ କଲା ଏବଂ ସାକ୍ଷାତ୍‌କାରରେ ପ୍ରଚ୍ଛନ୍ନ ଭାବରେ ଏ କଥାର ଇଂଗିତ ଦେଲା। ଏ କଥା ସହିତ ସେ ଜଣାଇବାକୁ ଚାହୁଁଥିଲା ଯେ ସେ ନିଜେ ନାସ୍ତିକ ଥିବାରୁ ତାର କବିତାମାନ ବସ୍ତୁବାଦୀ ଥିଲେ ଏବଂ ସେଥିରେ କୌଣସି ଆଧ୍ୟାତ୍ମିକ ବା ଧାର୍ମିକ ଭାବ ନ ଥିଲା। ସେ କବିତାର ଭୂମିକାରେ ଏ କଥାର ମଧ୍ୟ ଇଂଗିତ ଦେଲା।

ସାହିତ୍ୟିକ କ୍ରିୟାକଳାପ ସହିତ ସେ ନିଜର ସ୍ୱାସ୍ଥ୍ୟର ମଧ୍ୟ ତତ୍ତ୍ୱାବଧାନ କରୁଥିଲା, କିନ୍ତୁ ସେ କାମରେ ସେ ଅପାରଗ ଓ ସଂପୂର୍ଣ୍ଣ ନିସ୍ପୃହ ଥିଲା। ସେ ଦୈନିକ ପ୍ରାତଃଭ୍ରମଣ କରିବାରେ ହେଳା କରୁଥିଲା, ଖାଇବା ପିଇବାରେ ସଂଯମୀ ନ ଥିଲା ଏବଂ ଔଷଧର ନିୟମିତତା ରଖୁ ନ ଥିଲା। ପ୍ରତିଥର ଡାକ୍ତରଙ୍କୁ ଭେଟିବାବେଳେ ସେ ଏଥିପାଇଁ ତା ଉପରେ ଅପ୍ରସନ୍ନ ହେଉଥିଲେ ଏବଂ ତାର ଜୀବନର ମିଆଦକୁ ଆଉ କିଛି କମାଇ ଦେଉଥିଲେ। ଶେଷରେ ଡାକ୍ତରଙ୍କ ଉପରେ ବିରକ୍ତ ହୋଇ ସ୍ଥିର କରିନେଲା ଯେ ସେ ଆଉ ଅଳ୍ପଦିନ ମାତ୍ର ବଞ୍ଚିବ ୯ବଂ ଏ କଥା ସ୍ୱୀକାର କରିନେବା ପରେ ଖାଇବା ପିଇବା, ଔଷଧ ଓ ବ୍ୟାୟାମର ସବୁ ନିୟନ୍ତ୍ରଣକୁ ସେ ବେଖାତିର କରିଦେଲା। ଏଥରକ ସେ ନିଜର ସମସ୍ତ ସମୟ ଓ ଶ୍ରମ ବ୍ୟୟ କଲା ନିଜର ମୃତ୍ୟୁ ପାଇଁ ପ୍ରସ୍ତୁତି କରିବାରେ।

ପ୍ରଥମେ ସେ ତାର ସ୍ଥାବରାସ୍ଥାବର ସଂପତ୍ତିର କାଗଜପତ୍ର ଠିକ କରି ସ୍ତ୍ରୀକୁ ବୁଝାଇଲା। ଏ ସବୁ ହଳଦିଆ ପଡ଼ିଯାଇଥିବା କାଗଜରେ ସ୍ତ୍ରୀର କୌଣସି ଆଗ୍ରହ ନ ଥିଲା ଏବଂ ପ୍ରତିଟି କାଗଜର ମହତ୍ତ୍ୱ ଓ ଆବଶ୍ୟକତା ବିଷୟରେ ତାର ବକ୍ତୃତା ସତ୍ତ୍ୱେ ଶେଷକୁ କେବଳ ହଉ ବୋଲି କହିଲା। କାଗଜ ସବୁକୁ ଏକାଠି କରି ଆଲମାରି ଥାକରେ ରଖି ଉଦୟ ପ୍ରକାଶ ତା ଉପରେ ଜମି ଓ ଟଙ୍କା ପଇସାର ଜରୁରୀ କାଗଜ ବୋଲି ଗୋଟିଏ ଚିଠା ଲଗାଇଦେଲା।

କିନ୍ତୁ ସଂପତ୍ତି ଭଳି ତାର କବିତାର ହିସାବନିକାଶ କରି କାହାକୁ ବୁଝାଇ ଦେବା ସହଜ ନ ଥିଲା। ଆଲମାରିର ଆଉ ଥାକମାନ ଖାଲି କରି ସେଥିରେ ତାର ସମସ୍ତ

ସାହିତ୍ୟିକ କୃତିକୁ ସୁବ୍ୟବସ୍ଥିତ ଭାବରେ ରଖିବାରେ ମନ ଦେଲା ଉଦୟ ପ୍ରକାଶ। ସେ ଆଉ ନୂଆ କବିତା ଲେଖିବା ବନ୍ଦ କରିଦେଲା, ଏପରିକି ସଭାସମିତିକୁ ଯିବା ମଧ୍ୟ କମାଇ ଦେଲା ଏବଂ ଲାଗିଗଲା କିପରି ଭାବରେ ତାର ସମଗ୍ର ସାହିତ୍ୟକୁ ସେ ଭବିଷ୍ୟତରେ ପାଠକଙ୍କ ପାଇଁ ଉପସ୍ଥାପିତ କରିବ।

ଏଥିପାଇଁ ନିଜର ଏକ ଜୀବନପଂଜୀ ତିଆରି କରିବା ବେଳେ ତାର ମନେପଡ଼ିଲା ଯେ ସେ ଅନେକ ସମ୍ମାନ ପାଇଥିବା ବେଳେ ଦେଶର ସର୍ବୋଚ୍ଚ ସାହିତ୍ୟ ପୁରସ୍କାରଟି ତାକୁ ଏ ପର୍ଯ୍ୟନ୍ତ ମିଳି ନ ଥିଲା। ଥରେ ଏ କଥା ମୁଣ୍ଡକୁ ଆସିବାପରେ ଏହି ପୁରସ୍କାର ତାର ଚିନ୍ତାର କେନ୍ଦ୍ରସ୍ଥଳ ହୋଇଗଲା। ତାର ମନେହେଲା ଯେ କୌଣସି ଏକ ଗଭୀର ଚକ୍ରାନ୍ତ ବଳରେ ତାକୁ ଏହି ସାରସ୍ୱତ ମର୍ଯ୍ୟାଦାରୁ ବଞ୍ଚିତ କରାଯାଇଛି ଏବଂ ସେଇ ମୁହୂର୍ତ୍ତରୁ ସେ ଲାଗିପଡ଼ିଲା କିପରି ମରିବା ଆଗରୁ ପୁରସ୍କାରଟି ହସ୍ତଗତ କରିବ।

ଏହାର ପ୍ରଣାଳୀଟି ସୁବିଧାଜନକ ନ ଥିଲା। ଅନେକ ସ୍ତରରେ ବିଭିନ୍ନ ଲେଖକଙ୍କ ସୁପାରିଶ ସବୁ ଉପରୁ ଉପରକୁ ଯାଇ ଶେଷରେ ଏକ ଶୀର୍ଷ ବିଚାରକ ମଣ୍ଡଳୀରେ ଏହାର ନିଷ୍ପତ୍ତି ହେଉଥିଲା। ଉଦୟ ପ୍ରକାଶ ଚେଷ୍ଟା କଲା କିପରି ପ୍ରତି ସ୍ତରରେ ତାର ନାଁ ସୁପାରିଶ ହେବ। ସେଥିପାଇଁ ଜଣାଅଜଣା ଅନେକ ଲେଖକଙ୍କୁ ଭେଟି ଖୋସାମତ କରିବାର ଥିଲା। ଲେଖକମାନଙ୍କୁ ସନ୍ତୁଷ୍ଟ କରିବାର ସବୁ ଉପାୟ ବ୍ୟବହାର କଲା ସେ, ଯଥା, ଯୁବକ ଲେଖକଙ୍କ ବହିର ଅତିରଂଜିତ ଓ ଅତିଶୟୋକ୍ତିପୂର୍ଣ୍ଣ ସମୀକ୍ଷା ଲେଖିବା, ପୁସ୍ତକ ଉନ୍ମୋଚନ କରିବା ଓ ସେଠାରେ ଲେଖକର ପ୍ରଶଂସା କରିବା, ଲେଖକମାନଙ୍କର ଜନ୍ମତାରିଖ ଖୋଜି ସେମାନଙ୍କୁ ଶୁଭକାମନା ପଠାଇବା, ବୟସ୍କ ଲୋକମାନଙ୍କ ଘରକୁ ଯାଇ ସେମାନଙ୍କର ସ୍ତୁତି କରିବା, ନିଜ ବିଷୟରେ ଯେଉଁଠାରେ ଯାହା ପ୍ରଶଂସନୀୟ ଲେଖା ବାହାରିଥିଲା ତାର ନକଲ ସମସ୍ତଙ୍କ ପାଖକୁ ପଠାଇବା, ନିଜର ସଦ୍ୟ ପ୍ରକାଶିତ ବହିରେ ଚାଟୁକାରୀ ଉତ୍ସର୍ଗପତ୍ର ଲେଖି ତାକୁ ଉଦାରତାର ସହିତ ବାଣ୍ଟିବା, ଇତ୍ୟାଦି ଇତ୍ୟାଦି।

ସମସ୍ତ ଉଦ୍ୟମ ସତ୍ତ୍ୱେ ସେ ବର୍ଷ ଯେତେବେଳେ ପୁରସ୍କାରଟି ତାକୁ ଏଡ଼ାଇ ଗଲା, ଉଦୟ ପ୍ରକାଶ କିଛି ଦିନ ଉଦାସ ରହିଲା। ତାର ଏତେ ଦିନର ପରିଶ୍ରମ ଯେ କେବଳ ନିରର୍ଥକ ଗଲା ତା ନୁହେଁ, ସେ ଜାଣିପାରୁଥିଲା ଯେ ସେ ବର୍ତ୍ତମାନ ସମସ୍ତଙ୍କ

ଆଗରେ ନିଜକୁ ଶସ୍ତା ଓ ଉପହାସର ପାତ୍ର କରି ଦେଇଥିଲା। ତାର ଏତେ ଦିନର କଷ୍ଟରେ ଉପାର୍ଜିତ ଭାବମୂର୍ତ୍ତି ଆଉ ନ ଥିଲା। ଦେହ ଖରାପ ହେବା ଆଗରୁ ତାର ଯେଉଁ ନାଁ ଥିଲା ତାକୁ ସେ ନିଜେ ଅନେକାଂଶରେ ଭାଙ୍ଗି ନିଜର ଅନ୍ୟ ଏକ ପରିଚୟ ତିଆରି କରିଦେଇଥିଲା ହସପିଟାଲରୁ ଫେରିବା ପରେ। ସେ ଜାଣୁଥିଲା ଯେ ପୁରସ୍କାର ପଛରେ ଧାଇଁବା ପରେ ତାର ଖ୍ୟାତି ବର୍ତ୍ତମାନ ସର୍ବନିମ୍ନ ଥିଲା । ବିରକ୍ତ ହୋଇ ସେ ପୁରସ୍କାର ଦେଉଥିବା ବିଚାରକ ମଣ୍ଡଳୀକୁ ଗାଳି ଦେଲା ଏବଂ ସ୍ଥିର କଲା ଯେ ଆଉ ଏଥିରେ ମନ ଦେବ ନାହିଁ।

କିନ୍ତୁ ପରବର୍ଷ ଯେତେବେଳେ ପୁରସ୍କାରର ପ୍ରକ୍ରିୟା ଆରମ୍ଭ ହେଲା, ଉଦୟ ପ୍ରକାଶ ପଛ କଥା ଭୁଲିଯାଇ ପୁଣି ଥରେ ନିଜକୁ ମନପ୍ରାଣ ଦେଇ ଲଗାଇଦେଲା ତାକୁ ଯେଉଁମାନେ ସହାୟକ ହେବେ ସେମାନଙ୍କ ସେବାରେ। ଛ' ମାସ କାଳ ଏଥିରେ ତାର ପୂରା ସମୟ ବିନିଯୋଗ କରି ଉଦୟ ପ୍ରକାଶ ପ୍ରାୟ ନିଶ୍ଚିନ୍ତ ହୋଇଗଲା ଯେ ଏ ବର୍ଷ ପୁରସ୍କାରଟି ତାକୁ ମିଳିବ ହିଁ ମିଳିବ। ଏପରିକି ପୁରସ୍କାର ଗ୍ରହଣ କଲାବେଳେ ସେ କି ଭାଷଣ ଦେବ ତାର ଗୋଟିଏ ଚିଠା ମଧ୍ୟ ସେ ପ୍ରସ୍ତୁତ କରିନେଲା ମୋଟାମୋଟି ଭାବରେ।

ଏହିପରି ମନେ ମନେ ପୁରସ୍କାରଟି ପାଇସାରିବା ପରେ ସେ ମୃତ୍ୟୁ ପରବର୍ତ୍ତୀ ନିଜର ସ୍ମୃତିରକ୍ଷା ବିଷୟରେ ମନ ଦେଲା। ତାର ପିଲାମାନେ ବାହାରେ ଥିଲେ ତଥା ସାହିତ୍ୟର ଧାର ଧାରୁ ନ ଥିଲେ। ତାର ସ୍ତ୍ରୀର କୌଣସି ରୁଚି ବା ଆଗ୍ରହ ନ ଥିଲା ତାଠାରେ ବା ତାର କବିତା ଲେଖାରେ। ସେମାନଙ୍କ ଉପରେ ନିର୍ଭର କରିବା ବୃଥା। ତାର ମନେ ପଡ଼ିଲା ଯେ କେହି ଲେଖକ କାଳେ ଭବିଷ୍ୟତରେ ତାଙ୍କୁ ଲୋକେ ଭୁଲିଯିବେ ସେଥିପାଇଁ ମରିବା ଆଗରୁ ନିଜର ଆବକ୍ଷ ପ୍ରତିମୂର୍ତ୍ତି ତିଆରି କରାଇ ରଖିଯାଇଥିଲେ। ଅନେକ ଭାବିଚିନ୍ତି ଏବେ ଠିକ କଲା ଯେ ସେ ଗୋଟିଏ ବେନାମୀ ସଂସ୍ଥା ତିଆରି କରିବ ଯାହା ତା ପରେ ତାର ସାହିତ୍ୟ ଓ ସ୍ମୃତିରକ୍ଷାର ବ୍ୟବସ୍ଥା କରିବ। ଅନେକ ଭାବିଚିନ୍ତି ଶେଷକୁ ଏ କାମ ପାଇଁ ସେ ଶୁଭାଶିଷ ବୋଲି ଜଣେ ଶାନ୍ତଶିଷ୍ଟ, ଭୟାଳୁ ଓ ଧର୍ମଭୀରୁ ଯୁବକକୁ ବାଛିଲା ଏବଂ ତାକୁ ନିମିତ୍ତ କରି ଗୋଟିଏ ପ୍ରତିଭା ପୂଜା ପରିଷଦ ଟ୍ରଷ୍ଟ ତିଆରି କଲା ଯାହାର ପ୍ରଧାନ ଓ ଏକମାତ୍ର କାମ ହେବ ଉଦୟ

ପ୍ରକାଶର ମୃତ୍ୟୁ ପରେ ତାର କବିତାର ପ୍ରକାଶ, ପ୍ରଚାର ଓ ପ୍ରସାର କରିବା ଏବଂ ତାର ବାର୍ଷିକୀ ପାଳିବା।

ଏପରି ଭାବରେ ନିଜର ଜୀବନକୁ ସବୁମତେ ସୁବ୍ୟବସ୍ଥିତ କରି ଓ ଭବିଷ୍ୟତ ପାଇଁ କାର୍ଯ୍ୟପନ୍ଥା ଓ ଆନୁଷ୍ଠାନିକ ଆୟୋଜନ କରି ଉଦୟ ପ୍ରକାଶ ଶାନ୍ତିର ନିଶ୍ୱାସ ନେଲା ଏବଂ ଜାଣିଲା ଯେ ସେ ଗୋଟିଏ ସଫଳ ଜୀବନ ଜୀଇଁବା ସାଙ୍ଗେ ସାଙ୍ଗେ ଭବିଷ୍ୟତରେ ଲୋକମାନେ ତାକୁ କିଭଳି ଭାବେ ଦେଖିବେ ଓ ଜାଣିବେ ତାର ମଧ୍ୟ ବ୍ୟବସ୍ଥା କରି ଯାଉଛି। ଏଥର କେବଳ ଅପେକ୍ଷା ଥିଲା ସର୍ବୋଚ୍ଚ ପୁରସ୍କାରଟି ହାସଲ କରିବାର। କିନ୍ତୁ ଉଦୟ ପ୍ରକାଶର ଜୀବନରେ ସେଇ ଗୋଟିଏ ଖେଦ ରହିଗଲା। ପୁରସ୍କାରଟି ଘୋଷଣା ହେବା ପୂର୍ବରୁ ହିଁ ଦିନେ ଖରାଦିନ ଦିପହରେ ବିଛଣାରେ ଶୋଇଥିବା ବେଳେ ଉଦୟ ପ୍ରକାଶର ଦେହାନ୍ତ ହେଲା।

ଉଦୟ ପ୍ରକାଶକୁ ସବୁ କିଛି ହାଲୁକା ଲାଗୁଥିଲା। ଛାତ ଉପରେ ଭାସୁଥିବା ଅବସ୍ଥାରେ ତଳକୁ ଅନାଇ ସେ ବିଛଣାରେ ଶୋଇଥିବା ନିଜର ଶବକୁ ଦେଖୁଥିଲା, କିନ୍ତୁ ଆଦୌ ଭାରାକ୍ରାନ୍ତ ଅନୁଭବ କରୁ ନ ଥିଲା। ସେ ଦେଖି ପାରୁଥିଲା, ଶୁଣି ପାରୁଥିଲା, ମନ ଇଚ୍ଛା ବିଚରଣ କରିପାରୁଥିଲା ଏବଂ ତାର ସବୁ କଥା ଅନୁଭବ ଓ ବିଚାର କରିବାର ଶକ୍ତି ଥିଲା। କିନ୍ତୁ ନିଜ ଆଡ଼କୁ ଅନାଇ ସେ ହୃଦୟଙ୍ଗମ କଲା ଯେ ତାର କୌଣସି ଆକାର ନାହିଁ ଏବଂ ସେ ସଂପୂର୍ଣ୍ଣ ଅଦୃଶ୍ୟ। ଏଇଟି ମଧ୍ୟ ଏକ ସୁଖପ୍ରଦ ଅନୁଭୂତି ଥିଲା।

ଶବର ମୁହଁକୁ ଅନାଇ ସେ କଳନା କଲା; ମୁହଁଟି ଶାନ୍ତ, ଭାବାବିଷ୍ଟ ଏବଂ ସଂପୂର୍ଣ୍ଣ କବିସୁଲଭ ଥିଲା। ଏ କଥା ଉଦୟ ପ୍ରକାଶକୁ ସନ୍ତୋଷ ଆଣିଦେଲା। ଏଥରକ ତା ଆଖିରେ ପଡ଼ିଲା ମୁହଁ ଉପରେ ଉଡ଼ି ବୁଲୁଥିବା ମାଛିଟି। ସେ ତଳକୁ ଓହ୍ଲାଇ ଆସି ତାକୁ ଘଉଡ଼ାଇ ଦେବାକୁ ଚେଷ୍ଟା କଲା, କିନ୍ତୁ ମାଛି ତା ଭିତର ଦେଇ ଉଡ଼ିଯାଉଥିଲା ଏବଂ ତାର କିଛି ବି ପ୍ରଭାବ ପଡ଼ିଲା ନାହିଁ ମାଛିଟି ଉପରେ ! ବିରକ୍ତ ହୋଇ ସେ ଉପରକୁ ଫେରିଗଲା ଏବଂ ଅନ୍ୟମାନଙ୍କ ଆଡ଼କୁ ଅନାଇଲା।

ସେ ଭାବିଥିଲା ଯେ ସମସ୍ତେ ଉଚ୍ଚସ୍ୱରରେ କାନ୍ଦୁଥିବେ, କିନ୍ତୁ ଏପରି କିଛି ହେଉ ନ ଥିଲା। ମୃତ୍ୟୁ ଖବର ପାଇ ଆଖପାଖର ଯେଉଁମାନେ ଆସି ଘର ଭିତରେ ଭିଡ଼ କରୁଥିଲେ, ସେମାନଙ୍କ ମୁହଁରେ ଦୁଃଖ ନୁହେଁ, ଏପରି ଅବେଳାରେ ଗୋଟିଏ ଶବର

ଦାୟିତ୍ୱ ନେବାକୁ ପଡୁଥିବାରୁ ବିରକ୍ତି ଦେଖାଯାଉଥିଲା । ତାର ସ୍ତ୍ରୀ ଶବକୁ ଛାଡ଼ି ଦେଇ ରୋଷାଇଘରକୁ ଚାଲିଯାଇଥିଲା ଅତିଥିମାନଙ୍କ ପାଇଁ ଚା'ର ବ୍ୟବସ୍ଥା କରିବାକୁ। ମୋଟ ଉପରେ ଜଣେ ପ୍ରସିଦ୍ଧ ଲୋକର ମୃତ୍ୟୁରେ ଯାହା ସବୁ ହେବା କଥା, କିଛି ବି ଆରମ୍ଭ ହୋଇ ନ ଥିଲା ଏ ପର୍ଯ୍ୟନ୍ତ। ତାର କଳ୍ପନା କରିଥିବା ଫୁଲର ସ୍ତୂପ ଓ ଟେଲିଭିଜନ କ୍ୟାମେରାର ଦେଖାଦର୍ଶନ ନ ଥିଲା। ଉଦୟ ପ୍ରକାଶ ଉଦ୍‌ଗ୍ରୀବ ହୋଇ ଅପେକ୍ଷା କଲା କେତେବେଳେ ଭିଡ଼ ଆରମ୍ଭ ହେବ।

କିନ୍ତୁ ସମୟକ୍ରମେ ଯାହା ସବୁ ହେଲା ସେଭଳି ଆଦୌ କଳ୍ପନା କରି ନ ଥିଲା ଉଦୟ ପ୍ରକାଶ। ସେ ଭାବିଥିଲା ଯେ ପିଲାମାନଙ୍କ ପାଖକୁ ତାର ଯିବ ଏବଂ ସେମାନେ ଆସିବା ପର୍ଯ୍ୟନ୍ତ ବରଫ ଉପରେ ତାର ଶବ ଫୁଲରେ ସଜା ହୋଇ ରହିବ ଯେପରିକି ଦୂରଦୂରାନ୍ତରୁ ତାର ପ୍ରଶଂସକ ଭକ୍ତ ସ୍ତାବକମାନେ ଆସି ତାର ଶେଷଦର୍ଶନ କରିବାର ସୁଯୋଗ ପାଇବେ। ସେ ଗୋଟିଏ କାଗଜରେ ତାର ଶବସତ୍କାରର ବିସ୍ତୃତ ନିର୍ଦ୍ଦେଶ ଲେଖି ରଖିଥିଲା; ନାସ୍ତିକ ଥିବାରୁ ସେ ଚାହୁଁଥିଲା ଯେ ତାର ଶବକୁ ବୈଦ୍ୟୁତିକ ଦାହଗୃହରେ ଜଳାଇ ଦିଆଯିବ କୌଣସି ଧାର୍ମିକ କୃତ୍ୟ ଓ କର୍ମକାଣ୍ଡ ବିନା। ତାର ସ୍ତ୍ରୀ କିନ୍ତୁ ପୂଜାପାଠରେ ବିଶ୍ୱାସ ରଖୁଥିଲା ଏବଂ କେହି ଜଣେ ଉଦୟ ପ୍ରକାଶର ଶେଷ ଇଚ୍ଛା ବିଷୟରେ କହିବାରୁ କହିଲା, ତା କେମିତି ହେବ ? ସେ ଆସ୍ତିକ ଥିଲେ କି ନାସ୍ତିକ ଥିଲେ ଅଲଗା କଥା; ହିନ୍ଦୁ ତ ଥିଲେ। ସେଥିପାଇଁ ସବୁକଥା ବିଧିମତେ ହେବ, ସେ ଯାହା ଲେଖି ଯାଇଥାନ୍ତୁ ପଛେ। ଏ କଥା କହିସାରି ସ୍ତ୍ରୀ ଗୋଟେ ଟେପରେକର୍ଡର ଆଣି ସେଥିରେ ଗୀତାର ଆବୃତ୍ତିଟିଏ ଲଗାଇଦେଲା।

ଶୁଭାଶିଷ ତାର ଦଳବଳ ନେଇ ପହଞ୍ଚିବାରେ ଆଶ୍ୱସ୍ତ ହେଲା ଉଦୟ ପ୍ରକାଶ। ସେମାନଙ୍କ ସହିତ ଫଟୋଗ୍ରାଫର ଥିଲେ ଏବଂ ଖବରକାଗଜର ପ୍ରତିନିଧି ଥିଲେ। ସେମାନେ ଟେଲିଭିଜନର ପ୍ରତିନିଧିଙ୍କୁ ଅପେକ୍ଷା କରୁଥିବା ବେଳେ ସ୍ତ୍ରୀ ଆସି ଜଣାଇ ଦେଲା ଯେ ଯେତେ ଶୀଘ୍ର ସମ୍ଭବ ଶବକୁ ଘରୁ ବାହାର କରିବାକୁ ହେବ। ଉଦୟ ପ୍ରକାଶ ଚାହିଁଲା ଚିତ୍କାର କରି କହିବ ଏ କଥା ତାର ଇଚ୍ଛାର ବିରୋଧୀ, କିନ୍ତୁ ଯେତେ ଚେଷ୍ଟା କଲେ ବି ତାର ବାର୍ତ୍ତା କାହାରି ପାଖରେ ପହଞ୍ଚି ପାରିଲା ନାହିଁ ଏବଂ ଅତି ଶୀଘ୍ର ତାର ସ୍ତ୍ରୀ ପଡ଼ୋଶୀମାନଙ୍କ ସାହାଯ୍ୟରେ ଶବକୁ ନେଇ ହିନ୍ଦୁ ଶ୍ମଶାନରେ ଯଥାବିଧି କ୍ରିୟାକର୍ମାଣି ସହିତ ଦାହ କରି ଦେଇ ଆସିଲା। ଏ ସବୁ ଦେଖି ଉଦୟ ପ୍ରକାଶର

ପୂରାପୂରି ମନ ଭାଙ୍ଗିଗଲା ଏବଂ ସେ ସ୍ତ୍ରୀ ପାଖରୁ ଯାଇ ଶୁଭାଶିଷର କାର୍ଯ୍ୟକଳାପରେ ମନ ଦେଲା।

ସେ ଖୁସି ଥିଲା ଯେ ତାର ମୃତ୍ୟୁ ଖବର ରେଡିଓ ଓ ଟେଲିଭିଜନରେ ପ୍ରସାରିତ ହେଲା ଏବଂ ପରଦିନ ଖବରକାଗଜରେ ମଧ୍ୟ ଫଟୋ ସହିତ ତାର ମୃତ୍ୟୁ ସମ୍ବାଦ ପ୍ରକାଶ ପାଇଲା। ଶୁଭାଶିଷ ସାରା ଦିନ ଏକ ଶୋକସଭା ଆୟୋଜନରେ ବ୍ୟସ୍ତ ରହିଲା ଏବଂ ସନ୍ଧ୍ୟାବେଳେ ସଭାକୁ ଦୂରରୁ ଦେଖି ଉଦୟ ପ୍ରକାଶ ସାନ୍ତ୍ୱନା ଲାଭ କଲା ଯେ ଯାହାହେଉ ସେଠାକୁ ଅନେକ ଗଣ୍ୟମାନ୍ୟ ଲୋକ ଆସିଥିଲେ ଏବଂ ଅନେକେ ଶୋକବାର୍ତ୍ତା ପଠାଇଥିଲେ। ସଭାରେ ସମସ୍ତେ ତାର ଗୁଣଗାନ କଲେ; ଯେଉଁ କେତେକ ଲେଖକଙ୍କ ସହିତ ତାର ଅପଡ଼ ଥିଲା, ଏପରିକି ସେମାନେ ମଧ୍ୟ କିଛି ବିରୋଧୀ କଥା କହିଲେ ନାହିଁ। ସେମାନେ ତାର ସାହିତ୍ୟ ବିଷୟରେ ଯାହା ସବୁ ମତାମତ ଦେଲେ ତା ଉଦୟ ପ୍ରକାଶର ମନଃପୂତ ନ ଥିଲା, ତେବେ ସମସ୍ତ ବ୍ୟବସ୍ଥାଟି ସନ୍ତୋଷଜନକ ଥିଲା। ଯଦିଓ ଶୁଭାଶିଷ ମୁଖ୍ୟମନ୍ତ୍ରୀଙ୍କଠାରୁ ଗୋଟିଏ ବାର୍ତ୍ତା ଆଣିବାକୁ ସଫଳ ହୋଇ ନ ଥିଲା, ଉଦୟ ପ୍ରକାଶ ମନେ କଲା ଯେ ଯାହାହେଉ ନିଜର ସ୍ମୃତିରକ୍ଷା ପାଇଁ ସେ ଗୋଟିଏ ଠିକ ଲୋକକୁ ବାଛିଛି।

ପରଦିନ ଓକିଲ ତା ଘରକୁ ଆସିଲା ସ୍ତ୍ରୀକୁ ଉଦୟ ପ୍ରକାଶର ଇଚ୍ଛାପତ୍ରଟି ଦେଇ ସେ ବିଷୟରେ ଆଲୋଚନା କରିବାକୁ। ଉଦୟ ପ୍ରକାଶ ଭାବିଥିଲା ଯେ ପିଲାମାନେ ମଧ୍ୟ ଖବର ପାଇ ଆସି ଯାଇଥିବେ, କିନ୍ତୁ ସ୍ତ୍ରୀଠାରୁ ଜଣା ପଡ଼ିଲା ଯେ ସେ ସେମାନଙ୍କୁ ଆସିବାକୁ ମନା କରିଦେଇ ଥିଲା ସେମାନେ ସତ୍କାର ଆଗରୁ ଆସି ପହଞ୍ଚି ପାରି ନ ଥାନ୍ତେ ବୋଲି। ଇଚ୍ଛାପତ୍ର ପଢ଼ି ସ୍ତ୍ରୀ ଯେତେବେଳେ ଜାଣିଲା ଯେ କିଛି ଟଙ୍କା ପଇସା ଗୋଟିଏ ଟ୍ରଷ୍ଟକୁ ଦିଆଯାଇଛି, ସେ ଓକିଲ ସହିତ ଭଲରେ କଥାବାର୍ତ୍ତା କଲା ନାହିଁ ଏବଂ ତା ପାଇଁ ମଗାଇଥିବା ଚା ପହଞ୍ଚିବା ଆଗରୁ ହିଁ ଓକିଲକୁ ବିଦାୟ ଦେଇଦେଲା। ଘର କଣରେ ରହି ଉଦୟ ପ୍ରକାଶ ଏ ଦୃଶ୍ୟଟି ମଧ୍ୟ ଦେଖିଲା, ତେବେ ସେ ଆଶ୍ଚର୍ଯ୍ୟ ହେଲା ନାହିଁ, କାରଣ ତାକୁ ଭଲଭାବେ ଜଣାଥିଲା ସ୍ତ୍ରୀର ସ୍ୱଭାବ ଚରିତ୍ର କିପରି।

ଯେଉଁଦିନ ଶୁଭାଶିଷ ତା ଘରକୁ ଗଲା, ସ୍ତ୍ରୀର ମିଜାଜ ପଞ୍ଚମରେ ଥିଲା। ସେ କିଛି କହିବା ଆଗରୁ ସ୍ତ୍ରୀ ଅଭିଯୋଗ କଲା ଯେ ଉଦୟ ପ୍ରକାଶର ଶାରୀରିକ ମାନସିକ

ଅସୁସ୍ଥତା ଓ ଦୁର୍ବଳତାର ସୁଯୋଗ ନେଇ ସେମାନେ ତାର ସଂପତ୍ତିରୁ ଭାଗ ନେଇ ଯାଇଛନ୍ତି। ଶୁଭାଶିଷ ଯେତେ ବୁଝାଇଲା ଯେ ଏଥିରେ ସେମାନଙ୍କର କିଛି ବି ସ୍ୱାର୍ଥ ନାହିଁ ଏବଂ ସମସ୍ତ ପଇସା ଉଦୟ ପ୍ରକାଶଙ୍କ ସ୍ମୃତି ପାଇଁ ହିଁ ଖର୍ଚ୍ଚ ହେବ, ସ୍ତ୍ରୀ ସନ୍ତୁଷ୍ଟ ହେଲା ନାହିଁ। ଶୁଭାଶିଷ ଯେତେବେଳେ ପ୍ରୟାତ କବିଙ୍କ ଗୁଣଗାନ କରିବାକୁ ଆରମ୍ଭ କଲା, ଉଦୟ ପ୍ରକାଶ ଖୁସି ହେଲା କିନ୍ତୁ ତାର ସ୍ତ୍ରୀ ବିରକ୍ତ ହୋଇ କହିଲା, ଥାଉ ଥାଉ; ଏତେ ଭଲେଇ ହବା ଦରକାର ନାହିଁ। ତମ ପାଇଁ ସେ ବଡ଼ କବି ହୋଇଥିବେ, ତାଙ୍କରି ଟଙ୍କାରେ ତାଙ୍କର ପୂଜା କରୁଥାଅ। ମୁଁ ତାଙ୍କର ସବୁ କାଗଜପତ୍ର ତମକୁ ଦେଇଦଉଛି; ଯା ପରେ ଆଉ ଏ ଘରର ହତା ମାଡ଼ିବା ଦରକାର ନାହିଁ। ଏତିକି କହି ଆଲମାରିରେ ଉଦୟ ପ୍ରକାଶ ଅତି ସଯତ୍ନରେ ସଜାଇଥିବା ତାର ସାହିତ୍ୟିକ ସଂପତ୍ତିକୁ ସ୍ତ୍ରୀ ବିରକ୍ତିର ସହିତ ଓଟାରି ଆଣି ତଳକୁ ଫିଙ୍ଗି ଦେଲା।

ଉଦୟ ପ୍ରକାଶ ଠିକ କଲା ଯେ ତାର ସାହିତ୍ୟ ପ୍ରତି ଏଭଳି ସଂପୂର୍ଣ୍ଣ ବିମୁଖ ଓ ଉଦାସୀନ ସ୍ତ୍ରୀ ସହିତ କୌଣସି ସଂପର୍କ ରଖିବ ନାହିଁ। ତେବେ ତିନି ଦିନ ପରେ ଯେତେବେଳେ ଟେଲିଭିଜନବାଲା ତାର ସ୍ତ୍ରୀର ସାକ୍ଷାତ୍କାର ନେବା ପାଇଁ ଆସି ପହଞ୍ଚିଲେ, ଉଦୟ ପ୍ରକାଶ ସେଠାରେ ଉପସ୍ଥିତ ରହିବାର ଲୋଭକୁ ସମ୍ବରଣ କରିପାରିଲା ନାହିଁ। ଏଇ ଅବସର ପାଇଁ ସ୍ତ୍ରୀ ତାର ସବୁଠାରୁ ଭଲ ପୋଷାକ ପିନ୍ଧି ନିଜକୁ ସଜାଇଥିଲା ଓ ଅତିଥିମାନଙ୍କ ପାଇଁ ଆପ୍ୟାୟନର ବ୍ୟବସ୍ଥା କରିଥିଲା। ବସିବା ଘରର ସବୁଠାରୁ ଆରାମଦାୟକ ସୋଫା ଉପରେ ବସି ତାର ସ୍ତ୍ରୀ ବର୍ତ୍ତମାନ ମୁହଁ ଉପରେ ପଡୁଥିବା ତୀବ୍ର ଆଲୁଅ ଆଡ଼କୁ ଅନାଇ ସଂପୂର୍ଣ୍ଣ ଆତ୍ମବିଶ୍ୱାସର ସହିତ ପ୍ରଶ୍ନକର୍ତ୍ତାଙ୍କୁ ଉଦୟ ପ୍ରକାଶ ବିଷୟରେ କହୁଥିଲା। ପ୍ରତିଟି କବିତା ଲେଖିବା ପରେ, ସ୍ତ୍ରୀ କ୍ୟାମେରାକୁ କହିଲା, ସେ ମତେ ସେଇଟି ପଢ଼ିବାକୁ ଦେଉଥିଲେ ଏବଂ ଯେ ପର୍ଯ୍ୟନ୍ତ ମୁଁ ସେଇଟିକୁ ଅନୁମୋଦନ କରୁ ନ ଥିଲି. କବିତାଟି ଛପା ହେବାକୁ ଯାଉ ନ ଥିଲା। ମୁଁ ଥିଲି ତାଙ୍କର କବିତାମାନଙ୍କର ପ୍ରଥମ ପାଠକ ଓ ସମାଲୋଚକ। ଏ କଥା ଶୁଣି ଉଦୟ ପ୍ରକାଶ ଆଶ୍ଚର୍ଯ୍ୟ ଚକିତ ହେଲା, କିନ୍ତୁ ସ୍ତ୍ରୀ ପରବର୍ତ୍ତୀ ପ୍ରଶ୍ନମାନଙ୍କର ଯେଉଁ ଉତ୍ତର ଦେଲା ତା ଆହୁରି ବିସ୍ମୟକର ଥିଲା। ସେ ଯେତେ ସବୁ ପ୍ରେମ କବିତା ଲେଖୁଥିଲେ ସବୁ ମୋ ପାଇଁ ଉଦ୍ଦିଷ୍ଟ ଥିଲା, ତାର ସ୍ତ୍ରୀ କହିଲା, ଏବଂ ସେ ସବୁବେଳେ ଏକପତ୍ନୀବ୍ରତୀ ଥିଲେ। କେବଳ କିଛି ବର୍ଷ କେଉଁ ମାୟାବିନୀର ଜାଲରେ ପଡ଼ି ସେ

ମୋ ପାଖରୁ ଦୂରେଇ ଯାଇଥିଲେ କିନ୍ତୁ ପରେ ନିଜର ଭୁଲ ବୁଝିପାରି ଫେରି ଆସିଥିଲେ ମୋ ପାଖକୁ। ତେବେ ଉଦୟ ପ୍ରକାଶ ସେ ନାରୀଟି ପାଇଁ କୌଣସି କବିତା ଲେଖି ନ ଥିଲେ। ଅତି ସହଜ ଭାବେ ତାର ସ୍ତ୍ରୀ ଏଭଳି ଅମୂଳକ ଓ ସଂପୂର୍ଣ୍ଣ ମନଗଢ଼ା କଥା କହି ଚାଲିଥିଲା ଏବଂ ଉଦୟ ପ୍ରକାଶ ଛଟପଟ ହେଉଥିଲା ଯେ ସେ ଏହାର ପ୍ରତିବାଦ କରି ପାରୁ ନାହିଁ। ଯେତେବେଳେ ତାର ଧର୍ମବିଶ୍ୱାସ ଉପରେ ପ୍ରଶ୍ନ ହେଲା, ସ୍ତ୍ରୀ ନିର୍ବିକାର ଭାବେ କହିଲା, ସେ ବାହାରକୁ ଦେଖାଇବାକୁ ଚାହୁଁଥିଲେ ଯେ ସେ ଜଣେ ନାସ୍ତିକ, କିନ୍ତୁ ପ୍ରକୃତରେ ଥିଲେ ଜଣେ ସଂପୂର୍ଣ୍ଣ ଧାର୍ମିକ ଲୋକ। ସକାଳେ ପୂଜାପାଠ ନ କଲେ ସେ କୌଣସି କାମ ଆରମ୍ଭ କରୁ ନ ଥିଲେ।

ଏଭଳି ଅନର୍ଗଳ ମିଛ କଥା ଶୁଣି ଉଦୟ ପ୍ରକାଶର ମନ ଭାଙ୍ଗିଗଲା ଏବଂ ସେ ସେଠାରୁ ଉଠିଗଲା ଶୁଭାଶିଷ କଣ କରୁଛି ଦେଖିବାକୁ। ସେଇଦିନ ସକାଳେ ଶୁଭାଶିଷ ଟ୍ରଷ୍ଟ ହିସାବରୁ କିଛି ଟଙ୍କା ବାହାର କରିଥିଲା ଏବଂ ତାର ପ୍ରଥମ ଉପଯୋଗ କରିଥିଲା ମଦ କିଣିବାରେ। ଶୁଭାଶିଷ ସମେତ ପାଞ୍ଚଜଣ ଯୁବ ଲେଖକ ବର୍ତ୍ତମାନ ମଦ ବୋତଲଟିକୁ ଘେରି ବସିଥିଲେ। ଉଦୟ ପ୍ରକାଶ ଘରୁ ସେ ଯେଉଁ କାଗଜପତ୍ର ଆଣିଥିଲା ତା ବିଡ଼ା ବନ୍ଧା ହୋଇ ଘରର ଗୋଟାଏ କଣରେ ପଡ଼ିଥିଲା। ଉଦୟ ପ୍ରକାଶକୁ ସଂପୂର୍ଣ୍ଣ ଅଶିଷ୍ଟ ଓ ଅଶୋଭନ ଲାଗିଲା ପରିବେଶଟି। ସେ ସ୍ୱପ୍ନରେ ସୁଦ୍ଧା ଭାବି ନ ଥିଲା ଶୁଭାଶିଷ ମଦ ପିଉଥିବ ବୋଲି। ଯେତେବେଳେ ଗିଲାସରେ ମଦ ଢାଳି ସମସ୍ତେ ପ୍ରଥମ ଢୋକ ପିଇବାବେଳେ ତାର ନାଁ ନେଲେ, ସାମାନ୍ୟ ଆଶ୍ୱସ୍ତ ହେଲା ଉଦୟ ପ୍ରକାଶ।

ମଦ ପିଇବା ସହିତ ହାଲୁକା ନିଶାରେ ଉଦୟ ପ୍ରକାଶ ପାଇଁ ଅନେକ ପ୍ରଶଂସାଜନକ କଥା କହିଲେ ଯୁବକମାନେ। କିନ୍ତୁ ଯେତେବେଳେ ବୋତଲଟି ସରିଗଲା, ସେମାନଙ୍କ ଉତ୍ସାହରେ ଯେପରି ଭଟ୍ଟା ପଡ଼ିଗଲା। ଜଣେ କହିଲା, ଶୁଭାଶିଷ ଭାବୁଛି ଏ ଯେମିତି ତାର ଝାଳବୁହା ଧନ। ଯାହାର ପଇସା ସେ ଶଳା ତ ମଲାଣି ଗଲାଣି। ତା ପଇସାର ଅନ୍ତତଃ ସଦ୍‌ବ୍ୟବହାର ହେଉ। ଶୁଭାଶିଷ କହିଲା, ପ୍ରଥମେ ମୋର ଦାୟିତ୍ୱ ସଂପୂର୍ଣ୍ଣ କବିତା ବହି ବାହାର କରିବା; ତାପରେ ଯୋଉ କଥା। ସାଙ୍ଗ କହିଲା, ବହି ପାଇଁ ତ କାମ କରିବାକୁ ପଡ଼ିବ ! ସେଥିପାଇଁ ଆମକୁ ରୋଜ ଭେଟିବାକୁ

ହେବ, କିନ୍ତୁ ମଦ ବିନା ପୁଣି କି ଭେଟ ? ତୁ ଏମିତି କର, ଡଜନେ ବୋତଲ ଏକା ସାଙ୍ଗେ କିଣି ଆଣି ରଖି ଦେ। ପାଖରେ ବୋତଲ ବି ଥିବ, ବହି କାମ ବି ଚାଲିଥିବ।

ଶୁଭାଶିଷ ପାଖରୁ ଟଙ୍କା ନେଇ ଜଣେ ସ୍କୁଟରରେ ଗଲା ମଦ ଓ ଢାବାରୁ ଖାଇବା ଜିନିଷ ଆଣିବା ପାଇଁ। ଏଥରକ ସେମାନେ ବହି ଛପା କଥାରେ ମନ ଦେଲେ। ଉଦୟ ପ୍ରକାଶ ଯେ ପ୍ରତିଟି କବିତ ପାଇଁ କେତେ ଧାଡ଼ି ଆମୁଖ ଲେଖି ରଖିଛି ସେ ବିଷୟରେ ଚର୍ଚ୍ଚା ହେଲା। ଅନେକ ତର୍କବିତର୍କ ପରେ ସ୍ଥିର ହେଲା ଯେ ବହିରେ ସେମାନେ ଏ ଆମୁଖକୁ ବ୍ୟବହାର କରିବେ ନାହିଁ, କାରଣ କବିତା ବହିରେ ଏଭଳି କୌଣସି ପ୍ରଥା ନାହିଁ। ତାର ଏତେ ପରିଶ୍ରମର ଫଳକୁ ସେମାନେ ଏତେ ସହଜରେ ନାକଚ କରିଦେବା ଦୁଃଖୀ କରିଦେଲା ଉଦୟ ପ୍ରକାଶକୁ।

ତାକୁ ଆହୁରି ଧକ୍କା ଲାଗିଲା ଯେତେବେଳେ ଦ୍ୱିତୀୟ ବୋତଲରୁ ମଦ ପିଉ ପିଉ ସମସ୍ତଙ୍କର ହାବଭାବ ବଦଳିଗଲା ଓ କଥାବାର୍ତ୍ତା ଭିନ୍ନ ରୂପ ନେଲା। ଶାନ୍ତଶିଷ୍ଟ ଭୀରୁ ପ୍ରକୃତିର ଶୁଭାଶିଷ ବର୍ତ୍ତମାନ ବେଶି ଉଗ୍ର ଜଣାପଡୁଥିଲା ଏବଂ ତାର କଥାବାର୍ତ୍ତାରେ ସଂଯମ ନ ଥିଲା। ସେ ଉଚ୍ଚ ସ୍ୱରରେ କହୁଥିଲ , ମୋର କଣ ଏ ସବୁ କାମ ପାଇଁ ସମୟ ଥିଲା ? ଖାଲି ବୁଢ଼ା ମତେ ନେହୁରା ହୋଇ କହିବାରୁ ମୁଁ ମାନିଗଲି। ତାଠୁ କେତେ ଭଲ ଭଲ କବି ଅଛନ୍ତି। କଣ ଆଉ କରାଯିବ ? ଦାୟିତ୍ୱ ଯେତେବେଳେ ନେଇଛି ତୁଲାଇବାକୁ ହେବ। ଏହାପରେ ସମସ୍ତେ ତାର କବିତା ସମାଲୋଚନା କରିବାରେ ଲାଗିଗଲେ। ମାତ୍ର କିଛି ସମୟ ପୂର୍ବେ ଯେଉଁମାନେ ତାର ଲେଖାର ପ୍ରଶଂସା କରୁଥିଲେ, ସେଇମାନେ ତାର କବିତାର ଦୁର୍ବଳତା ବାହାର କରି ତାକୁ ନ୍ୟୁନ କରିବାରେ ଲାଗିଲେ। ଉଦୟ ପ୍ରକାଶକୁ ଦୁଃଖ ଲାଗିଲା ଯେ ଏଇ ଆଲୋଚନାରେ ତାର ସବୁଠାରୁ ଉତ୍କଟ ସମାଲୋଚକ ଥିଲା ଶୁଭାଶିଷ ନିଜେ ! ବିରକ୍ତ ହୋଇ ସେ ସେଠାରୁ ଉଠିଗଲା ।

ପରଦିନ ସକାଳେ ଶୁଭାଶିଷର ଘରକୁ ଯାଇ ସେ ଦେଖି ଖୁସି ହେଲା ଯେ ଶୁଭାଶିଷ ପୁଣି ପୂର୍ବଭଳି ଶାନ୍ତ ଓ ପ୍ରକୃତିସ୍ଥ ଥିଲା ଏବଂ ଉଦୟ ପ୍ରକାଶର କବିତା ପ୍ରେସକୁ ପଠାଇବା ପାଇଁ ପ୍ରସ୍ତୁତ କରୁଥିଲା। ଉଦୟ ପ୍ରକାଶ ତା ପଛରେ ଠିଆ ହୋଇ ବହିର ଖୋଲାପୃଷ୍ଠାକୁ ଅନାଇଲା। ଏଇଟି ଗୋଟିଏ ପୁରୁଣା କବିତା ଥିଲା ଯାହାର ଗୋଟିଏ ଧାଡ଼ି ଥିଲା, ହେ ଈଶ୍ୱର, ସେମାନଙ୍କୁ କ୍ଷମା କର। ଏ କବିତାର ଆମୁଖରେ

ସେ ଲେଖିଥିଲା ଯେ ଏ ଧାଡ଼ିଟି କେବଳ କଥାର କଥା ମାତ୍ର ଏବଂ ଏହାଦ୍ୱାରା ସେ ଈଶ୍ୱରଙ୍କ ଅସ୍ତିତ୍ୱକୁ ଆଦୌ ମାନି ନେଉନାହିଁ। ଶୁଭାଶିଷର ପେନସିଲ ଏଇ ଧାଡ଼ିଟି ଉପରେ ଅଟକି ଯାଇଥିଲା। ଉଦୟ ପ୍ରକାଶ ତାକୁ ଧାର୍ମିକ ପ୍ରକୃତିର ବୋଲି ଜାଣିଥିଲା, କିନ୍ତୁ ଜାଣି ନ ଥିଲା ଯେ ସେ ଜଗନ୍ନାଥଙ୍କର ପରମ ଭକ୍ତ। ଶୁଭାଶିଷ ଧାଡ଼ିଟିକୁ ପେନସିଲରେ କାଟିଲା ଏବଂ ଉଦୟ ପ୍ରକାଶ ତାକୁ ଯେତେ ନାସ୍ତିସୂଚକ ବାର୍ତ୍ତା ପଠାଇବାକୁ ଚେଷ୍ଟା କଲା, ସେ ତା ଜାଗାରେ ଲେଖିଲା, କାଳିଆରେ ଦେ ତୋର ଶରଧା ବାଲିରୁ ଟିକେ।

ଉଦୟ ପ୍ରକାଶ ଠିକ କଲା ଯେ ସେ ଆଉ ଭବିଷ୍ୟତ ପାଇଁ ଚିନ୍ତା ନ କରି ଏଇ ଖଳଲୋକମାନଙ୍କୁ ଛାଡ଼ି ଦେଇ ଚାଲିଯିବ ସ୍ୱର୍ଗ ବା ନର୍କରେ ନିଜର ଆତ୍ମା ପାଇଁ ଜାଗା ଖୋଜିବାକୁ। କିନ୍ତୁ ତାର ଲୋଭ ହେଲା ସେଇ ପୁରସ୍କାରଟିର କଣ ହେଲା ଜାଣିବାକୁ। ଏ ବିଷୟରେ ଠାବ କରି ଠିକଦିନ ଚୟନ ପରିଷଦର ସଭାରେ ପହଞ୍ଚିଲା ବେଳକୁ ଆଲୋଚନା ସରଗରମ ପର୍ଯ୍ୟାୟରେ ଥିଲା। ପ୍ରସଙ୍ଗ କିନ୍ତୁ ଦୁଇ ପ୍ରତିଦ୍ୱନ୍ଦ୍ୱୀ ଲେଖକଙ୍କ ଲେଖା ସଂପର୍କରେ ନ ଥିଲା; ତର୍କବିତର୍କର ବିଷୟ ଥିଲା ଜଣେ ମଲାଲୋକକୁ ପୁରସ୍କାର ଦିଆଯିବ କି ନାହିଁ। ଜଣେ ସଭ୍ୟ ଅନେକ ମରଣୋତ୍ତର ପୁରସ୍କାରର ନଜିର ଦେଖାଇଲେ, କିନ୍ତୁ ଅନ୍ୟ ଜଣକର ମତ ଥିଲା ଯେ ମଲାଲୋକକୁ ପୁରସ୍କାର ଦେଲେ ତାର କୌଣସି ଲାଭ ହୁଏ ନାହିଁ, କିନ୍ତୁ ବଞ୍ଚିଥିବା ଲୋକର କ୍ଷତି ହୁଏ। ଏପରି ଭାବରେ ଅନେକ ସମୟ ଧରି ଆଲୋଚନା ଲାଗି ରହିଲା। ଯେଉଁ ଶିଳ୍ପପତି ଏହି ପୁରସ୍କାରଟି ଦେଉଥିଲେ ଏବଂ ବର୍ତ୍ତମାନ ଆଲୋଚନାରେ ସଭାପତିତ୍ୱ କରୁଥିଲେ, ସେ ତାଙ୍କର ପରବର୍ତ୍ତୀ ସଭାକୁ ଯିବା ପାଇଁ ବ୍ୟସ୍ତ ଥିଲେ। ସାହିତ୍ୟିକମାନେ କୌଣସି ସିଦ୍ଧାନ୍ତରେ ପହଞ୍ଚି ପାରୁ ନ ଥିବାରୁ ସେ ଆଲୋଚନାରେ ଉପସଂହାର ଟାଣି ନିର୍ଣ୍ଣୟ କଲେ ଯେ ପୁରସ୍କାରଟିକୁ ଭାଗବାଣ୍ଟି ଉଭୟଙ୍କୁ ଦିଆଯିବ। ଅଧା ପୁରସ୍କାରର ଅଧା ଆନନ୍ଦ ନେଇ ଉଦୟ ପ୍ରକାଶ ସେଠାରୁ ଫେରିଲା।

ଇହ ସଂସାରରୁ ଶେଷଥର ପାଇଁ ଛାଡ଼ି ଚାଲିଯିବା ଆଗରୁ ଉଦୟ ପ୍ରକାଶ ଚାହୁଁଥିଲା ତାର ସଂପୂର୍ଣ୍ଣ କବିତା ବହିଟିକୁ ଛପା ଆକାରରେ ଦେଖିବ ଏବଂ ତାର ପ୍ରଥମ ଶ୍ରାଦ୍ଧବାର୍ଷିକୀରେ ଲୋକମାନେ ତାର କିଭଳି ପରିଚୟ ମନେ ରଖିଛନ୍ତି ସେ କଥା ଜାଣିବ। ଶୁଭାଶିଷ ଘରେ ମଦ୍ୟପାନର ଆସରରେ ସେ ଯେଉଁ ବହିଟିକୁ

ଦେଖିଲା ତାର ଆକାର, କାଗଜ, ପ୍ରଚ୍ଛଦ, ଅକ୍ଷର, ବନ୍ଧାଇ କୌଣସିଟି ତାର ମନମୁତାବକ ନ ଥିଲା। ସେମାନେ ବହିଟି ଖୋଲି ପଢ଼ିବା ବେଳେ ଉଦୟ ପ୍ରକାଶ ଦେଖିଲା ଯେ ଶୁଭାଶିଷ ସେଥିରେ ଅନେକ ଜାଗାରେ ଯଥେଚ୍ଛା କାଟଛାଣ୍ଟ କରିଥିଲା। ସେ ଆଶା କଲା ଯେ ଅନ୍ତତଃ ଭବିଷ୍ୟତରେ କେହି ହୁଏତ ତାର ପୁରୁଣା କାଗଜରୁ ତାର ମୂଳ କବିତା ଓ ଆମୁଖମାନଙ୍କୁ ଯୋଡ଼ି ତାର ଲେଖାର ଏକ ଶୁଦ୍ଧ ସଂସ୍କରଣ ବାହାର କରିବ। କାନ୍ଥ ପାଖରେ ଯେଉଁ ଜାଗାରେ ତାର କାଗଜପତ୍ର ରଖା ଯାଇଥିଲା ସେଠାକୁ ଅନାଇ ଉଦୟ ପ୍ରକାଶ ଦେଖିଲା ଯେ ଜାଗାଟି ଖାଲି ଥିଲା। ଶୁଭାଶିଷର କଥାବାର୍ତ୍ତାରୁ ଜଣାଗଲା ଯେ ବହିଟି ଛପା ହେବାକୁ ଯିବାରୁ ତାର କାଗଜ ସବୁକୁ କବାଡ଼ିବାଲାକୁ ରଦ୍ଦି ଦରରେ ବିକ୍ରି କରି ଦିଆଯାଇଛି।

ବର୍ତ୍ତମାନ କେବଳ ରହିଲା ଶ୍ରାଦ୍ଧ ସଭା କଥା। ଅତି ନିସ୍ପୃହ ଭାବରେ ମଞ୍ଚ ଉପରକୁ ଅନାଇଲା ଉଦୟ ପ୍ରକାଶ। ସଂସ୍କୃତି ବିଭାଗର ମନ୍ତ୍ରୀ ସହିତ ତା ଉପରେ ବିରାଜମାନ ଥିଲେ ତାର ସ୍ତ୍ରୀ, ଶୁଭାଶିଷ ଓ ସେଦିନ ସଭାରେ ଗୀତ ଗାଇବାକୁ ଆସିଥିବା ସଂଗୀତଜ୍ଞ। ସଭାଘରେ ବେଶ ଭିଡ଼ ଥିଲା, ତେବେ ଜଣାଗଲା ଯେ ଅଧିକାଂଶ ଗୀତ ଶୁଣିବା ପାଇଁ ଆସିଥିଲେ, କାରଣ ସେ ପର୍ବଟି ପରେ ସଭାଘର ପ୍ରାୟ ଖାଲି ହୋଇଗଲା। ତା ପରେ ଯେଉଁ ବକ୍ତୃତାମାନ ହେଲା ସେଥିରେ ଉଦୟ ପ୍ରକାଶର ମନ ଲାଗିଲା ନାହିଁ କାରଣ ତାକୁ ଜଣାଗଲା ସେମାନେ ଯେପରି ଅନ୍ୟ କେଉଁ ଲୋକ ବିଷୟରେ କହୁଥିଲେ। ତାର ବ୍ୟକ୍ତିଗତ ସ୍ୱଭାବ ଚରିତ୍ର ବିଷୟରେ ଯାହା ବର୍ଣ୍ଣନା ହେଲା ତା ସହିତ ଉଦୟ ପ୍ରକାଶର କୌଣସି ସାମଞ୍ଜସ୍ୟ ନ ଥିଲା ଏବଂ ତାର ଲେଖାର ଯେଉଁ ବିଶ୍ଳେଷଣ ହେଲା ତା ଆଦୌ ସେପରି ନ ଥିଲା। ଯେଉଁ ଦୁଇଜଣଙ୍କ ଉପରେ ସେ ସବୁଠାରୁ ବେଶି ଅସନ୍ତୁଷ୍ଟ ଥିଲା—ସ୍ତ୍ରୀ ଓ ଶୁଭାଶିଷ—ସେ ଦୁହେଁ ଏ ସଭାର ମୁଖ୍ୟ ଆକର୍ଷଣ ଥିଲେ ଏବଂ ବକ୍ତା ମାନଙ୍କର ଭାଷଣକୁ ଆନନ୍ଦରେ ଗ୍ରହଣ କରୁଥିଲେ। ବିରକ୍ତ ହୋଇ ମଞ୍ଚର ଡାହାଣ ପାଖରେ ଚଉକି ଉପରେ ଫୁଲମାଳ ସଜାହୋଇ ରହିଥିବା ନିଜର ତୈଳଚିତ୍ର ଆଡ଼କୁ ଅନାଇଲା ଉଦୟ ପ୍ରକାଶ। ଏଇଟିକୁ ଶସ୍ତାରେ କୌଣସି ଅର୍ବାଚୀନ ଚିତ୍ରକାର ହାତରେ ତିଆରି କରା ହୋଇଥିଲା। ଉଦୟ ପ୍ରକାଶ ଉପଲବ୍ଧି କଲା ଯେ ଏଇ ତଥାକଥିତ ପ୍ରତିକୃତିଟି ମଧ୍ୟ ଆଦୌ ତା ଭଳି ଦେଖା ଯାଉ ନ ଥିଲା।

—

ଜନ୍ମଦାତା

ତାଙ୍କୁ ତାଙ୍କର ଲେଖକୀୟ ଜୀବନରେ କେହି କେବେ ଏତେ ଗୁରୁତ୍ୱ ଦେଇଥିବାର ମନେ ପକାଇ ପାରୁ ନ ଥିଲେ ଉମାଶଙ୍କର। ଅବଶ୍ୟ ସେ ଦେଶର ସର୍ବୋଚ୍ଚ ସାହିତ୍ୟିକ ପୁରସ୍କାରଟି ପାଇଥିଲେ, ତେବେ ଏହାର ଗୌରବ ଅଢ଼େଇଦିନିଆ ମାତ୍ର ଥିଲା ଏବଂ ସେଥିପାଇଁ ତାଙ୍କର ଯେଉଁ ସଂବର୍ଦ୍ଧନା ହୋଇଥିଲା, ତାର ମୁଖ୍ୟ ଆକର୍ଷଣ ଥିଲେ, ଉମାଶଙ୍କର ନୁହେଁ, ପୁରସ୍କାର ପାଇଁ ଟଙ୍କା ଲଗାଇଥିବା ଶିଳ୍ପପତି। ପୁରସ୍କାରର ଟଙ୍କା ଅଳ୍ପଦିନ ଭିତରେ ଖର୍ଚ୍ଚ ହୋଇଯାଇଥିଲା ଝିଅର ବାହାଘରେ। ପୁରସ୍କାରଜନିତ କ୍ଷଣସ୍ଥାୟୀ ଅଭିନନ୍ଦନ ଓ ଆନନ୍ଦ ଯାଇ ଅବଶିଷ୍ଟ ରହିଯାଇଥିଲା ଈର୍ଷା ଓ ଅସୂୟା ଏବଂ ସମାଲୋଚକମାନଙ୍କର କ୍ଷୁରଧାର ଟୀକା ଟିପ୍ପଣୀ ଓ ଛିଦ୍ରାନ୍ୱେଷଣ।

ବର୍ତ୍ତମାନ ତାଙ୍କର ହଠାତ୍ ମାନ୍ୟତାର କାରଣ ସାହିତ୍ୟିକ ନ ଥିଲା ଯଦିଓ ତାର ମୂଳ ଥିଲା ତାଙ୍କର ପୁରସ୍କାରପ୍ରାପ୍ତ ଉପନ୍ୟାସଟି। ସେ ଯେତେବେଳେ ବହିଟି ଲେଖିଥିଲେ, ସେତେବେଳେ ଟେଲିଭିଜନ ସର୍ବବ୍ୟାପୀ ନ ଥିଲା ଏବଂ ଧାରାବାହିକୀର ଯୁଗ ଆରମ୍ଭ ହୋଇ ନ ଥିଲା। ଯେତେବେଳେ ସଂଚାର ଓ ଯୋଗାଯୋଗର ବିସ୍ଫୋରଣ ହୋଇ ମିଡ଼ିଆ ସାର୍ବଭୌମ ହୋଇଗଲା, ସେତେବେଳେ ସାହିତ୍ୟ ଉପରେ ଦାବି ହେଲା ଟେଲିଭିଜନ ଧାରାବାହିକୀ ପାଇଁ ଉପାଦାନ ଯୋଗାଇବାର। ସେହି ସୂତ୍ରରେ ପୁରସ୍କାରପ୍ରାପ୍ତ ଉପନ୍ୟାସମାନଙ୍କର ଦର ହଠାତ୍ ବଢ଼ିଗଲା, କାରଣ ଟେଲିଭିଜନ କର୍ତ୍ତୃପକ୍ଷଙ୍କୁ ଏହି ଜିନିଷଟି ବିକ୍ରି କରିବା ଅପେକ୍ଷାକୃତ ସହଜ ଥିଲା। ଦିନେ ହଠାତ୍ ଉମାଶଙ୍କରଙ୍କ ପାଖକୁ ଟେଲିଫୋନ ଆସିଲା ତାଙ୍କ ବହିର ଫିଲ୍ମ କରିବା ପାଇଁ। ଫୋନ କରିଥିଲେ ଜଣେ ପ୍ରସିଦ୍ଧ ଫିଲ୍ମ ନିର୍ମାତା, ଯାହାଙ୍କ ନାଁ ଫିଲ୍ମ ତିଆରି ଅପେକ୍ଷା ବେଶି ଜଣାଥିଲା ତାଙ୍କ ବିଷୟରେ ପ୍ରକାଶିତ ହେଉଥିବା ଅପବାଦମାନଙ୍କରୁ।

ତାଙ୍କ କାହାଣୀ ଉପରେ ଫିଲ୍ମ କରିବାର ପ୍ରସ୍ତାବ ନେଇ ଉମାଶଙ୍କରଙ୍କ ପାଖକୁ ଲୋକ ଆସିବା ଅବଶ୍ୟ ନୂଆ କଥା ନ ଥିଲା। ମଝିରେ ମଝିରେ ଆଖପାଖର ଫିଲ୍ମ କରିବାବାଲା ଆସି ତାଙ୍କଠାରୁ ଅନୁମତିପତ୍ର ଦସ୍ତଖତ କରାଇ ନେଉଥିଲେ ଏବଂ କେହି କେହି ଉତ୍ସାହୀ ନିର୍ମାତା ନିର୍ଦ୍ଦେଶକ ଘଣ୍ଟା ଘଣ୍ଟା ଧରି ଉମାଶଙ୍କରଙ୍କ ସହିତ ତାଙ୍କ ଉପନ୍ୟାସକୁ ଫିଲ୍ମ ରୂପାୟନ ଦେବାର ସୂକ୍ଷ୍ମାତିସୂକ୍ଷ୍ମ ବିଷୟରେ ଆଲୋଚନା କରୁଥିଲେ। କିନ୍ତୁ ଏତେ ବର୍ଷ ଭିତରେ ଏତେ ଦସ୍ତଖତ, ଆଳାପ ଆଲୋଚନା ସତ୍ତ୍ୱେ ଉମାଶଙ୍କର ଏଥିରୁ ଗୋଟିଏ ବି ପଇସା ପାଇ ନ ଥିଲେ ଏବଂ ତାଙ୍କର କୌଣସି କାହାଣୀ ରୂପେଲି ପର୍ଦ୍ଦା ଉପରକୁ ଯିବାର ସୌଭାଗ୍ୟ ପାଇ ନ ଥିଲା। ଉମାଶଙ୍କର ସେଥିପାଇଁ ଠିକ କରିଥିଲେ ଯେ ସେ ଆଉ ଏ ବିଷୟରେ ମନ ଦେବେ ନାହିଁ ବା ସମୟ ନଷ୍ଟ କରିବେ ନାହିଁ। ତେବେ ସେ ବମ୍ବେରୁ ଯେଉଁ ଫୋନଟି ପାଇଲେ ସେଇଟି ଜଣେ ସର୍ବଭାରତୀୟ ସ୍ତରର ଅତି ଜଣାଶୁଣା ନିର୍ମାତାଙ୍କ ପାଖରୁ ଥିଲା ଏବଂ ସେ ଯେଉଁଭଳି କଥାବାର୍ତ୍ତା କଲେ ତା ସଂପୂର୍ଣ୍ଣ ଅପ୍ରତ୍ୟାଶିତ ଥିଲା। ସେ ଉମାଶଙ୍କରଙ୍କୁ କହିଲେ ଯେ ସେ ତାଙ୍କର ପୁରସ୍କାରପ୍ରାପ୍ତ ବହିଟିକୁ ମୂଳରୁ ଶେଷ ପର୍ଯ୍ୟନ୍ତ ଦୁଇଥର ପଢ଼ିଛନ୍ତି ଏବଂ ଏଇ କାହାଣୀଟି ଦ୍ୱାରା ସେ ଏତେ ସମ୍ମୋହିତ ଯେ ସେ ଏହାକୁ ପର୍ଦ୍ଦା ଉପରକୁ ଆଣିବାକୁ ବଦ୍ଧପରିକର। ଏ ବିଷୟରେ ସେ ଉମାଶଙ୍କରଙ୍କ ସହିତ ବିସ୍ତାରରେ ଆଲୋଚନା କରିବାକୁ ଚାହାନ୍ତି। ଏଥିପାଇଁ ସେ ତାଙ୍କ ପାଖକୁ ବମ୍ବେ ଯିବା ପାଇଁ ଉଡ଼ାଜାହାଜ ଟିକେଟ ପଠାଇଦେବେ ଏବଂ ସେଠାରେ ପଞ୍ଚ ତାରକା ହୋଟେଲରେ ରହିବାର ବ୍ୟବସ୍ଥା କରିବେ। ପୂର୍ବରୁ ଯଦି ଫିଲ୍ମବାଲାଙ୍କ ସହିତ ଏପରି ଅପ୍ରୀତିକର ଅଭିଜ୍ଞତା ନ ଥାନ୍ତା, ଉମାଶଙ୍କର ସାଙ୍ଗେ ସାଙ୍ଗେ ହଁ ଭରି ଦେଇଥାନ୍ତେ। କିନ୍ତୁ ଏଭଳି ଏକ ସୁବର୍ଣ୍ଣ ବ୍ୟବସ୍ଥା ବିଷୟରେ ତାଙ୍କର ମନରେ କିଛି ସନ୍ଦେହ ଉପୁଜିଲା ଏବଂ ସେ କହିଲେ, ମୁଁ ଭାବିଚିନ୍ତି ଆପଣଙ୍କୁ କହିବି। ଫିଲ୍ମ ନିର୍ମାତା କହିଲେ, ଠିକ ଅଛି କାଲି ମୁଁ ଆପଣଙ୍କୁ ଠିକ ଏଇ ସମୟରେ ଫୋନ କରିବି।

ତା ପରଦିନ ହିଁ ଉମାଶଙ୍କର ବମ୍ବେରୁ ଦ୍ୱିତୀୟ ଟେଲିଫୋନ ପାଇଲେ ଆଉ ଜଣେ ଏକାଭଳି ପ୍ରସିଦ୍ଧ ଫିଲ୍ମ ନିର୍ମାତାଙ୍କ ପାଖରୁ, ଯାହାଙ୍କ ନାଁରେ ଆହୁରି ବେଶି ଅପବାଦର ଖବର ବାହାରୁଥିଲା ପତ୍ରପତ୍ରିକାରେ। ଏ ଫିଲ୍ମ ନିର୍ମାତା ଉମାଶଙ୍କରଙ୍କ ବହିଟିକୁ ତିନିଥର ପଢ଼ିଥିବାର କହିଲେ ଏବଂ ତାଙ୍କୁ ବମ୍ବେକୁ ନ ଡାକି କହିଲେ, ମୁଁ

ଯେଉଁଦିନ ବହିଟି ଶେଷ କଲି, ସେଇ ଦିନ ଟିକଟ କଲି ଆପଣଙ୍କ ପାଖକୁ ଯିବାକୁ। ମୁଁ ସୋମବାର ଦିନ ଆପଣଙ୍କ ସହରରେ ପହଞ୍ଚୁଛି। ଆପଣ ଦୟାକରି ସେଦିନ ମୋ ପାଇଁ ସମୟ ରଖିବେ। ଏହାପରେ ଉମାଶଙ୍କରଙ୍କର ଖସିଯିବାର ଆଉ କୌଣସି ଉପାୟ ନ ଥିଲା ଏବଂ ସେ ମଧ୍ୟ ଖୁସି ହେଉଥିଲେ ତାଙ୍କ ଉପରେ ଏଭଳି ଦାବି ହେଉଥିବାରୁ।

ସୋମବାର ଦିନ ପହଞ୍ଚିବା ମାତ୍ରେ ହିଁ ନିର୍ମାତା ହୋଟେଲରୁ ତାଙ୍କ ପାଖକୁ ଫୋନ କଲେ ଏବଂ ସେଇଦିନ ସଂଧ୍ୟାରେ ଭେଟିବାର ସ୍ଥିର ହେଲା। ଠିକ ସମୟରେ ତାଙ୍କ ଘରେ ଗାଡ଼ି ପହଞ୍ଚିଲା ଏବଂ ହୋଟେଲରେ ନିର୍ମାତାଙ୍କ ସୁଇଟ୍ ଭିତରକୁ ପଶି ଉମାଶଙ୍କର ଆଶ୍ୱସ୍ତ ହେଲେ ଯେ ନିର୍ମାତା ଠିକ ତାଙ୍କ କଳ୍ପନାର ଅନୁରୂପ ଥିଲେ। ସଂପୂର୍ଣ୍ଣ ଧଳା ପୋଷାକ ଓ ଧଳା ଜୋତା ପିନ୍ଧିଥିବା ଅତି ପରିଚ୍ଛନ୍ନ ଭଦ୍ରବ୍ୟକ୍ତି ଅମାୟିକତାର ସହିତ ତାଙ୍କୁ ଭିତରକୁ ପାଛୋଟି ନେଲେ ଏବଂ କୋଠରୀର ସବୁଠାରୁ ଭଲ ଆସନରେ ତାଙ୍କୁ ବସାଇଲେ। କହିଲେ, ପ୍ରଥମେ କହନ୍ତୁ ଆପଣ କଣ ନେବେ, ତା ପରେ ଯାଇ କଥାବାର୍ତ୍ତା।

ରୁମ ସର୍ଭିସକୁ ସୋଡ଼ା ଓ ବରଫ ଆଣିବାକୁ କହି ନିର୍ମାତା ଉମାଶଙ୍କରଙ୍କ ସାମନାରେ ବସିଲେ; କହିଲେ, ମୁଁ ଆପଣଙ୍କ ସହରକୁ ଆଗରୁ କେବେ ଆସି ନ ଥିଲି, ଆଉ ଆପଣ ଯଦି ଏଠାରେ ରହୁ ନ ଥାନ୍ତେ, ଏଠାକୁ କେବେ ବି ଆସିବାର ସୌଭାଗ୍ୟ ହୋଇ ନ ଥାନ୍ତା। ମୁଁ ଶୁଣିଛି ଏଠାରେ ଅନେକ ଦେଖିବାର ଜିନିଷ ଅଛି। ତା ଛଡ଼ା ମୋର ପୁରୀ ଯାଇ ଜଗନ୍ନାଥ ଦର୍ଶନ କରିବାର ବି ଇଚ୍ଛା। କାଲି ପ୍ଲେନ ଧରିବା ପୂର୍ବରୁ ଆପଣ ଯଦି ମତେ କିଛି ସମୟ ଦେଇପାରନ୍ତେ ଆପଣଙ୍କ ସାଙ୍ଗରେ ଯାଇ ମୁଁ ସେ ସବୁ ଦେଖିପାରନ୍ତି। ଏତିକି କହି ସେ ଉମାଶଙ୍କରଙ୍କ ମୁହଁକୁ ଅନାଇ ଯୋଗ କଲେ, ଆପଣଙ୍କର ଅବଶ୍ୟ ଯଦି ସୁବିଧା, ସମୟ ଓ ଇଚ୍ଛା ଥାଏ !

ଉମାଶଙ୍କର ତାଙ୍କୁ ପରଦିନ ବୁଲାଇ ନେଇଯିବାର ପ୍ରତିଶ୍ରୁତି ଦେଲେ ଏବଂ କେଉଁ କେଉଁ ଜାଗାକୁ ନେଇଯିବେ ତାର ବିବରଣୀ ଦେଲେ। ଏଇ ସମୟରେ ସୋଡ଼ା ବରଫ ପହଞ୍ଚିଲା। ନିର୍ମାତା ତାଙ୍କ ସୁଟକେସରୁ ଗୋଟିଏ ଦାମିକା ସ୍କଚ ବୋତଲ ବାହାର କଲେ ଏବଂ ଉମାଶଙ୍କରଙ୍କୁ ପଚାରି ସେଥିରେ ସୋଡ଼ା ପାଣି ଓ ବରଫ ମିଶାଇ ତାଙ୍କ ଆଡ଼କୁ ଗିଲାସ ବଢ଼ାଇ ଦେଲେ ଏବଂ ନିଜର ଗିଲାସ ଉଠାଇ କହିଲେ,

ଚିୟର୍ସ। ଗିଲାସରୁ ପ୍ରଥମ ଢୋକ ନେଇ ଉମାଶଙ୍କର ବାହାରକୁ ଅନାଇଲେ। କିଛିଦିନ ହେଲା ପାଗ ଖୁବ ଖରାପ ଥିଲା ଏବଂ ଘର ଭିତରେ ଏତେ ଗରମ ହେଉଥିଲା ଯେ କିଛି ବି କାମ କରି ହେଉ ନ ଥିଲା। ବର୍ତ୍ତମାନ କିନ୍ତୁ ବାତାନୁକୂଳିତ କୋଠରୀର କାଚ ଦେଇ ବାହାରର ରୁକ୍ଷତା ବୁଝା ଯାଉ ନ ଥିଲା। ପାନୀୟର ସ୍ୱାଦ ଅତ୍ୟନ୍ତ ରୁଚିକର ଥିଲା ଏବଂ ସାମନାରେ ବସିଥିବା ଭଦ୍ରବ୍ୟକ୍ତି ଥିଲେ ଅତି ଅମାୟିକ ଓ ଭଦ୍ର। ଏ ସବୁ ସଂପୂର୍ଣ୍ଣ ଭାବେ ଅଲଗା ଥିଲା ଉମାଶଙ୍କରଙ୍କର ପ୍ରତିଦିନର ଜୀବନଚର୍ଯ୍ୟାଠାରୁ।

ଏଥରକ ନିର୍ମାତା କାମର କଥା ପକାଇଲେ। ସେ ଚାହାନ୍ତି ଉମାଶଙ୍କରଙ୍କ ଉପନ୍ୟାସକୁ ଆଧାର କରି ଟେଲିଭିଜନ ପାଇଁ ପଚାଶ ଏପିସୋଡ୍‌ର ଏକ ଧାରାବାହିକୀ କରିବେ। ଉପନ୍ୟାସଟି ଭାରତୀୟ ସ୍ୱାଧୀନତାର ପୃଷ୍ଠଭୂମିରେ ଲେଖାଯାଇ ଥିବାରୁ ସ୍ୱାଧୀନତାର ଅର୍ଦ୍ଧଶତାବ୍ଦୀ ବର୍ଷରେ ତାର ଏକ ବିଶେଷ ମୂଲ୍ୟ ରହିବ। ନିର୍ମାତାଙ୍କ କଥାବାର୍ତ୍ତାରୁ ଜଣାଗଲା ଯେ ସେ ଉପନ୍ୟାସଟିକୁ ତିନିଥର ନ ହେଲେ ମଧ୍ୟ ସତରେ ପଢ଼ିଛନ୍ତି ଏବଂ ତାର ବିଷୟବସ୍ତୁ ତାଙ୍କୁ ମୋଟାମୋଟି ଜଣା।

ଉମାଶଙ୍କର କହିଲେ, ମତେ କିଛିଦିନ ତଳେ ଆଉ ଜଣେ ନିର୍ମାତା ଦେଖା କରିଥିଲେ ଏଇ ଉପନ୍ୟାସ ପାଇଁ, କିନ୍ତୁ ସେ ଏହା ଉପରେ ଗୋଟିଏ ଫିଚର୍ ଫିଲ୍ମ କରିବା ପାଇଁ ଚାହୁଁଥିଲେ, ଅଢେଇ ଘଣ୍ଟାର। ଆପଣ କଣ ଭାବୁଛନ୍ତି ବହିକୁ ଟାଣି ଓଟାରି ତା ଦେହରୁ ଅଧା ଅଧା ଘଣ୍ଟାର ପଚାଶଟି ଉପାଖ୍ୟାନ ବାହାରି ପାରିବ ?

ନିର୍ମାତା କହିଲେ, ଆପଣଙ୍କ ଉପନ୍ୟାସର କାନଭାସ ଏତେ ବିସ୍ତୃତ ଓ ବ୍ୟାପକ ଏବଂ ଏହା ଚରିତ୍ରମାନଙ୍କରେ ଏତେ ଭରପୂର ଯେ ତାକୁ ଗୋଟିଏ ଫିଲ୍ମ ଭିତରେ ରଖିବାକୁ ଗଲେ ସେଥିରୁ ଅନେକ ଚରିତ୍ର ଓ ଘଟନାକୁ ବାଦ ଦେବାକୁ ପଡ଼ିବ। ମୁଁ କିନ୍ତୁ ଚାହୁଁଛି ଯେ ଆପଣଙ୍କର ଉପନ୍ୟାସଟି ସଂପୂର୍ଣ୍ଣରୂପେ ପର୍ଦ୍ଦା ଉପରକୁ ଆସୁ; ସେଥିରୁ ଯେପରି କୌଣସି ଅଂଶ କଟାକଟି ନ ହେଉ।

ମୁଁ କିନ୍ତୁ ଅନ୍ୟ ଦିଗରୁ ଭାବୁଥିଲି, ଉମାଶଙ୍କର କହିଲେ, ଉପନ୍ୟାସରେ ଏତେ କଥା ନାହିଁ ଯେ ତାକୁ ନେଇ ପଚିଶ ଘଣ୍ଟାର ଫିଲ୍ମ କରିହେବ।

ନିର୍ମାତା କହିଲେ, ସେଥିପାଇଁ ଆମେ ସେଥିରେ ଆହୁରି ମାଲମସଲା ମିଶାଇବୁ। ଆପଣ ଯେତେବେଳେ ବହିଟି ଲେଖିଲେ, ଆପଣ ଭାବି ନ ଥିଲେ ଯେ ସେଇଟି କେବେ ଦିନେ ଫିଲ୍ମରେ ରୂପାନ୍ତରିତ ହେବ। ସେଥିପାଇଁ ଆପଣ

କାହାଣୀକୁ ଗୋଟିଏ ସାହିତ୍ୟିକ କୃତି ଭାବରେ ଲେଖିଲେ। ଆମେ କିନ୍ତୁ ସ୍କ୍ରିପ୍ଟ କଲାବେଳେ ତାକୁ ଫିଲ୍ମ ଦୃଷ୍ଟିରୁ ଦେଖିବୁ। ବହିଟି ଉପରେ ଗୋଟିଏ ଫିଲ୍ମ କରିବା ତ ଅତି ସହଜ; କିନ୍ତୁ ତାକୁ ଧାରାବାହିକୀ କରିବାବେଳେ ଆମକୁ ଦେଖିବାକୁ ହେବ ଯେପରି ତାର ପ୍ରତିଟି ଏପିସୋଡ୍‌ରେ ଏକ ସ୍ୱୟଂସଂପୂର୍ଣ୍ଣ କଥାନକ ରହିବ ଏବଂ ସେଥିରେ କିଛି ନାଟକୀୟତା ଓ ଚରମ ବିନ୍ଦୁ ମଧ୍ୟ ଥିବ।

ସତର୍କ ହୋଇ ଉମାଶଙ୍କର କହିଲେ, ତା ହେଲେ ତ ଆପଣଙ୍କୁ ମୋର ଉପନ୍ୟାସରେ ଅନେକ ପରିବର୍ତ୍ତନ କରିବାକୁ ପଡ଼ିବ।

ନା, ଆପଣଙ୍କର ସେ ବିଷୟରେ ଚିନ୍ତା କରିବାର କାରଣ ନାହିଁ। କାହାଣୀର ଯାହା କିଛି ପରିବର୍ତ୍ତନ ହେବ, ଆପଣଙ୍କ ଅନୁମତି ନେଇ। ଆମର ଫିଲ୍ମ ଜଗତରେ ଯଦି କିଏ ଲେଖକକୁ ବେଶି ସମ୍ମାନ ଓ ପଇସା ଦେଉଥାଏ, ସେ ହେଉଛି ମୁଁ। ଆମେ ଯେତେବେଳେ ଅଭିନେତା, ଅଭିନେତ୍ରୀ, କ୍ୟାମେରାମ୍ୟାନଙ୍କ ଉପରେ ଏତେ ଟଙ୍କା ଖର୍ଚ୍ଚ କରୁଛୁ, ଲେଖକ ବେଳକୁ କାହିଁକି କୃପଣତା କରିବା ? ମୋର ସାଙ୍ଗମାନେ କିନ୍ତୁ ଏଭଳି ଭାବନ୍ତି ନାହିଁ। ସେମାନେ କହନ୍ତି, ଲେଖକ ତ ତାର ଚାରିପୃଷ୍ଠାର ଗପ ଲେଖିଦେଲା; ଫିଲ୍ମ କରିବା ବେଳକୁ କିନ୍ତୁ ପ୍ରଥମ ଓ ପ୍ରଧାନ କାମ ହେଲା ସ୍କ୍ରିପ୍ଟ ଲେଖିବା। ତେଣୁ ସ୍କ୍ରିପ୍ଟ ଲେଖକ ହିଁ ଟଙ୍କା ପାଇବା କଥା, କାହାଣୀ ଲେଖକ ନୁହେଁ। ମୁଁ କିନ୍ତୁ ଏଭଳି ଭାବେ ନାହିଁ।

ଉଭୟଙ୍କ ଖାଲି ଗିଲାସରେ ଆଉ ଥରେ ପାନୀୟ ଢାଳି ନିର୍ମାତା କହିଲେ, ମୁଁ କାହିଁକି ଲେଖକଙ୍କୁ ଏତେ ସମ୍ମାନ ଦିଏ, ଜାଣନ୍ତି ? ଏ କଥା କହିବା ପରେ ସେ ଅନେକ ସମୟ ଧରି ଚୁପ ରହିଲେ, ଯେମିତି କୌଣସି ପଛ କଥା ଭାବୁଛନ୍ତି। ତା ପରେ ସେ ପୂରା ଗିଲାସଟି ଏକା ନିଶ୍ୱାସରେ ପିଇ ଦେଇ ଆଖି ବୁଜି ସୋଫାରେ ଆଉଜି ବସିଲେ; କହିଲେ, ମୋର ବାପା ଜଣେ ଲେଖକ ଥିଲେ।

ହଠାତ୍ ଯେପରି ଏଇ ଅପରିଚିତ ଲୋକଟି ପ୍ରତି ଉମାଶଙ୍କରଙ୍କ ମନ ଭିତରେ ଆତ୍ମୀୟତା ବଢ଼ିଗଲା। ସେ ମନେ ମନେ ଗୋଟିଏ ତର୍କସଙ୍ଗତିହୀନ ନିଷ୍ପତ୍ତି ନେଇ ନେଲେ ଯେ ଯଦି ସେ ଉପନ୍ୟାସଟି କାହାରିକୁ ଫିଲ୍ମ କରିବାକୁ ଦିଅନ୍ତି, ତେବେ ଏଇ ଲୋକକୁ ହିଁ ଦେବେ।

ଗ୍ଲାସରେ ଆଉ ଥରେ ପାନୀୟ ଢାଳି ପିଉ ପିଉ ନିର୍ମାତା ଯେତେବେଳେ ମୁହଁ ଖୋଲିଲେ, ତାଙ୍କର ଆବେଗ ଓ ସ୍ୱର ସଂପୂର୍ଣ୍ଣ ଭିନ୍ନ ଥିଲା। ସେ କହିଲେ, ଦେଶ ବିଭାଜନ ବେଳେ ପଳାଇ ଆସିବା ଆଗରୁ ଆମେ ଲାହୋରରେ ଥିଲୁ। ସେଠାରେ ମୋର ବାପା ସରକାରୀ ଅଫିସରେ ଛୋଟ କାମ କରୁଥିଲେ, କିନ୍ତୁ ତାଙ୍କର ମନ ଥିଲା ସାହିତ୍ୟରେ। ସେ ସବୁ ସମୟ କଟାଉଥିଲେ ପଢ଼ାପଢ଼ିରେ, ଲେଖାଲେଖିରେ। ଲେଖକ ଭାବରେ ସେ ସେମିତି କିଛି ନାଁ କରିପାରି ନ ଥିଲେ ଏବଂ ଆମେ ଭାରତକୁ ପଳାଇ ଆସିବା ପରେ ଜୀବନ ଜଂଜାଳରେ ସେ ଆଉ ବିଶେଷ ଲେଖାଲେଖି କରି ପାରୁ ନ ଥିଲେ, କିନ୍ତୁ ତାଙ୍କର ସମଗ୍ର ଜୀବନ ଉତ୍ସର୍ଗୀକୃତ ଥିଲା ସାହିତ୍ୟକୁ। ସେଇଥିପାଇଁ ମୋର ଲେଖକମାନଙ୍କ ପ୍ରତି ଦୁର୍ବଳତା, ଆଦର ଓ ସମ୍ମାନ।

ପୁଣି କିଛି ସମୟ ଚୁପଚାପରେ କଟିଲା। ଉମାଶଙ୍କର ଯେତେବେଳେ ତାଙ୍କ ବାପାଙ୍କ ବିଷୟରେ ଆଉ କଣ ପଚାରିଲେ, ନିର୍ମାତା କହିଲେ, ଦେଖନ୍ତୁ ମୁଁ କହୁ କହୁ ମୋ ନିଜ କଥା ଏତେ କହି ପକାଇଲି। ମତେ ସେଥିପାଇଁ କ୍ଷମା କରିବେ। ଆମର ଫିଲ୍ମ ବିଷୟରେ ବି ଆଉ କଥା ହୋଇପାରିଲା ନାହିଁ। ସେ ତାଙ୍କର ବ୍ରିଫକେସରୁ ଗୋଟିଏ ଲଫାପା ବାହାର କରି ଉମାଶଙ୍କରଙ୍କୁ ଦେଲେ; କହିଲେ, ଏଥିରେ ରାଜିନାମାର କାଗଜ ଅଛି; ଆପଣ ପଢ଼ି ଦେଖନ୍ତୁ। ଯଦି ଆପଣ ସବୁ ସର୍ତ୍ତରେ ରାଜି, ତେବେ କାଲି ସକାଳେ ଆମେ ଦସ୍ତଖତ କରିବା। ବର୍ତ୍ତମାନ କିନ୍ତୁ ମୁଁ ଆପଣଙ୍କୁ ଅଗ୍ରିମ ଟଙ୍କା ଦେଇଦେବି।

ଏତିକି କହି ସେ ଉମାଶଙ୍କରଙ୍କ ହାତକୁ ଯେଉଁ ଚେକ୍ ବଢ଼ାଇ ଦେଲେ ତା ପଚାଶ ହଜାର ଟଙ୍କା ଥିଲା। ସେଇ ପୁରସ୍କାରଟି ବ୍ୟତୀତ ଉମାଶଙ୍କରଙ୍କ ଜୀବନରେ ତାଙ୍କର ଲେଖା ପାଇଁ କେବେହେଲେ କେହି ଏତେ ଟଙ୍କା ଦେଇ ନ ଥିଲେ। ସେ କୃତକୃତ୍ୟ ହୋଇ ଚେକ୍‌ଟି ଦେଖୁଥିବା ବେଳେ ନିର୍ମାତା କହିଲେ, ଏଇଟି କେବଳ ଆଗତୁରା ଟଙ୍କା। ଆପଣଙ୍କ ପୂରା ବହିଟି ପାଇଁ କେତେ ଟଙ୍କା ଦିଆଯିବ, ଏବଂ ଆପଣ ଯଦି ସ୍କ୍ରିପ୍ଟ ଲେଖନ୍ତି ବା ସେଥିରେ ସାହାଯ୍ୟ କରନ୍ତି ସେଥିପାଇଁ କେତେ ଟଙ୍କା ଦିଆଯିବ, ସେ ସବୁ କଥା ରାଜିନାମା କାଗଜରେ ଅଛି। ଆପଣ ପଢ଼ିସାରିଲେ କାଲି ସେ ବିଷୟରେ କଥାବାର୍ତ୍ତା କରିବା।

ପୁଣି କିଛି ସମୟ ଔପଚାରିକ କଥାବାର୍ତ୍ତା କରି ଉମାଶଙ୍କର ଯେତେବେଳେ ଉଠିଲେ, ନିର୍ମାତା ତାଙ୍କୁ ବିଦାୟ ଦେବାକୁ କବାଟ ପର୍ଯ୍ୟନ୍ତ ଆସିଲେ। ପୁଣି ତାଙ୍କର କଣ ମନ ହେବାରୁ ଉମାଶଙ୍କରଙ୍କୁ କହିଲେ, ମୁଁ ଆପଣଙ୍କୁ ପଚାରିବାକୁ ଭୁଲିଗଲି ଆପଣ ଚେକ୍ ନେବାକୁ ପସନ୍ଦ କରିବେ ନା କ୍ୟାସ୍। ତେବେ ମୁଁ ଆପଣଙ୍କୁ ପରାମର୍ଶ ଦେବି ଆପଣ କ୍ୟାସ ନିଅନ୍ତୁ। ଏତିକି କହି ସେ ପୁଣି ଯାଇ ବ୍ରିଫକେସରୁ ଗୋଟିଏ ଟଙ୍କା ବିଡ଼ା ଆଣି ଉମାଶଙ୍କରଙ୍କୁ ଦେଲେ। ତାଙ୍କୁ ଚେକ୍ ଫେରାଇ ଦେଇ ଉମାଶଙ୍କର ଯେତେବେଳେ ରସିଦ ଲେଖିଦେବେ କି ବୋଲି ପଚାରିଲେ, ନିର୍ମାତା କହିଲେ, ତାର କୌଣସି ଦରକାର ନାହିଁ। ଲେଖକମାନଙ୍କ ସାଙ୍ଗରେ ମୋର କେବେହେଲେ କୌଣସି ସମସ୍ୟା ହୋଇ ନାହିଁ।

ରାତିରେ ଘରକୁ ଫେରି ଖାଇସାରି ଶୋଇବା ଆଗରୁ ଉମାଶଙ୍କର ରାଜିନାମା କାଗଜକୁ ଭଲଭାବେ ପଢ଼ିଲେ। ଦଲିଲଟି କିନ୍ତୁ ଏତେ କୋର୍ଟକଚେରି ମାଲିମକଦ୍ଦମାର ଶବ୍ଦାବଳୀରେ ପରିପୂର୍ଣ୍ଣ ଥିଲା ଯେ ଉମାଶଙ୍କରଙ୍କୁ ସେଇଟି ଦୁର୍ବୋଧ ଜଣାଗଲା। ତେବେ ତାଙ୍କୁ ଯେଉଁ ଟଂକା ମିଳିବାର ପରିମାଣ ଲେଖା ଥିଲା ତା ତାଙ୍କର କଳ୍ପନା ବହିର୍ଭୂତ ଥିଲା ଏବଂ ଏହା ସେଦିନ ରାତିରେ ତାଙ୍କର ସୁଖ ନିଦ୍ରାର କାରଣ ହେଲା।

ପରଦିନ ସକାଳେ କାଗଜଟିକୁ ପୁଣି ଥରେ ମନ ଦେଇ ପଢ଼ିବା ବେଳେ ଉମାଶଙ୍କର ଭାବିଲେ ଯେ କାଗଜରେ ଦସ୍ତଖତ କରିବା ପୂର୍ବରୁ ସେଇ ଅନ୍ୟ ନିର୍ମାତାଙ୍କ ସାଙ୍ଗରେ କଥାବାର୍ତ୍ତା କରିବା ବୋଧହୁଏ ସଂଗତ ହେବ। ଏତେ ପରିମାଣ ଟଙ୍କାର ଅଙ୍କ ଦେଖି ତାଙ୍କର ନିଜର ପୁରୁଣା ଉପନ୍ୟାସ ଉପରେ ନୂଆ ଆସ୍ଥା ଆସିଲା ଏବଂ ଲୋଭ ହେଲା ହୁଏତ ଏଥିରୁ ଆହୁରି ଅଧିକା ପଇସା ମିଳିପାରିବ। ଅନ୍ୟ ନିର୍ମାତା କିନ୍ତୁ କହିବା ମୁତାବକ ଏ ପର୍ଯ୍ୟନ୍ତ ଆଉ ଥରେ ଫୋନ କରି ନ ଥିଲେ ଏବଂ ସେ ଏଇ ଭଦ୍ରଲୋକଙ୍କ ପାଖରୁ ଅଗ୍ରିମ ଟଙ୍କା ନେଇ ସାରିଥିଲେ। ଅଗ୍ରିମ ଟଙ୍କା ସେ ଫେରାଇ ଦେଇ ପାରିବେ, କିନ୍ତୁ ହାତରେ ଥିବା ପକ୍ଷୀଟିକୁ ବୁଦାମୂଳର ଦୁଇଟି ପକ୍ଷୀ ପାଇଁ ଛାଡ଼ିଦେବା ନିଶ୍ଚୟ ବୋକାମି ହେବ। ଏଇଭଳି ସବୁ ଚିନ୍ତା ନେଇ ସେ ହୋଟେଲ ଯାଇ ନିର୍ମାତାଙ୍କୁ ଭେଟିଲେ।

ନିର୍ମାତା କହିଲେ, ବର୍ତ୍ତମାନ କିଛି ସମୟ ବସି ଆମର କାମ ବିଷୟରେ ଆଲୋଚନା କରିବା। ତାପରେ ମୁଁ ମୋର ଜିନିଷପତ୍ର ନେଇ ହୋଟେଲ ଛାଡ଼ିବି ଆଉ

ଆପଣଙ୍କ ସହର ବୁଲି ଦେଖି ତାପରେ ପୁରୀ ଯିବା। ସେଠାରୁ ଫେରି ସିଧା ଏୟାରପୋର୍ଟ ଚାଲିଯିବି। ହୋଟେଲ ଛାଡ଼ିବା ପରେ ଆଉ ମୁଁ କୌଣସି କାମର କଥା କହିବି ନାହିଁ। ଜଣେ ଅଯାଚିତ ବନ୍ଧୁ ଭାବରେ ଆସି ଅଜଣା ସହରରେ ଆପଣଙ୍କ ସମୟ ନେଉ ଥିବାରୁ ମତେ କ୍ଷମା କରିବେ।

ଏହା ପରେ ନିର୍ମାତା ତାଙ୍କୁ ଧାରଣା ଦେଲେ କିପରି ଉପନ୍ୟାସକୁ ଧାରାବାହିକୀ କରାଯିବ। ତାଙ୍କର ପ୍ରସ୍ତାବ ଟେଲିଭିଜନରେ ମଂଜୁର ହୋଇଗଲେ ସେ ଏ କାମ ଆରମ୍ଭ କରିଦେବେ। ତା ପରେ କାମ ଚାଲିବ ମେସିନ ଭଳି। ପ୍ରତିଟି ଉପାଖ୍ୟାନ ପାଇଁ ସ୍କ୍ରିପ୍ଟ ଲେଖି, ତାକୁ ଫିଲ୍ମ କରି ପ୍ରତି ସପ୍ତାହରେ ଟେଲିଭିଜନକୁ ଗୋଟିଏ ଗୋଟିଏ ଏପିସୋଡ୍ ଯୋଗାଇବା ସହଜ କଥା ନ ଥିଲା। ଏଥିପାଇଁ ସେ ତାଙ୍କର ଗୋଟିଏ କର୍ମୀଙ୍କର ଦଳ ତିଆରି କରିବେ। ଯଦି ଉମାଶଙ୍କର ସ୍କ୍ରିପ୍ଟ ଲେଖିବାର ଦାୟିତ୍ୱ ନିଅନ୍ତି ସେଥିପାଇଁ ସେ ଅଧିକା ଟଙ୍କା ପାଇବେ, କିନ୍ତୁ ଏଥିପାଇଁ ପୂରା ସମୟ ଦେବାକୁ ପଡ଼ିବ, ଏବଂ ତାଙ୍କୁ କିଛି ଶିଖିବାକୁ ବି ପଡ଼ିବ। ଧାରାବାହିକୀ ସ୍କ୍ରିପ୍ଟର କାଇଦାକାନୁନ ଗଳ୍ପ ଉପନ୍ୟାସ ଲେଖିବାରୁ ଭିନ୍ନ। ଯଦି ଉମାଶଙ୍କର ସ୍କ୍ରିପ୍ଟ ନ ଲେଖନ୍ତି, ତେବେ ମଧ୍ୟ ମଝିରେ ମଝିରେ ତାଙ୍କର ପରାମର୍ଶ ନିଆଯିବ ଏବଂ ସେଥିପାଇଁ ମଧ୍ୟ ତାଙ୍କୁ ଟଙ୍କା ଦିଆଯିବ। ଉମାଶଙ୍କର ସ୍କ୍ରିପ୍ଟ ଲେଖିବା କଥା ଭାବିବେ ବୋଲି କହିବାରୁ ନିର୍ମାତା କହିଲେ, ମୁଁ ବମ୍ବେ ଯାଇ ଆପଣଙ୍କ ପାଖକୁ ସ୍କ୍ରିପ୍ଟ କିପରି ଲେଖାଯାଏ ସେ ବିଷୟରେ କିଛି ବହି ପଠାଇବି। ଆପଣ ତାକୁ ଦେଖି ସାରିଲେ ମତେ ଜଣାଇବେ।

ଆଉ ଦ୍ୱିଧା ନ କରି ଉମାଶଙ୍କର କାଗଜରେ ଦସ୍ତଖତ କରି ସେଇଟିକୁ ନିର୍ମାତାଙ୍କୁ ବଢ଼ାଇଦେଲେ। ନିର୍ମାତା କହିଲେ, ଏଇଟା କେବଳ ଗୋଟିଏ କାଗଜ। ଆମର ସଂପର୍କ ବର୍ତ୍ତମାନ ବନ୍ଧୁତାର।

ତାପରେ ନିର୍ମାତା ହୋଟେଲ ଛାଡ଼ିଲେ ଏବଂ ତାଙ୍କୁ ନେଇ ଉମାଶଙ୍କର ଭୁବନେଶ୍ୱର ମନ୍ଦିର ଓ ଗୁମ୍ଫା ଦେଖାଇଲେ। ଏ ସବୁରେ ନିର୍ମାତା ବିଶେଷ ଆଗ୍ରହୀ ଥିବାର ଜଣାଗଲେ ନାହିଁ। ତେବେ ସେମାନେ ଯେତେବେଳେ ପୁରୀ ମନ୍ଦିର ଭିତରେ ପଶିଲେ, ନିର୍ମାତାଙ୍କ ଭାବଭଂଗୀ ପୂରା ବଦଳିଗଲା। ସେ ଜୟ ବିଜୟ ଦ୍ୱାର ପାଖରେ ଚକା ପକାଇ ଆଖି ବନ୍ଦକରି ବସିଲେ ଅନେକ ସମୟ ଏବଂ ମନ୍ଦିରରୁ ବାହାରିବା ଆଗରୁ ଦାନପାତ୍ରରେ ବେଶ୍ ଟଙ୍କା ପକାଇଲେ ଏବଂ ତାଙ୍କ ସାଙ୍ଗରେ ଥିବା ପଣ୍ଡାକୁ

ମୋଟା ବକସିସ ଦେଲେ। ବାହାରକୁ ଆସି ଗାଡ଼ିରେ ବସି କହିଲେ, ବହୁତ ଶାନ୍ତି ମିଳିଲା ମନ୍ଦିରକୁ ଆସି। ଆମ ଧାରାବାହିକୀ ଜଗନ୍ନାଥଙ୍କୁ ସମର୍ପିତ ହେଲା। ସେ ଯେଭଳି ଯାହା କରିବେ।

ପୁରୀରୁ ଫେରିବା ରାସ୍ତାରେ ଆଉ କାମ ବିଷୟରେ କଥାବାର୍ତ୍ତା ନ କରି ନିର୍ମାତା ନିଜ ବିଷୟରେ ଅନେକ କିଛି କହିଲେ। ଉମାଶଙ୍କର ବର୍ତ୍ତମାନ ତାଙ୍କୁ ଭଲ ଆଖିରେ ଦେଖୁଥିଲେ, ବିଶେଷରେ ମନ୍ଦିର ଭିତରେ ତାଙ୍କର ଆଚରଣ ଦେଖିବା ପରେ। ଏଭଳି ଭଲରେ ଭଲରେ ରାସ୍ତା କଟିଲା ଏବଂ ସେ ତାଙ୍କୁ ଏୟାରପୋର୍ଟରେ ଛାଡ଼ି ଦେଇ ଆସିଲେ। ଘରକୁ ଫେରିବା ବେଳେ ଉମାଶଙ୍କରଙ୍କ ମନ ଭିତରେ ତଥାପି ସାମାନ୍ୟ ସଂଶୟ ଉପୁଜିଲା ଏତେ ଅଳ୍ପ ସମୟରେ ନିଜ ଉପନ୍ୟାସକୁ ସମର୍ପି ଦେଇଥିବାରୁ। କିନ୍ତୁ ନିର୍ମାତା ଦେଇଥିବା ପଚାଶ ହଜାର ଟଙ୍କା, ଯାହା ପାଇଁ ସେ ତାଙ୍କୁ ରସିଦ ମଧ୍ୟ ଦେଇ ନ ଥିଲେ, ତାଙ୍କ ଆଲମାରିରେ ସୁରକ୍ଷିତ ଥିଲା ଏବଂ ବମ୍ବେର ଅନ୍ୟ ନିର୍ମାତା ତାଙ୍କୁ ଆଉ ଫୋନ କରି ନ ଥିଲେ। ଉମାଶଙ୍କର ସ୍ଥିର କଲେ ଯେ ସେ ଯାହା କରିଛନ୍ତି, ଠିକ କରିଛନ୍ତି।

ଅଳ୍ପଦିନ ଭିତରେ ନିର୍ମାତାଙ୍କ ପାଖରୁ ଗୋଟିଏ ସୁନ୍ଦର ଚିଠି ଆସି ପହଞ୍ଚିଲା ଯେଉଁଥିରେ ସେ ଲେଖିଥିଲେ ଯେ ସେ ଓଡ଼ିଶାକୁ ଦେଖି ଯେତିକି ମୁଗ୍ଧ, ସେତିକି ଆନନ୍ଦିତ ଉମାଶଙ୍କରଙ୍କ ସହିତ ସୌହାର୍ଦ୍ଦ୍ୟ କରି। ଶୀଘ୍ର ସେ ଆସି ପୁଣି ଥରେ ପୁରୀ ମନ୍ଦିର ଯିବାକୁ ଉତ୍ସୁକ। ପୃଥକ ଭାବରେ ସେ ତାଙ୍କ ପାଖକୁ କିଛି ବହି ପଠାଇଛନ୍ତି ସୋପ୍ ଅପେରା ବିଷୟରେ। ସେ ତାଙ୍କର ପ୍ରସ୍ତାବ ଟେଲିଭିଜନବାଲାଙ୍କ ପାଖକୁ ପଠାଇ ଦେଇଛନ୍ତି; ସେଠାରୁ ଅନୁମୋଦନ ଆସିଲେ ସେ ଉମାଶଙ୍କରଙ୍କୁ ଜଣାଇବେ ଓ କାମ ଆରମ୍ଭ କରିବେ।

ଶୀଘ୍ର ଗୋଟିଏ ପ୍ୟାକେଟ ବି ଆସି ଉମାଶଙ୍କରଙ୍କ ପାଖରେ ପହଞ୍ଚିଲା। ଏଥିରେ ଅନେକଗୁଡ଼ିଏ ବହି ଥିଲା। ଟେଲିଭିଜନ ପାଇଁ ଧାରାବାହିକୀ କିପରି ଲେଖିବ ସେ ବିଷୟରେ କିଛି ନିର୍ଦ୍ଦେଶ ପୁସ୍ତକ ସହିତ ଥିଲା ଅନେକ ସଫଳ ଧାରାବାହିକୀର ଛପା ବହି। ଅନ୍ୟ କାମ ଛାଡ଼ି ଉମାଶଙ୍କର ଏ ବହିଗୁଡ଼ିକ ପଢ଼ିବାରେ ମନ ଦେଲେ। ଧାରାବାହିକୀ ଲେଖିବାର କାରିଗରୀ ଗଳ୍ପ ଉପନ୍ୟାସ ଲେଖିବାର କାରିଗରୀଠାରୁ ସଂପୂର୍ଣ୍ଣ ଭିନ୍ନ ଥିଲା। ଦର୍ଶକମାନଙ୍କର ମନୋଯୋଗକୁ ବାନ୍ଧି ରଖିବା ପାଇଁ ଲେଖାରେ

ଅନେକ କଳାକୌଶଳର ଦରକାର ପଡ଼େ; ପ୍ରତିଟି ଅଧାଘଣ୍ଟାର କଥାନକରେ ଆରମ୍ଭ ଉତ୍ତରଣ ଦ୍ୱନ୍ଦ୍ୱ ଓ ସମାଧାନ ଆଣିବାକୁ ହୁଏ। ସଫଳ ଧାରାବାହିକୀର ଯେଉଁ କେତୋଟି ଆଲେଖ ଆସିଥିଲା, ସେଥିରେ ଏହି ସବୁ ନିୟମ ଅତି ବିଧିବଦ୍ଧ ଭାବରେ ପାଳିତ ହୋଇଥିଲା। ବହିଗୁଡ଼ିକ ପଢ଼ିବା ପରେ ଉମାଶଙ୍କର ଜାଣିଲେ ଯେ ଧାରାବାହିକୀର ସ୍କ୍ରିପ୍ଟ ଲେଖିବା ତାଙ୍କ ସାଧ୍ୟର ବାହାରେ। ସେ ଚିଠି ଲେଖି ନିର୍ମାତାଙ୍କୁ ଜଣାଇଦେଲେ ଯେ ସେ ଏ କାମ ପାଇଁ ସମୟ ଦେଇ ପାରିବେ ନାହିଁ; ତେଣୁ ଏ କାମ ଅନ୍ୟ କାହାକୁ ଦିଆଯାଉ।

ତାର ଦି ଦିନ ପରେ ନିର୍ମାତାଙ୍କ ପାଖରୁ ଟେଲିଗ୍ରାମ ଆସିଲା: ଚିଠି ପାଇଁ ଧନ୍ୟବାଦ। ଆପଣଙ୍କର ମହାନ ଉପନ୍ୟାସ ପାଇଁ ମୁଁ ଜଣେ ଶ୍ରେଷ୍ଠ ସ୍କ୍ରିପ୍ଟ ଲେଖକଙ୍କୁ ଲଗାଇବି। ତଥାପି ଆପଣଙ୍କର ସହଯୋଗ ଦରକାର। ଆପଣଙ୍କର ଫ୍ୟାକ୍ସ ନମ୍ବର ଓ ଇ-ମେଲ ଠିକଣା ଥିଲେ ଜଣାଇବେ। ଉମାଶଙ୍କରଙ୍କ ପାଖରେ ଏସବୁ ଆଧୁନିକ ଯୋଗାଯୋଗର ଯନ୍ତ୍ରପାତି ନ ଥିଲା; ଏପରିକି ତାଙ୍କ ପାଖରେ ଟାଇପରାଇଟରଟିଏ ମଧ୍ୟ ନ ଥିଲା। ସେ ହାତରେ ଲେଖି ଜଣାଇଦେଲେ ଯେ ସେ ସ୍କ୍ରିପ୍ଟ ଲେଖାରେ ଯଥାମତେ ସାହାଯ୍ୟ କରିବେ।

ଏହା ପରର ଘଟଣାସବୁ ଅତି ଶୀଘ୍ର ଶୀଘ୍ର ଘଟିବାରେ ଲାଗିଲା। ଦିନେ ରାତି ଦଶଟାରେ ଉମାଶଙ୍କରଙ୍କୁ ଟେଲିଫୋନ କରି ନିର୍ମାତା ବଧାଇ ଦେଲେ ଯେ ଟେଲିଭିଜନବାଲା ତାଙ୍କ ଉପନ୍ୟାସର ଧାରାବାହିକୀ କରିବା ପାଇଁ ରାଜି ହୋଇଛନ୍ତି। ଖବରଟି ପାଇ ଉମାଶଙ୍କର ଖୁସି ହେଲେ କାରଣ ରାଜିନାମା ଅନୁସାରେ ଟେଲିଭିଜନର ସ୍ୱୀକୃତି ପରେ ସେ ଆଉ କିଛି ଟଙ୍କା ପାଇବେ। ତା ପରେ ସେ ପ୍ରତି ସପ୍ତାହରେ ଟଙ୍କା ପାଇବେ ଯେତେବେଳେ ଉପାଖ୍ୟାନମାନ ଟେଲିଭିଜନରେ ଦେଖା ହେବ।

ରାତି ଅଧରେ ଡାକବାଲା ତାଙ୍କୁ ଆଣି ଗୋଟିଏ ଟେଲିଗ୍ରାମ ଦେଲା। କଣ ଖରାପ ଖବର ଥାଇପାରେ ବୋଲି ଉମାଶଙ୍କର ଭୟରେ ସେଇଟିକୁ ଖୋଲିଲେ। ଏଇଟି ଥିଲା ନିର୍ମାତାଙ୍କ ପାଖରୁ। ଟେଲିଗ୍ରାମଟିରେ ସେ ଜଣାଇଥିଲେ ଯେ ଯଦିଓ ଟେଲିଭିଜନବାଲା ଉପନ୍ୟାସଟିକୁ ଅନୁମୋଦନ କରିଛନ୍ତି, ଉତ୍ତରାୟଣ ନାଁ ତାଙ୍କର ଗ୍ରାହ୍ୟ ନୁହେଁ, କାରଣ ଏଇ ନାଁରେ ଆଗରୁ ଗୋଟିଏ ଧାରାବାହିକୀ ହୋଇଯାଇଛି।

ସେଥିପାଇଁ ନିର୍ମାତା ଅନୁରୋଧ କରିଥିଲେ ଯେ ଉମାଶଙ୍କର ଆଉ ଗୋଟିଏ ନାଁ ଠିକ କରନ୍ତୁ। ଶେଷରେ ପଚାରିଥିଲେ, ଦକ୍ଷିଣାୟନ କିପରି ରହିବ ?

ଉପନ୍ୟାସର ନାଁଟି ଅତି ଚିନ୍ତା ଓ ମନନର ସହିତ ଠିକ କରିଥିଲେ ଉମାଶଙ୍କର। ଉତ୍ତରାୟଣ କେବଳ ଡିସେମ୍ବର ୨୨ ତାରିଖଠାରୁ ଜୁନ ୨୧ ତାରିଖ ପର୍ଯ୍ୟନ୍ତ ମାଘରୁ ଆଷାଢ଼ ସୂର୍ଯ୍ୟର କ୍ରମଶଃ ଉତ୍ତର ଦିଗକୁ ଯିବାକୁ ହିଁ ବୁଝାଉ ନ ଥିଲା, ଏହା ଆହୁରି ଅର୍ଥଦ୍ୟୋତକ ଥିଲା। ଉପନ୍ୟାସଟି ଥିଲା ନାୟକ ରଜନୀକାନ୍ତର କାହାଣୀ ଯାହାର ବ୍ୟକ୍ତିଗତ ଜୀବନ ମିଳିମିଶି ଯାଇଥିଲା ଭାରତର ସ୍ୱାଧୀନତା ସଂଗ୍ରାମ ସହିତ। କୋଡ଼ିଏ ବର୍ଷର କଲେଜରେ ପଢୁଥିବା ଏହି ଯୁବକର ସ୍ୱାଧୀନତା ପର୍ଯ୍ୟନ୍ତ ପନ୍ଦର ବର୍ଷର ଇତିବୃତ୍ତ ଥିଲା ଏଥିରେ। ଏଇ ଯାତ୍ରାର ଉତ୍ତର କେବଳ ଗୋଟିଏ ଦିଗମାତ୍ର ନ ଥିଲା, ଥିଲା ଜୀବନର ପ୍ରେମ ଆବେଗ ସାଧନା ସଂଗ୍ରାମର ଉତ୍ତରଣ; ଉତ୍ତର ଯାହା ଶେଷ ଶ୍ରେଷ୍ଠ ଅଧିକ ଓ ଉର୍ଦ୍ଧ୍ୱସ୍ଥ ମଧ୍ୟ।

ଏତେ ବର୍ଷ ପରେ ଗୋଟିଏ ନୂଆ ନାଁ ଠିକ କରିବାକୁ ଯାଇ ଅସମଞ୍ଜସରେ ପଡ଼ିଲେ ଉମାଶଙ୍କର। ଆଉ କୌଣସି ଉପଯୁକ୍ତ ନାଁ ମନକୁ ଆସିଲା ନାହିଁ ତାଙ୍କର। ଦିନକ ପରେ ତାଙ୍କ ପାଖକୁ ନିର୍ମାତାଙ୍କ ବମ୍ବେ ଅଫିସରୁ ଟେଲିଫୋନ ଆସିଲା ଯେ ଶୀଘ୍ର ଟେଲିଭିଜନକୁ ନୂଆ ନାଁ ପଠାଇବାକୁ ହେବ; ସେ ଯଦି କୌଣସି ନାଁ ଠିକଣା କରି ନ ପାରନ୍ତି, ସେମାନେ ଦକ୍ଷିଣାୟନ ନାଁ ପଠାଇଦେବେ। ଏତେ ତନାଘନାରେ ବିବ୍ରତ ହୋଇ ଉମାଶଙ୍କର ଏଇ ନୂଆ ନାଁରେ ହଁ ଭରିଲେ।

ଏହା ପରେ ଧାରାବାହିକୀ ପ୍ରସ୍ତୁତିର କାର୍ଯ୍ୟକ୍ରମମାନ ଅତି ଦ୍ରୁତ ଗତିରେ ଅଗ୍ରସର ହେଲା। ନିର୍ମାତା ଉମାଶଙ୍କରଙ୍କୁ ବାରମ୍ବାର ଫୋନ କଲେ। ସେ ଠିକ କରିଥିଲେ ଯେ ସେ ଭୁବନେଶ୍ୱରରେ ଗୋଟିଏ ଅଫିସ ଖୋଲିବେ ଏବଂ ସେଠାରେ ଉମାଶଙ୍କରଙ୍କ ତତ୍ତ୍ୱାବଧାନରେ ସ୍କ୍ରିପ୍ଟ ଲେଖା କାମ ଚାଲିବ। ଏଭଳି ଗୋଟିଏ ଅଫିସ ଖୋଲିବାରେ ତାଙ୍କର ଅନ୍ୟ ଉଦ୍ଦେଶ୍ୟ ଥିଲା ଯେ ସେ ମଝିରେ ମଝିରେ ଆସି ପୁରୀ ଯାଇ ଜଗନ୍ନାଥଙ୍କୁ ଦର୍ଶନ କରିପାରିବେ। ଯଦିଓ ଧାରାବାହିକୀଟି ହିନ୍ଦୀରେ ହେଉଥିଲା, ତାର କଥାବସ୍ତୁ ଓଡ଼ିଶାର ହୋଇଥିବାରୁ ସେ ଏହାର ଅନେକ କିଛି ଅଂଶ ଓଡ଼ିଶାରେ ଶୁଟ୍ କରିବେ। ଉମାଶଙ୍କର ଆଶ୍ୱସ୍ତ ହେଲେ ଯେ ତାଙ୍କ ଉପନ୍ୟାସର ନାଁ ବଦଳିବା

ସତ୍ତ୍ୱେ ସେ ବର୍ତ୍ତମାନ ତାଙ୍କ କାହାଣୀର ଫିଲ୍ମ ରୂପାୟନକୁ ଦେଖାରଖା କରିପାରିବେ।

ଖୁବ ଶୀଘ୍ର ନିର୍ମାତାଙ୍କ ଲୋକ ଆସି ଗୋଟିଏ ଘର ଭଡ଼ାରେ ନେଇନେଲା ଏବଂ ସେଠାରେ ଟେବୁଲ ଚଉକି ଓ ଅଫିସ୍‌ର ଉପକରଣ ସହିତ ଟେଲିଫୋନ କଂପ୍ୟୁଟର ବି ଲାଗିଗଲା। ଏଇ ସମୟରେ ଉମାଶଙ୍କର ନିର୍ମାତାଙ୍କ ପାଖରୁ ଗୋଟିଏ ଚିଠି ପାଇଲେ। ସେ ଲେଖିଥିଲେ, ମୁଁ ଅନେକ ଦିନରୁ ବଡ଼ ବଡ଼ ତାରକାଙ୍କୁ ନେଇ ଯେଉଁ ମେଗା ଫିଲ୍‌ମଟି କରିବାର ଯୋଜନା କରିଥିଲି, ସବୁଆଡୁ ସୁବିଧା ହୋଇଯିବାରୁ ମୁଁ ବର୍ତ୍ତମାନ ସେଇଟିକୁ ହାତକୁ ନେବା ପାଇଁ ସ୍ଥିର କରିଛି। ଏଥିରେ ମୋର ସବୁ ସମୟ ଲାଗିଯିବ; ତେଣୁ ଧାରାବାହିକୀର କାମ ମୋର ପୁଅକୁ ଦେଇ ଦେଇଛି। ସେ ଅତିଶୀଘ୍ର ଆପଣଙ୍କୁ ସାକ୍ଷାତ କରିବ। ଏଇଟି ତାର ପ୍ରଥମ କାମ ଏବଂ ସେଥିପାଇଁ ମୋର ଅନୁରୋଧ ଆପଣ ତାକୁ ସବୁମତେ ସାହାଯ୍ୟ କରିବେ ଓ ଉପଦେଶ ଦେବେ। ଆପଣଙ୍କ ସହିତ କିନ୍ତୁ ମୋର ବନ୍ଧୁତ୍ୱ ଅକ୍ଷୁଣ୍ଣ ରହିବ ଏବଂ ଯେହେତୁ ଜଗନ୍ନାଥ ପ୍ରଭୁ ବର୍ତ୍ତମାନ ମୋର ଭାଗ୍ୟବିଧାତା, ମତେ ତ ଓଡ଼ିଶା ଆସିବାକୁ ହିଁ ପଡ଼ିବ। ମୁଁ ଭାବୁଚି ଏକା ସାଙ୍ଗରେ ମୋର ଧାରାବାହିକୀ ଓ ଫିଲ୍‌ମଟିର ସୁବିଧା ହୋଇଯିବ ସେଇ ଜଗନ୍ନାଥଙ୍କ ଦୟାରୁ।

କିଛିଦିନ ଭିତରେ ନିର୍ମାତାଙ୍କର ପୁଅ ଆସି ଉମାଶଙ୍କରଙ୍କ ଘରେ ପହଞ୍ଚିଲା ବାପାଙ୍କର ଚିଠି ଓ ଗୋଟିଏ ସ୍କଚ ବୋତଲ ଉପହାର ନେଇ। ନିଜର ପରିଚୟ ଦେଇ କହିଲା, ମୋ ନାଁ ଅରୂପ କୁମାର; ମତେ କିନ୍ତୁ ସମସ୍ତେ ଏକେ ବୋଲି ଡାକନ୍ତି। ଆପଣ ମଧ୍ୟ ମତେ ଏଇ ନାଁରେ ଡାକିପାରନ୍ତି। ଏକେ ସୌମ୍ୟଦର୍ଶନ ଯୁବକ ଥିଲା, ଏବଂ ବର୍ଷକ ତଳେ ହାର୍ଭାର୍ଡରୁ ପାଠ ପଢ଼ି ଫେରିଥିଲା। ତାର ବ୍ୟବହାର ଭଦ୍ର ଓ ତ୍ରୁଟିହୀନ ଥିଲା, କିନ୍ତୁ ଉମାଶଙ୍କର କାହିଁକି କେଜାଣି ତାକୁ ତାର ବାପା ସହିତ ଯୋଡ଼ି ପାରିଲେ ନାହିଁ ଏବଂ ତା ସହିତ ଆତ୍ମୀୟତା ଅନୁଭବ କଲେ ନାହିଁ। ଠିକ ହେଲା ଯେ ସେଦିନ ଉପରବେଳା ଅଫିସ ଘରେ ବସି ସେମାନେ ସ୍କ୍ରିପ୍ଟ ବିଷୟରେ ଆଲୋଚନା କରିବେ।

ଉମାଶଙ୍କର ଆଗରୁ ଥରେ ସେ ଅଫିସକୁ ଆସିଥିଲେ, କିନ୍ତୁ ବର୍ତ୍ତମାନ ଘରଟି ସଜାସଜି ହୋଇ ମନୋରମ ଦେଖାଯାଉଥିଲା। ଏକେ ତାଙ୍କୁ ସମସ୍ତଙ୍କ ସହିତ ପରିଚୟ କରାଇଦେଲା। ପ୍ରତିଦିନ ତିଆରି ହେଉଥିବା ସ୍କ୍ରିପ୍ଟକୁ ଟାଇପ କରି କଂପ୍ୟୁଟରରେ ବାହାର କରିବା ଓ ଅଫିସ ଚଳାଇବା ପାଇଁ ଲୋକ ନିଯୁକ୍ତ ହୋଇ

ସାରିଥିଲେ। ଏକେ ପାଖରେ ବସିଥିବା ଫିଲ୍ମଷ୍ଟାର ଭଳି ଦିଶୁଥିବା ଝିଅଟି ଥିଲା ତାର ସେକ୍ରେଟେରୀ ରୋଜି ଏବଂ ଦାଢ଼ି ରଖିଥିବା ଓ ଅଯତ୍ନ ପୋଷାକ ପିନ୍ଧିଥିବା ଯୁବକଟି ଥିଲା ସ୍କ୍ରିପ୍ଟ ରାଇଟର ଉଦ୍‌ଭ୍ରାନ୍ତ। ଏକେ କହିଲା, ଉଦ୍‌ଭ୍ରାନ୍ତର ଚେହେରା ଦେଖି ତାକୁ ଊଣା ଭାବିବେ ନାହିଁ। ସେ ହେଉଛି ବମ୍ବେର ସବୁଠାରୁ ଭଲ ସ୍କ୍ରିପ୍ଟ ରାଇଟର। ଗଲା ବର୍ଷ ଯେଉଁ ଦୁଇଟି ଫିଲ୍ମ ହିଟ୍ ହୋଇଥିଲା, ଉଭୟର ସ୍କ୍ରିପ୍ଟ ଲେଖିଛି ଉଦ୍‌ଭ୍ରାନ୍ତ, ଯଦିଓ କ୍ରେଡିଟ୍‌ରେ ନାଁ ଅଛି ଅନ୍ୟ କାହାର। ସେ ଆପଣଙ୍କ ପରାମର୍ଶ ନେଇ ଦକ୍ଷିଣାୟନର ସ୍କ୍ରିପ୍ଟ ଲେଖିବ। ମୁଁ ଯଦି ତାକୁ କିଡ଼ନାପ୍ କରି ମୋ ସାଙ୍ଗରେ ନେଇ ଆସି ନ ଥାନ୍ତି, ଆଉ ଦଶଜଣ ନିର୍ମାତା ତା ପଛରେ ପଡ଼ିଯାଇଥାନ୍ତେ।

ଏକେ ଉମାଶଙ୍କରଙ୍କର ଉପନ୍ୟାସ ପଢ଼ି ନ ଥିଲା କିନ୍ତୁ ତାର ଗୋଟିଏ ସଂକ୍ଷିପ୍ତ ସିନପ୍‌ସିସ୍ ପଢ଼ିଥିଲା ଏବଂ ମୋଟାମୋଟି କାହାଣୀଟି ଜାଣିଥିଲା। ସେ କହିଲା, ଏଇଟି ଗୋଟିଏ ଅତ୍ୟନ୍ତ ଶକ୍ତିଶାଳୀ କାହାଣୀ; ମୁଁ ଏଥିରୁ ଗୋଟିଏ ପ୍ରଥମ ଶ୍ରେଣୀର ସିରିଆଲ୍ କରିବି। ଉମାଶଙ୍କର ଶୁଣି ଖୁସି ହେଲେ କିନ୍ତୁ ଉଦ୍‌ଭ୍ରାନ୍ତ ଆଡ଼କୁ ଅନାଇ ତାଙ୍କର ଏ କଥା ଉପରେ ବିଶ୍ୱାସ ଆସିଲା ନାହିଁ। ଏକେ ବୋଧହୁଏ ତାଙ୍କ ମନ କଥା ବୁଝିପାରିଲା; କହିଲା, ଆପଣ ଉଦ୍‌ଭ୍ରାନ୍ତ ସାଙ୍ଗରେ ପନ୍ଦର ମିନିଟ କଥାବାର୍ତ୍ତା କଲେ ଜାଣିପାରିବେ ସେ କିଭଳି ବିସ୍ଫୋରକ ଜିନିଷ ! ଧାରାବାହିକୀ ଆମର ହିଟ୍ ହେବ ହିଁ ହେବ।

ତା ପରେ କଥା ଉଠିଲା ଧାରାବାହିକୀ ଓ ତାର ଚରିତ୍ରମାନଙ୍କ ନାଁକୁ ନେଇ। ଏକେ କହିଲା, ଦକ୍ଷିଣାୟନ ନାଁ ଖୁବ ଏଜନିଆ ହୋଇଯାଉଛି। ମୁଁ ମନିଏର ଇଉଲିଆମ୍‌ସ୍ ଅଭିଧାନ ଦେଖିଥିଲି। ମତେ ଲାଗୁଛି ଅୟନ ବି ମନ୍ଦ ହେବ ନାହିଁ। କିନ୍ତୁ ପ୍ରଧାନ ଚରିତ୍ରର ନାଁ ଆମକୁ ବଦଳାଇବାକୁ ହିଁ ପଡ଼ିବ। ରଜନୀକାନ୍ତ କହିଲେ ଦର୍ଶକମାନେ ହଠାତ୍ ଦକ୍ଷିଣ ଭାରତର ଚିତ୍ରତାରକାଙ୍କୁ ମନେ ପକାଇବେ। ଉମାଶଙ୍କର କହିଲେ, ପାଠକମାନେ କିନ୍ତୁ ଏଇ ନାଁ ସହିତ ପରିଚିତ। ଏକେ କହିଲା, ବହିର ପାଠକ ଅଲଗା, ଟେଲିଭିଜନର ଦର୍ଶକ ଅଲଗା। ଧାରାବାହିକ ଯେଉଁମାନେ ଦେଖିବେ ସେଥିରୁ ହାତରେ ଗଣି ହେଉଥିବା ଭଳି ଲୋକ ବହି ପଢ଼ିଥିବେ। ଆମକୁ କିନ୍ତୁ ଦେଖିବାକୁ ହେବ ଦର୍ଶକମାନେ କିଭଳି ନାଁକୁ ଗ୍ରହଣ କରିବେ। ମୁଁ ଆସିବା ଆଗରୁ

ବମ୍ବେର ଗୋଟିଏ ଓପିନିଅନ ପୋଲ୍ କଂପାନୀକୁ ଅନେକଗୁଡ଼ିଏ ନାଁ ଦେଇଛି। ସେମାନେ ଲୋକମତ ନେଇ ଜଣାଇବେ କେଉଁ ଭଳି ନାଁ ହେଲେ ସେଇଟି ଦର୍ଶକମାନଙ୍କର ଗ୍ରାହ୍ୟ ଓ ପ୍ରିୟ ହେବ। ଏତିକି କହି ଏକେ ଉଠି ଠିଆ ହେଲା; କହିଲା, ରୋଜି ଆଉ ମୁଁ ଆଜି ପୁରୀ ଚାଲିଯାଉଛୁ। ଉଦ୍‌ଭ୍ରାନ୍ତ ଆପଣଙ୍କ ପାଖରେ ବସି ଆପଣଙ୍କୁ ତାର ପରିକଳ୍ପନା ବିଷୟରେ ଧାରଣା ଦେବ।

ଏକେ ଚାଲିଯିବା ପରେ ଉଦ୍‌ଭ୍ରାନ୍ତ ଆସି ଉମାଶଙ୍କରଙ୍କ ପାଖ ଚଉକିରେ ବସିଲା; କହିଲା, ଗୋଟିଏ ମହାନ ଉପନ୍ୟାସ ଲେଖିଛନ୍ତି ଆପଣ। ଏ ବହି କଣ ଇଂରେଜୀରେ ଅନୁବାଦ ହେଲାଣି? ଉମାଶଙ୍କର ନାହିଁ କରିବାରୁ ଉଦ୍‌ଭ୍ରାନ୍ତ କହିଲା, ମୋର ଏଇଟିକୁ ଅନୁବାଦ କରିବାକୁ ଇଚ୍ଛା। ଆପଣ ଯେମିତି ଆଉ କାହାକୁ ଅନୁମତି ନ ଦିଅନ୍ତି। ମୁଁ ଏହାର ପ୍ରଥମ ପୃଷ୍ଠାଟି ଅନୁବାଦ କରି ସାରିଛି; ଆପଣଙ୍କୁ ଦେଖାଇବି। ଉମାଶଙ୍କର କହିଲେ, ହଉ, ସେ ବିଷୟରେ ପରେ କଥାବାର୍ତ୍ତା କରିବା।

ଉଦ୍‌ଭ୍ରାନ୍ତ ତାର ଝୋଲା ଭିତରୁ ବିଡ଼ାଏ କାଗଜ ବାହାର କରି ଟେବୁଲ ଉପରେ ରଖିଲା। କହିଲା, ମୁଁ ଆପଣଙ୍କ ଉପନ୍ୟାସ ଉପରେ ଅନେକ କାମ କରି ସାରିଛି। ଏଥିରେ ଆପଣଙ୍କ ଉପନ୍ୟାସ ଗୋଟିଏ ଏକକ ଉପନ୍ୟାସ ହୋଇ ରହିନାହିଁ; ଏଇଟି ବର୍ତ୍ତମାନ ପଚାଶଟି କଥାନକର ସମଷ୍ଟି। ସାମନାରେ ଜମା ହୋଇଥିବା କାଗଜ ଆଡ଼କୁ ଅନାଇ ଉମାଶଙ୍କରଙ୍କର କୌତୂହଳ ହେଲା ଜାଣିବେ ଏଥିରେ ତାଙ୍କର ଉପନ୍ୟାସକୁ କିପରି ଭାଗ ଭାଗ କରାଯାଇଛି। ଉଦ୍‌ଭ୍ରାନ୍ତ କିନ୍ତୁ କାଗଜ ସବୁ ନେଇ ପୁଣି ଝୋଲାରେ ରଖିଲା; କହିଲା, ସଂଜବେଳେ ଆରାମରେ ବସି ଆପଣଙ୍କ ସହିତ ଆଲୋଚନା କରିବି।

ତା ଆଡ଼କୁ ଭଲ ଭାବେ ଅନାଇଲେ ଉମାଶଙ୍କର। ଠିକ ନିଜର ନାଁ ଭଳି ଦେଖାଯାଉଥିଲା ଲୋକଟି। ନିଜକୁ ସାନ୍ତ୍ୱନା ଦେଲେ ଯେ ନିର୍ମାତା ପକ୍କା ବ୍ୟବସାୟୀ; ଲୋକ ବାଛିବାରେ ନିଶ୍ଚୟ ଭୁଲ କରି ନ ଥିବେ।

ଉଦ୍‌ଭ୍ରାନ୍ତ କହିଲା, ମୁଁ ଏଠିକି ଆସିବା ଆଗରୁ କହି ଦେଇଥିଲି ଯେ ମୁଁ ହୋଟେଲରେ ରହିବି ନାହିଁ, ଅଲଗା ଘରେ ରହିବି। ମୋ ପାଇଁ ଗୋଟିଏ କୋଠରୀ ହିଁ ଯଥେଷ୍ଟ, ତେବେ ପାଖରେ ଚା ଦୋକାନ ଓ ଢାବା ଥିବା ଦରକାର। ମୁଁ ସକାଳେ ଯାଇ ଘର ଦେଖି ଆସିଲି। ମୁଁ ଯେମିତି ଚାହିଁଥିଲି, ଠିକ ସେମିତି। ଏବଂ ଠିକ ଜାଗାରେ ।

ଭାଗ୍ୟକୁ ଖାଇବା ଦୋକାନ ଛଡ଼ା ଗୋଟିଏ ମଦ ଦୋକାନ ବି ଅଛି ପାଖରେ। କଣ ଆଜି ସଂଜବେଳ ଆପଣ ମୋ ସହିତ କଟାଇବେ ତ ?

ଉମାଶଙ୍କର ଜାଣିବାକୁ ବ୍ୟାକୁଳ ହେଉଥିଲେ ଉଦ୍‌ଭ୍ରାନ୍ତ ତାଙ୍କ ଉପନ୍ୟାସକୁ ନେଇ କଣ କରିଛି। ସେଥିପାଇଁ ସାଙ୍ଗେ ସାଙ୍ଗେ ତା କଥାରେ ରାଜି ହୋଇଗଲେ। କହିଲେ, ଚାଲ।

ଗାଡ଼ିରୁ ଓହ୍ଲାଇ ଚାବି ଖୋଲି ଉଦ୍‌ଭ୍ରାନ୍ତ ଉମାଶଙ୍କରଙ୍କୁ ଯେଉଁ ଘରକୁ ନେଇଗଲା ସେଇଟିକୁ ଗୋଟିଏ କୋଠରୀ ମାତ୍ର କହିବା ହିଁ ଉପଯୁକ୍ତ ହେବ। ସେଠାରେ ଗୋଟିଏ ଖଟ, ଟେବୁଲ ଓ ଦୁଇଟି ଚଉକି ଥିଲା। ଗୋଟାଏ କଣରେ ଉଦ୍‌ଭ୍ରାନ୍ତର ସୁଟକେସ ଖୋଲା ହୋଇ ପଡ଼ିଥିଲା। ଟେବୁଲ ଉପରେ ପାଣି ଜଗ୍ ଓ ଦୁଇଟି ଗିଲାସ ବ୍ୟତୀତ ଆଉ କିଛି ନ ଥିଲା କୋଠରୀରେ। ଉମାଶଙ୍କରଙ୍କୁ ବସିବାକୁ କହି ଉଦ୍‌ଭ୍ରାନ୍ତ କହିଲା, ମୁଁ ଗୋଟାଏ ମିନିଟରେ ଯାଇ ଆସୁଛି।

ଖାଲି କୋଠରୀରେ ଏକୁଟିଆ ବସି ଉମାଶଙ୍କର ନିଜ କଥା ଭାବିଲେ। ଫିଲ୍ମ ଦିଗରେ ଯେଉଁ ଜୀବନ ସହିତ ସେ ଏବେ ଜଡ଼ି ହେଉଛନ୍ତି, ସେଇଟି ଏକ ନୂଆ ଅଭିଜ୍ଞତା। ନିର୍ମାତା, ଏକେ, ରୋଜି, ଉଦ୍‌ଭ୍ରାନ୍ତ ସମସ୍ତେ ଥିଲେ ତାଙ୍କ ପୃଥିବୀର ବାହାରର ଲୋକ। ସେ କିନ୍ତୁ ବର୍ତ୍ତମାନ ସେଇମାନଙ୍କର ପରିଧି ଭିତରେ। ଆଜି ପର୍ଯ୍ୟନ୍ତ ତାଙ୍କ ସାହିତ୍ୟର ସୀମା ସରହଦ ଥିଲା ତାଙ୍କ ପଢ଼ା ଟେବୁଲ, ହାତଲେଖା ପାଣ୍ଡୁଲିପି, ଛପା ବହିର ନୂଆ କାଗଜର ଗନ୍ଧ ଓ ଭଙ୍ଗା ଚଉକିର ସଭାଘରେ ବହିକୁ ଆଲୋଚନା କରୁଥିବା ଅନୁରାଗୀ ପାଠକ ସମାଲୋଚକଙ୍କ ଗୋଷ୍ଠୀ। ଏ ଯେଉଁ ଗ୍ରହରେ ସେ ପାଦ ଦେଇଥିଲେ ତା ଥିଲା ପଞ୍ଚତାରକା ହୋଟେଲ, ସ୍କଚ ହ୍ୱିସ୍କି, ସୁନ୍ଦର ଲୋକ, କଂପ୍ୟୁଟର, ଇ-ମେଲ ଓ ପ୍ରତି ସେକେଣ୍ଡରେ ଚବିଶଟି ଚିତ୍ର। ଉମାଶଙ୍କରଙ୍କୁ ମନେ ହେଲା ସେ ଯେପରି ଥିଲେ ଏହି ଅସାମାନ୍ୟ ଭବଲୋକରେ ଜଣେ ଅନାହୂତ ଆଗନ୍ତୁକ।

ଏହି ସମୟରେ ହାତରେ ଅନେକ ଜିନିଷ ଧରି ଉଦ୍‌ଭ୍ରାନ୍ତ କୋଠରୀକୁ ଫେରିଲା। ତାକୁ ଦେଖି ଉମାଶଙ୍କରଙ୍କର ମନେ ହେଲା, ସେ ନିଜେ ଯଦି ଏହି ଅପର ସଂସାରରେ ଜଣେ ବିଜାତୀୟ ଅନୁପ୍ରବେଶକାରୀ, ଉଦ୍‌ଭ୍ରାନ୍ତ ନିଶ୍ଚୟ ଥିଲା ସେ

ଇଲାକାରେ ଜଣେ ଦୁର୍ଦ୍ଦମ ସନ୍ତ୍ରାସବାଦୀ। ତାର ଉପସ୍ଥିତିରେ ନିଜକୁ ଅତ୍ୟନ୍ତ ସୁରକ୍ଷିତ ଓ ନିରାପଦ ମନେ କଲେ ଉମାଶଙ୍କର।

ଜିନିଷ ସବୁକୁ ବାହାର କରି ଟେବୁଲ ଉପରେ ରଖିଲା ଉଦ୍‌ଭ୍ରାନ୍ତ। ଖାଇବା ଜିନିଷକୁ ଦୁଇଟି କାଗଜ ପ୍ଲେଟରେ ରଖି ସେ ରମ୍ ବୋତଲ ଖୋଲି ସେଥିରୁ ଦୁଇ ଗ୍ଲାସରେ ବେଶ୍ ପାନୀୟ ଢାଳିଲା। ଉମାଶଙ୍କର କହିଲେ, ମୋ ପାଇଁ ଏକେ ଯେଉଁ ଭଲ ହ୍ୱିସ୍କି ଆଣି ଦେଇଥିଲା ଆମେ ସେଇଟିର ସଦ୍‌ବ୍ୟବହାର କରିପାରିଥାନ୍ତେ। ଉଦ୍‌ଭ୍ରାନ୍ତ କହିଲା, ମୁଁ ବହୁତ ପ୍ରକାରର ପରୀକ୍ଷା ନିରୀକ୍ଷା ପରେ ରମ୍‌କୁ ହିଁ ବାଛି ନେଇଛି। ଯଦି ପିଇବାର ଲକ୍ଷ୍ୟ ହେଲା ଖୁସି ହେବା, ତେବେ ସେଥିପାଇଁ ଅଧିକା ଖର୍ଚ୍ଚ କରି କି ଲାଭ ? ପାଣି ଢାଳି ସେ ଗୋଟିଏ ଗ୍ଲାସ ଉମାଶଙ୍କରଙ୍କୁ ବଢ଼ାଇ ଦେଲା ଓ ଆଉ ଗୋଟିଏ ନିଜ ପାଇଁ ତିଆରି କରି ତାକୁ ଓଠ ପାଖକୁ ନେଉ ନେଉ କହିଲା, ଉତ୍ତରାୟଣର ସଫଳତା ପାଇଁ।

ଗ୍ଲାସକୁ ଓଠରେ ଛୁଆଁଇ ଉମାଶଙ୍କର କହିଲେ, ଉତ୍ତରାୟଣ ନୁହେଁ ଦକ୍ଷିଣାୟନ; ଏବଂ ଯଦି ଏକେ ଚାହେଁ, ତେବେ ଅୟନ। ଉଦ୍‌ଭ୍ରାନ୍ତ କହିଲା, ନାଁରେ କଣ ଅଛି ? ଯେ ପର୍ଯ୍ୟନ୍ତ ଉପନ୍ୟାସର ମୂଳ କଥାନକର ଆତ୍ମାକୁ ବଦଳାଇ ଦିଆଯାଇନାହିଁ, କଣ ଯାଏ ଆସେ ଶିରୋନାମାକୁ ଟିକିଏ ଅଦଳବଦଳ କରିଦେଲେ ? ଅନୁବାଦରେ ତ ଏତିକି ମାନିବାକୁ ହିଁ ପଡ଼ିବ, ସେ ଗୋଟିଏ ଭାଷାରୁ ଅନ୍ୟ ଭାଷାକୁ ହେଉ, ଅଥବା ସାହିତ୍ୟରୁ ସିନେମାକୁ ଅନୁବାଦ। ମନେ କରନ୍ତୁ ଆପଣଙ୍କ ଉପନ୍ୟାସକୁ ଯେଉଁ ଭାଷାକୁ ଅନୁବାଦ କରାହେଉଛି, ସେ ଭାଷାରେ ସେଇ ନାଁର ଗୋଟାଏ ପ୍ରସିଦ୍ଧ ଉପନ୍ୟାସ ଅଛି ଏବଂ କୌଣସି ପ୍ରକାଶକ ରାଜି ନୁହନ୍ତି ସେ ନାଁଟିର ବହି ଛାପିବାକୁ। କଣ କରିବେ ଆପଣ ସେତେବେଳେ ?

ଉଦ୍‌ଭ୍ରାନ୍ତର ଗ୍ଲାସ ଖାଲି ହୋଇଯାଇଥିଲା। ସେ ଗ୍ଲାସ ଭର୍ତ୍ତି କରି ଉମାଶଙ୍କରଙ୍କୁ ଅନାଇଲା, କିନ୍ତୁ ଏ ପର୍ଯ୍ୟନ୍ତ ସେ ମାତ୍ର ଦୁଇ ଢୋକ ପିଇଥିଲେ। ନିଜ ଗ୍ଲାସରୁ ପିଉ ପିଉ ଉଦ୍‌ଭ୍ରାନ୍ତ କହିଲା, ମୋ ଭଳି ଗୋଟିଏ ଲୋକକୁ ଦେଖି ଆପଣ ଆଶ୍ଚର୍ଯ୍ୟ ହେଉଛନ୍ତି ବୋଧହୁଏ। କିନ୍ତୁ ବମ୍ବେରେ ସବୁ ଚଳେ। ଯେ ପର୍ଯ୍ୟନ୍ତ ମୁଁ ସଫଳ ସ୍କ୍ରିପ୍ଟ ଲେଖି ପାରିବି, ବଲିଉଡ୍‌ରେ ମୋର ସମ୍ମାନ ରହିବ; ମୋର ପାଗଳାମିକୁ ଲୋକେ ମାନି ନେବେ। ଦୁଇଟି ହିଟ୍ ପରେ ମୋ ପଛରେ ସମସ୍ତେ ଗୋଡ଼ାଇବେ, କିନ୍ତୁ

ଗୋଟିଏ ଫ୍ଲପ୍ ପରେ କେହି ମୋ ମୁହଁକୁ ଅନାଇବେ ନାହିଁ। ଏହି ହେଲା ସେଠାକାର ସରଳ ଗଣିତ।

ଉଦ୍‌ଭ୍ରାନ୍ତ ନିଜ ପାଇଁ ତୃତୀୟ ଗ୍ଲାସ ଢାଳିଲା। କହିଲା, ଆପଣ ମୋ ନାଁକୁ ବି ଅଦ୍ଭୁତ ବୋଲି ଭାବୁଥିବେ। କିନ୍ତୁ ମତେ ଏଇ ନାଁଟି ନେବାକୁ ପଡ଼ିଲା କାରଣ ବିଜୟ ଶ୍ରୀବାସ୍ତବ ଭଳି ନାଁ ଦେଇ ମଣିଷ କଣ କରିପାରିବ ? ଅବଶ୍ୟ ସଫଳ ହୋଇସାରିବା ପରେ ଯେ କୌଣସି ନାଁ ଚଳିବ, କିନ୍ତୁ ତା ପୂର୍ବରୁ ଦରକାର ଗୋଟିଏ ଭଲ ନାଁ ଓ ଭଲ ଠିକଣା। ତେବେ ଉଦ୍‌ଭ୍ରାନ୍ତ ବି ମୋ ନିଜର ନାଁ; କଲେଜରେ ପଢ଼ିବା ବେଳେ ମୁଁ ଏଇ ନାଁରେ କବିତା ଲେଖୁଥିଲି।

ଲୋକଟି ଠିକ କଥା କହୁଥିଲା, ମନେ ମନେ ଭାବିଲେ ଉମାଶଙ୍କର। ସେ ଭାବିଲେ ଏଥରକ ତାକୁ ସ୍କ୍ରିପ୍ଟ କଥା ପଚାରିବେ। ସେ ମୁହଁ ଖୋଲିବା ଆଗରୁ ଯେପରିକି ତାଙ୍କର ମନକଥା ବୁଝି ଉଦ୍‌ଭ୍ରାନ୍ତ ତାର ଝୋଲାରୁ କାଗଜ ବାହାର କଲା, କହିଲା, ମୁଁ ଆପଣଙ୍କୁ ପ୍ରଥମ ଦୁଇଟି ଏପିସୋଡ୍‌ର ସ୍କ୍ରିପ୍ଟ ପଢ଼ି ଶୁଣାଇବି। ତା ପରେ ଉଦ୍‌ଭ୍ରାନ୍ତ ଗମ୍ଭୀର ହୋଇଗଲା ଏବଂ ପଢ଼ିବାକୁ ଆରମ୍ଭ କଲା। ଏଇଟି ସଂଳାପ ସମେତ ସ୍ୱୟଂସଂପୂର୍ଣ୍ଣ ଆଲେଖ ଥିଲା ଏବଂ ଉଦ୍‌ଭ୍ରାନ୍ତ ତାକୁ ପଢୁଥିଲା ନିବିଷ୍ଟ ଚିତ୍ତରେ, ତନ୍ମୟ ହୋଇ। ତାର ପଠନଭଂଗୀ ଏତେ ନାଟକୀୟ ଓ ପ୍ରଭାବଶାଳୀ ଥିଲା ଯେ ଉମାଶଙ୍କର ସେଥିରେ ନିମଜ୍ଜିତ ହୋଇଗଲେ ଏବଂ ଅତୀତରେ ନିଜେ ଲେଖିଥିବା ଏଇ କାହାଣୀଟି ତାଙ୍କୁ ରୋମାଞ୍ଚ ଆଣିଦେଲା।

ପଢ଼ା ସରିବା ପରେ କିଛି ସମୟ ଉଭୟ ଚୁପ ରହିଲେ। ଉଦ୍‌ଭ୍ରାନ୍ତ ପୁଣି ଦୁହିଙ୍କର ଗ୍ଲାସ ଭର୍ତ୍ତି କଲା। ଏଥରକ ଯାଇ ଉମାଶଙ୍କର ପ୍ରକୃତିସ୍ଥ ହେଲେ। ନିଜର ଆବେଗକୁ କାଟି କହିଲେ, ମୋ ଉପନ୍ୟାସରେ କିନ୍ତୁ କାହାଣୀଟି ଏଭଳି ଗତି କରି ନ ଥିଲା। ରଜନୀକାନ୍ତର ତା ବାପାଙ୍କ ସହିତ ସମସ୍ୟା ଥିଲା, କିନ୍ତୁ ତମେ ଯେଭଳି ବର୍ଣ୍ଣନା କରିଛ, ସେଭଳି ଘଟି ନ ଥିଲା ମୋର ଉପନ୍ୟାସରେ।

ଉଦ୍‌ଭ୍ରାନ୍ତ ଓଲଟା ତାଙ୍କୁ ପ୍ରଶ୍ନ କଲା, ରଜନୀକାନ୍ତର ସ୍ରଷ୍ଟା ଭାବରେ ଆପଣ କଣ ଭାବୁନାହାନ୍ତି ଯେ ତା ଜୀବନରେ ଏପରି ମଧ୍ୟ ଘଟି ପାରିଥାନ୍ତା ? କିମ୍ବା ହୁଏତ ଘଟିଥିଲା, କିନ୍ତୁ ଆପଣ ସେ ବିଷୟ ନ ଲେଖି ତା ଜୀବନର ଅନ୍ୟ ବିଷୟ ଲେଖିଲେ ?

ଉମାଶଙ୍କର ମାନିଲେ ଯେ ଉଦ୍‌ଭ୍ରାନ୍ତ ଠିକ କହୁଥିଲା। ସେ ରଜନୀକାନ୍ତର ଚରିତ୍ରକୁ ଯେଉଁପରି ଭାବରେ କଳ୍ପନା କରିଥିଲେ, ଉଦ୍‌ଭ୍ରାନ୍ତର ଆଲେଖରେ ଠିକ ସେହି ଚରିତ୍ରଟି ହିଁ ଥିଲା। ବରଂ ତାର ବର୍ଣ୍ଣନାରେ ଚରିତ୍ରଟି ଆହୁରି ସ୍ପଷ୍ଟ ଓ ଶାଣିତ ହୋଇଯାଇଥିଲା। ଉଦ୍‌ଭ୍ରାନ୍ତ କହିଲା, ଉପନ୍ୟାସଟି ହେଲା ଆପଣଙ୍କର ପିଲା ଭଳି, ଆତ୍ମଜ। ମୁଁ ଏ ବିଷୟରେ ସ୍ପଷ୍ଟ ଯେ ମୁଁ ତାକୁ ପାଳିବି ମାତ୍ର, ତାକୁ ବଦଳାଇବାର କୌଣସି ଅଧିକାର ମୋର ନାହିଁ। ତେଣୁ ଆପଣଙ୍କ ଉପନ୍ୟାସର ଚରିତ୍ର ଓ କାହାଣୀର ମୂଳ ଆତ୍ମାରେ ମୁଁ କୌଣସି ପରିବର୍ତ୍ତନ କରିବି ନାହିଁ।

ତା ପରେ ଉଦ୍‌ଭ୍ରାନ୍ତ ତାଙ୍କୁ ବୁଝାଇଲା ସେ କାହିଁକି ଏକ ଭିନ୍ନ ପ୍ରକାରର ପରିସ୍ଥିତି ତିଆରି କରିଥିଲା। ତାର କଥା ବର୍ତ୍ତମାନ ସେହି ଧାରାବାହିକୀ ଲେଖିବାର ବହିଗୁଡ଼ିକର ସିଦ୍ଧାନ୍ତ ଓ ନିୟମ ଭଳି ଥିଲା। ବାପାଙ୍କ ସହିତ ରଜନୀକାନ୍ତର ଉଚ୍ଚବାଚ୍ୟ ନାଟକୀୟତା ସୃଷ୍ଟି କରୁଥିଲା ଏବଂ ତାର ଟ୍ରେନରେ ବସି ଘର ଛାଡ଼ିବା ଏକ ଗୌଣ ଉପସଂହାର ଥିଲା। ଏଇ ସୂତ୍ରରେ ସେ ଜଣାଇଲା ଯେ ଟ୍ରେନ ଏଇ ଧାରାବାହିକୀରେ ଗୋଟିଏ ରୂପକ ଭଳି ରହିବ, ଉତ୍ତରାୟଣ ବା ଅଗ୍ରଗତିର ପ୍ରତୀକ।

ତାଙ୍କର ମନ ମାନୁ ନ ଥିଲେ ବି ଉମାଶଙ୍କର ଉଦ୍‌ଭ୍ରାନ୍ତର ନାଟକୀୟତାରେ ସହମତ ହେଲେ। ଏହା ହିଁ ଫିଲ୍‌ମ ଓ ଧାରାବାହିକୀର ନୀତି ନିୟମ, ତାଙ୍କର ମୂଳ ସାହିତ୍ୟିକ କୃତିରେ ଯାହା ଥାଉ ନା କାହିଁକି। ତାଙ୍କର ଆଗ୍ରହ ହେଲା ଜାଣିବେ ଉଦ୍‌ଭ୍ରାନ୍ତ ହାତରେ ତାଙ୍କର କାହାଣୀ କିପରି ଅଗ୍ରସର ହେଉଛି। ତେବେ ରାତି ବଢ଼ୁଥିଲା ଏବଂ ତାଙ୍କର ଆଉ ବସିବାର ଧୈର୍ଯ୍ୟ ନ ଥିଲା। ସେ ପୂରା ସ୍କ୍ରିପ୍‌ଟି ନ ଶୁଣି କେବଳ ତାର ବିଷୟବସ୍ତୁ ଜାଣିବା ପାଇଁ ପଚାରିଲେ, ଦ୍ୱିତୀୟ ଉପାଖ୍ୟାନରେ କଣ ହେଉଛି? ଉଦ୍‌ଭ୍ରାନ୍ତ କହିଲା, ଏଥିରେ ସହରର କଲେଜରେ ରଜନୀକାନ୍ତ ଓ ତାର ପ୍ରିନ୍‌ସିପାଲ ମୁହାଁମୁହିଁ ହେଉଛନ୍ତି।

ଏଭଳି କୌଣସି ଘଟଣାର ବର୍ଣ୍ଣନା ମଧ୍ୟ ନ ଥିଲା ଉମାଶଙ୍କରଙ୍କର ବହିରେ। ତାଙ୍କର ମନ ଖରାପ ହୋଇଗଲା ଏ କଥା ଶୁଣି। ତାଙ୍କ ମୁହଁରୁ ଯେପରି ତାଙ୍କ ମନର ଆଭାସ ପାଇଲା ଉଦ୍‌ଭ୍ରାନ୍ତ। କହିଲା, ଆପଣ ନିଶ୍ଚିତ ରହନ୍ତୁ, ଆପଣଙ୍କ ଉପନ୍ୟାସ ମୋ ହାତରେ ସୁରକ୍ଷିତ ରହିବ। ମୁଁ ଏଭଳି କିଛି କରିବି ନାହିଁ ଯାହା ଦ୍ୱାରା ଆପଣଙ୍କର

ଉପନ୍ୟାସର ଚରିତ୍ର ବା କଥାନକରେ କୌଣସି ମୌଳିକ ପରିବର୍ତ୍ତନ ଆସିବ। ମୋର ଦାୟିତ୍ୱ କେବଳ ଆପଣଙ୍କର ମୂଳ ବହିକୁ ଟେଲିଭିଜନଗ୍ରାହ୍ୟ କରିବା। ମୁଁ ଏମିତି ଏକ ସ୍କ୍ରିପ୍ଟ ଲେଖିବି ଯାହା ପାଇଁ ଆପଣ ମଧ୍ୟ ଗର୍ବ ଅନୁଭବ କରିବେ।

ବିରକ୍ତ ହୋଇ ସେଦିନ ଘରକୁ ଫେରିଲେ ଉମାଶଙ୍କର ଏବଂ ନିଷ୍ପତ୍ତି ନେଲେ ଯେ ଆଉ କୌଣସି ସଂପର୍କ ନାହିଁ ତାଙ୍କର ନିଜ ଉପନ୍ୟାସ ସହିତ। ସେ ବହିଟି ବିକ୍ରି କରିଦେଇଛନ୍ତି; ସେମାନେ ତାକୁ ନେଇ ଯାହା କରିବାର କରନ୍ତୁ। ସେ ଆଉ ସଂଶ୍ଳିଷ୍ଟ ହେବେ ନାହିଁ ପ୍ରତିଦିନ ଉପନ୍ୟାସଟିକୁ କଟାକଟି ଟଣାଓଟରା କରିବାରେ। କିନ୍ତୁ ରାଜିନାମା ଅନୁସାରେ ସେ ସ୍କ୍ରିପ୍ଟ ଲେଖାର ଉପଦେଷ୍ଟା ଭାବରେ ଟଙ୍କା ପାଇବାର ଥିଲା। ସେଥିପାଇଁ ତାଙ୍କୁ ଉଦ୍‌ଭ୍ରାନ୍ତ ସହିତ ଯୋଗାଯୋଗ ରଖିବାକୁ ହେବ। ତେବେ ସେ ତାକୁ ପୂରାପୂରି ଛାଡ଼ିଦେବେ ସେ ଯାହା କରିବ କରୁ। ତାଙ୍କର ଆଉ ଧୈର୍ଯ୍ୟ ନ ଥିଲା ଉଦ୍‌ଭ୍ରାନ୍ତ ସାଙ୍ଗରେ ଯୁକ୍ତିତର୍କ କରିବେ, କାରଣ ସଫଳ ସ୍କ୍ରିପ୍ଟ ଲେଖକ ଭାବରେ ତାର କହିବାର ଅଧିକାର ଥିଲା, ମୁଁ ଜାଣେ ଟେଲିଭିଜନ ପାଇଁ କଣ ଭଲ କଣ ଖରାପ!

ପରଦିନ ସକାଳେ ସେ ଯେତେବେଳେ ନିର୍ମାତାଙ୍କ ଅଫିସକୁ ଗଲେ, ସେଠାରେ ଉଦ୍‌ଭ୍ରାନ୍ତ ଆଗରୁ ପହଞ୍ଚିଯାଇଥିଲା। ରାତିସାରା ବସି ସେ ପ୍ରଥମ ଦୁଇଟି ଉପାଖ୍ୟାନର ଲେଖାକୁ ସଂଶୋଧନ କରି ଆଣିଥିଲା; ବର୍ତ୍ତମାନ ତାକୁ ଅଫିସବାଲା ଟାଇପ କରି କଂପ୍ୟୁଟରରେ ଚଢ଼ାଇବେ। ତାର ପ୍ରିଣ୍ଟଆଉଟ ବାହାର କରି ବମ୍ବେ ପଠାଇଲେ ସେମାନେ ସେଠାରେ ଫିଲ୍ମ କରିବାର ବ୍ୟବସ୍ଥା କରିବେ। ଉମାଶଙ୍କର ଲକ୍ଷ୍ୟ କଲେ ଯେ ସବୁ କାମ ଯୁଦ୍ଧର ଗୁରୁତ୍ୱ ନେଇ କରାହେଉଥିଲା। କାମର ଲୋକ ଥିଲେ ଏମାନେ। ହୁଏତ ତାଙ୍କ ଉପନ୍ୟାସରେ ବିଭିନ୍ନ ପ୍ରକାରର ପରିବର୍ତ୍ତନ ସତ୍ତ୍ୱେ ଶେଷକୁ ଗୋଟିଏ ଭଲ କଳାତ୍ମକ ଛବି ତିଆରି ହେବ।

ସେଇ ଦିନ ସଂଜବେଳକୁ ସେ ଟାଇପ ହୋଇଥିବା ସ୍କ୍ରିପ୍ଟଟି ପାଇଲେ। ଉଦ୍‌ଭ୍ରାନ୍ତ ତାଙ୍କୁ ଯାହା ପଢ଼ି ଶୁଣାଇଥିଲା, ସେଥିରେ ମଧ୍ୟ ଅନେକ ପରିବର୍ତ୍ତନ ହୋଇଥିଲା। ଯଦି ମୂଳ କାହାଣୀ ତାଙ୍କର ହୋଇ ନ ଥାନ୍ତା, ତେବେ ସେ ଏଇଟିକୁ ଗୋଟିଏ ଉତ୍ତମ ଲେଖା ବୋଲି କହିଥାନ୍ତେ। ତେବେ ଏଥିରେ ଯେଉଁ ଘଟଣା ସବୁର ବର୍ଣ୍ଣନା ଥିଲା, ସେଥିରୁ କିଛି ଅଂଶ ତାଙ୍କ ଉପନ୍ୟାସରେ ନ ଥିଲା। ଉଦ୍‌ଭ୍ରାନ୍ତ ତାଙ୍କୁ ବୁଝାଇଲା ଯେ ସାହିତ୍ୟିକ କୃତିକୁ ଫିଲ୍ମ କରିବା ବେଳେ ଏହା ହେବା ଅପରିହାର୍ଯ୍ୟ; ଏପରିକି କ୍ଲାସିକ

ଉପନ୍ୟାସ କ୍ଷେତ୍ରରେ ମଧ୍ୟ ଫିଲ୍ମ ନିର୍ଦ୍ଦେଶକ ଏଭଳି ସ୍ୱାଧୀନତା ନେଇଥାନ୍ତି। ସେ ତାଙ୍କୁ ରବୀନ୍ଦ୍ରନାଥ ଓ ସତ୍ୟଜିତ୍ ରାୟଙ୍କ କାହାଣୀ ଓ ଫିଲ୍ମର ଉଦାହରଣ ମଧ୍ୟ ଦେଲା। ଉମାଶଙ୍କର ମାନିଲେ ଯେ ସେ ଠିକ କହୁଥିଲା, ତଥାପି ତାଙ୍କର ମନ ଭାଙ୍ଗିଗଲା।

ଅଳ୍ପଦିନରେ ଏକେ ମଧ୍ୟ ଆସି ପହଞ୍ଚିଲା। ତାକୁ, ଏବଂ ବିଶେଷରେ ରୋଜିକୁ, ପୁରୀ ଭଲ ଲାଗୁଥିଲା। ତାର ବାପାଙ୍କ ପାଇଁ ପୁରୀ ଥିଲା ଜଗନ୍ନାଥ ମନ୍ଦିର କିନ୍ତୁ ସେମାନଙ୍କ ପାଇଁ ପୁରୀ ଥିଲା ସମୁଦ୍ରକୂଳ। ସେ ତାଙ୍କ ଅଫିସରେ ଯେଉଁ ସଭା କଲା ସେଥିରେ ଉମାଶଙ୍କର ମଧ୍ୟ ଥିଲେ। ଏକେ ଜଣାଇଲା ଯେ ବମ୍ବେର ଜନମତ ସଂଗ୍ରହକାରୀ ସଂସ୍ଥା ଦକ୍ଷିଣାୟନ ନାଁକୁ ପସନ୍ଦ କରିଛନ୍ତି, କିନ୍ତୁ ପ୍ରଧାନ ଚରିତ୍ରର ନାଁ ସେମାନେ ପ୍ରସ୍ତାବ ଦେଇଛନ୍ତି ମୟଂକ ! ଉମାଶଙ୍କରଙ୍କୁ ଯେପରି କିଏ ହଠାତ୍ ଧକ୍କା ଦେଲା। ଉପନ୍ୟାସଟି ଲେଖିବା ବେଳେ ସେ ଦୁଇବର୍ଷ କାଳ ରଜନୀକାନ୍ତ ସହିତ ବସଉଠ କରିଛନ୍ତି, ତା ସହିତ ଜେଲ ଯାଇଛନ୍ତି, ତାର ସୁଖଦୁଃଖରେ ହସିଛନ୍ତି କାନ୍ଦିଛନ୍ତି। ହଠାତ୍ ଏ କିଏ ମୟଂକ ଆସି ତାର ଜାଗାକୁ ମାଡ଼ି ବସିବ ?

ଉମାଶଙ୍କର କିନ୍ତୁ ଏ କଥା ନ କହି କହିଲେ, ଓଡ଼ିଆରେ କିନ୍ତୁ ଏଭଳି ନାଁର ପ୍ରଚଳନ ନାହିଁ। ଏକେ କହିଲା, ମୁଁ ଦୁଃଖିତ ଯେ ମୁଁ ଆପଣଙ୍କୁ କହିବାକୁ ଭୁଲିଯାଇଛି ଆମେ ଏ କାହାଣୀକୁ ଓଡ଼ିଶାର ବୋଲି ଦେଖାଇବୁ ନାହିଁ। ଆମେ ତାକୁ ସାର୍ବଜନୀନ କରିବାକୁ ଯାଉଛି ; ସେ ଭାରତର ଯେକୌଣସି ଅଂଚଳର ହୋଇପାରେ। ଉମାଶଙ୍କର କହିଲେ, ଗୋଟିଏ ଚରିତ୍ରକୁ ତାର ନିର୍ଦ୍ଦିଷ୍ଟ ସୀମିତ ପୃଷ୍ଠଭୂମିରେ ଦେଖାଇ ମଧ୍ୟ ସାର୍ବଜନୀନ କରାଯାଇପାରେ। ଏକେ କହିଲା, ଆମକୁ ଭାରତୀୟ ଦର୍ଶକଙ୍କ କଥା ଭାବିବାକୁ ହେବ। ଆମର ଲକ୍ଷ୍ୟ ହେଲା ଆମର ଚରିତ୍ରମାନେ ସର୍ବଭାରତୀୟ ସ୍ୱୀକୃତି ପାଇବେ। ଆପଣ ହିନ୍ଦୀ ଫିଲ୍ମରେ ଦେଖିଥିବେ ନାୟକର ନାଁ ଖାଲି ରାଜ ବା ବିଜୟ! ସେ ଭାରତର ଯେ କୌଣସି ସ୍ଥାନର ହୋଇପାରେ। ପୁଣି ଧାରାବାହିକୀ ହିନ୍ଦୀରେ ହେଉଛି, ଓଡ଼ିଆରେ ନୁହେଁ ; ସେଥିପାଇଁ ତାର ଓଡ଼ିଶା ସହିତ କୌଣସି ସଂପର୍କ ନାହିଁ।

ଏକେ ତାର କାଗଜ ଓଲଟାଇ ଦେଖିଲା; କହିଲା, ଜନମତ ସଂଗ୍ରହକାରୀଙ୍କ ରିପୋର୍ଟ ଅନୁସାରେ ତେସ୍ତରି ପ୍ରତିଶତ ଲୋକ ମୟଂକ ନାଁକୁ ପସନ୍ଦ କରନ୍ତି। ତା ପରେ ସେମାନେ ଗୋଟିଏ ଛୋଟ ଟିପ୍ପଣୀ ଦେଇଛନ୍ତି : ଏ ଅବଶ୍ୟ ଗୋଟିଏ

ଆନନ୍ଦଦାୟକ ସଂଯୋଗ ଯେ ରଜନୀକାନ୍ତ ଓ ମୟଂକ ଉଭୟ ଶବ୍ଦର ଅର୍ଥ ଏକା। ଉମାଶଙ୍କର କହିବାକୁ ଯାଉଥିଲେ ଯେ ଲେଖକ ଶବ୍ଦର ଅର୍ଥ ଦେଖି ନାଁ ଦେଇ ନ ଥାଏ, କିନ୍ତୁ ଚୁପ ରହିଲେ। ଏକେ ଜଣାଇଲା ଯେ ସବୁ କାମ ଆଶାଜନକଭାବେ ଚାଲିଛି ଏବଂ ସେମାନେ ଦୁଇଟି ଉପାଖ୍ୟାନକୁ ଫିଲ୍ମ କରି ଟେଲିଭିଜନକୁ ଦେଇ ସେମାନଙ୍କର ଅନୁମୋଦନ ପାଇଲେ କାମ ଆହୁରି ଜୋରସୋରରେ ଚାଲିବ। ଏହାପରେ ସଭା ଶେଷ କରି ଏକେ ପୁରୀ ସମୁଦ୍ରବେଳାକୁ ଚାଲିଗଲା।

ଉମାଶଙ୍କର ଭାବିଥିଲେ ଯେ ସେ ଆଉ ସ୍କ୍ରିପ୍ଟ ଲେଖାରେ ମୁଣ୍ଡ ଖେଳାଇବେ ନାହିଁ, କିନ୍ତୁ ଉଦ୍‌ଭ୍ରାନ୍ତ ଆସି ମଝିରେ ମଝିରେ ତାଙ୍କୁ ବିରକ୍ତ କରୁଥିଲା। ଅଦ୍ଭୁତ, କାମ କରିବାର କ୍ଷମତା ଥିଲା ଲୋକଟିର। ଅଧାରାତିଯାଏ ପିଇବା ପରେ ଆଉ ନ ଶୋଇ ସେ ସକାଳ ପର୍ଯ୍ୟନ୍ତ ଲେଖୁଥିଲା ଏବଂ ଅଫିସ ଖୋଲିଲେ ତାକୁ ନେଇ ଟାଇପ କରିବାକୁ ଦେଉଥିଲା। ସନ୍ଧ୍ୟାବେଳେ କଂପ୍ୟୁଟରରୁ ବାହାରିଥିବା କାଗଜ ନେଇ ସେ ଉମାଶଙ୍କରଙ୍କ ପାଖକୁ ଆସୁଥିଲା ଆଲୋଚନା କରିବାକୁ। ଯଦିଓ ଉମାଶଙ୍କର ଆଦୌ ପସନ୍ଦ କରୁ ନ ଥିଲେ ଉଦ୍‌ଭ୍ରାନ୍ତର ଉପନ୍ୟାସର ଘଟଣା ଓ ଚରିତ୍ରମାନଙ୍କ ସହିତ ସାମାନ୍ୟ ବି ସ୍ୱାଧୀନତା ନେବା, ସେ ଖୁସି ହେଉଥିଲେ ଯେ ଉଦ୍‌ଭ୍ରାନ୍ତ ଉପନ୍ୟାସରେ ପୂର୍ଣ୍ଣମାତ୍ରାରେ ମଜ୍ଜିତ ଥିଲା ଏବଂ ତାର ହସ୍ତକ୍ଷେପ ସତ୍ତ୍ୱେ ଚରିତ୍ର ଓ ଘଟଣାମାନ ଉମାଶଙ୍କରଙ୍କର ଭାବିଥିବା ପରିଧି ଭିତରୁ ବାହାରି ଯାଇ ନ ଥିଲେ। ପ୍ରଥମେ ପ୍ରଥମେ ସେ ଉଦ୍‌ଭ୍ରାନ୍ତ ସହିତ ଏ ବିଷୟରେ ଆଲୋଚନା କରୁଥିଲେ, କିନ୍ତୁ ପରେ ବିରକ୍ତ ହୋଇ ତା କଥା ଶୁଣୁଥିଲେ ମାତ୍ର, ତାକୁ କୌଣସି ଉପଦେଶ ଦେଉ ନ ଥିଲେ ବା ତା କାମ ଉପରେ କୌଣସି ମନ୍ତବ୍ୟ କରୁ ନ ଥିଲେ।

ଉଦ୍‌ଭ୍ରାନ୍ତ ମଧ୍ୟ ତାଙ୍କର ମତିଗତି ଦେଖି ତାଙ୍କ ପାଖକୁ ଆଉ ପ୍ରତିଦିନ ଆସିଲା ନାହିଁ; କେବେ କେମିତି ଆସି ଦେଖା କରିଦେଇ ଗଲା। ତେବେ ଉମାଶଙ୍କର ମଝିରେ ମଝିରେ ଅଫିସ ଯାଇ ମୁହଁ ମାରି ଦେଇ ଆସୁଥିଲେ, ଯେପରିକି ସ୍କ୍ରିପ୍ଟର ପରାମର୍ଶଦାତା ଭାବରେ ତାଙ୍କର ଦାବିରେ କୌଣସି ସଂଶୟ ନ ହୁଏ। ନିର୍ମାତା ମଧ୍ୟ ଠିକ ସମୟରେ ତାଙ୍କର ଟଙ୍କା ଦେଇ ଦେଉଥିଲେ। ଉମାଶଙ୍କର ମାନିନେଲେ ଯେ ଉପନ୍ୟାସଟି ଆଉ ତାଙ୍କର ହୋଇ ନାହିଁ; ବିକ୍ରି ପରେ କିଣିଥିବା ଲୋକ ତା ଉପରେ ଯାହା ଅତ୍ୟାଚାର ଅନାଚାର କରୁ ସେ ବିଷୟରେ ତାଙ୍କର ଆଉ କିଛି କହିବାର ନାହିଁ।

ଅଳ୍ପଦିନ ଭିତରେ ଉଦ୍‌ଭ୍ରାନ୍ତ ପଚାଶଟିଯାକ ଉପାଖ୍ୟାନ ଲେଖିଦେଲା ଏବଂ ସବୁ କଂପ୍ୟୁଟରକୁ ଚାଲିଗଲା। ଦିନେ ସକାଳେ ଏକ ବିରାଟ ବନ୍ଧେଇ ବହି ଧରି ଉଦ୍‌ଭ୍ରାନ୍ତ ଉମାଶଙ୍କରଙ୍କ ପାଖରେ ପହଞ୍ଚିଲା। କହିଲା, ଏଇଟି ଆପଣଙ୍କ ଉପନ୍ୟାସର ପଚାଶ ଉପାଖ୍ୟାନର ସଂପୂର୍ଣ୍ଣ ରୂପ। ଆପଣ ଏଇଟିକୁ ପଢ଼ି ଦେଖନ୍ତୁ। ଯଦି କିଛି ମନ୍ତବ୍ୟ ଥାଏ ମତେ କହିବେ; କଂପ୍ୟୁଟରରେ ଅତି ସହଜରେ ସଂଶୋଧନ ହୋଇ ପାରିବ। ଉମାଶଙ୍କର ବହିଟିର ଶେଷ ପୃଷ୍ଠା ଦେଖିଲେ। ଉଦ୍‌ଭ୍ରାନ୍ତ ଠିକ ଉମାଶଙ୍କର ଲେଖିଥିବା ମତେ ତାର ଉପସଂହାର କରିଥିଲା। ଯଦିଓ ଉପନ୍ୟାସରେ ଷ୍ଟେସନର ଦୃଶ୍ୟ ନ ଥିଲା, ସ୍କ୍ରିପ୍ଟର ଶେଷରେ ଅଗଷ୍ଟ ୪୭ରେ ରଜନୀକାନ୍ତ ଟ୍ରେନରେ ବସି ଚାଲିଯାଉଥିଲା ସମସ୍ତଙ୍କୁ ଛାଡ଼ି ଦେଇ। ତାର ଶେଷ ସଂଳାପଟି କିନ୍ତୁ ଉପନ୍ୟାସମତେ ଥିଲା। କାଲି ଭାରତ ସ୍ୱାଧୀନ ହେବ। ମୋର କାମ ଶେଷ ହୋଇଯାଇଛି। ମୁଁ ଆଉ ପଛକୁ ଫେରି ଚାହିଁବି ନାହିଁ।

ଏ ସବୁ ବିଷୟରେ ମନ୍ତବ୍ୟ ନ କରି ଉମାଶଙ୍କର କହିଲେ, ଯେତେବେଳେ ନିଷ୍ପତ୍ତି ହେଲାଣି ଯେ ନାୟକର ନାଁ ମୟଂକ ରହିବ, ତମେ ଏ ପର୍ଯ୍ୟନ୍ତ ରଜନୀକାନ୍ତ ବୋଲି ଲେଖୁଛ କାହିଁକି ? ଉଦ୍‌ଭ୍ରାନ୍ତ କହିଲା, ସେମାନେ ଯାହା କରନ୍ତୁ, ମୋ ପାଇଁ ନାୟକ ରଜନୀକାନ୍ତ ହିଁ। ମୁଁ ସେଥିପାଇଁ ମୋ ଲେଖାରେ ସେଇ ନାଁଟି ରଖିଛି। କଂପ୍ୟୁଟରକୁ ନିର୍ଦ୍ଦେଶ ଦେଲେ ମୁହୂର୍ତ୍ତକରେ ରଜନୀକାନ୍ତ ବଦଳି ମୟଂକ ହୋଇଯିବ। ସେଇଟା ତେଣୁ ମୋର ସମସ୍ୟା ନୁହେଁ।

ଉମାଶଙ୍କର ମାନିଲେ ଯେ ଏଇ ଲୋକଟି ପ୍ରକୃତରେ ତାଙ୍କ ଉପନ୍ୟାସର ଭକ୍ତ। ତାକୁ ଚା ପିଇବାକୁ ଦେଇ ସେ ଠିକ କଲେ ଆଉ କିଛି ସମୟ ତା ସହିତ କଥାବାର୍ତ୍ତା କରିବେ। ତାର ନିର୍ମାତାଙ୍କ ସହିତ ଛ' ମାସର ରାଜିନାମା ଥିଲା, କିନ୍ତୁ ସେ ଦୁଇମାସ ଭିତରେ ତାର କାମ ସାରି ଦେଇଥିଲା। ସେ ଚାହୁଁଥିଲା ଯଦି ନିର୍ମାତା ମାନି ନିଅନ୍ତି ସେ ବମ୍ବେ ଫେରିଯାଇ ସେଠାରେ ଅନ୍ୟ କାମ ଆରମ୍ଭ କରିବ। ତେବେ ଏଭଳି କାମରେ ଅନେକ ସମୟରେ ଅନେକ କାରଣରୁ ବାରମ୍ବାର ସ୍କ୍ରିପ୍ଟକୁ ବଦଳାଇବାକୁ ପଡ଼ିଥାଏ। ସେଥିପାଇଁ ତାକୁ ହୁଏତ ବସି ରହିବାକୁ ହିଁ ପଡ଼ିବ। ଏଇ ସମୟଟି ସେ ବିନିଯୋଗ କରିବ ଉପନ୍ୟାସର ଇଂରେଜୀ ଅନୁବାଦ କରିବାରେ।

ଏକେ ଯେତେବେଳେ ପୁଣି ଆସିଲା, ତା ସହିତ ଯେଉଁ ନୂଆ ସେକ୍ରେଟେରୀ ଥିଲା, ତାର ନାଁ ଥିଲା ଶବନମ। ସେମାନେ ପୁରୀ ଯିବା ପାଇଁ ବ୍ୟସ୍ତ ହେଉଥିଲେ, ତେଣୁ ସେଦିନ ଗୋଟିଏ ତରବରିଆ ସଭା ହେଲା। ଏକେ ଜଣାଇଲା ଯେ ସେମାନେ ଦୁଇଟି ଉପାଖ୍ୟାନର ଯେଉଁ ପାଇଲଟ୍ ତିଆରି କରିଥିଲେ, ଟେଲିଭିଜନବାଲା ତାକୁ ପସନ୍ଦ କରିଛନ୍ତି ଏବଂ ଆଶା ଅଛି ଯେ ସେମାନେ ଏଇ ଧାରାବାହିକୀ ପାଇଁ ପଚାଶଟି ନୁହେଁ ଶହେଟି ଏପିସୋଡ୍ ପାଇଁ ମଂଜୁରୀ ଦେବେ। ସେଥିପାଇଁ ସବୁ ଜିନିଷକୁ ପୁଣି ଥରେ ଭାବିବାକୁ ପଡ଼ିବ ଏବଂ ସ୍କ୍ରିପ୍ଟକୁ ପୁଣି ମୂଳରୁ ଲେଖିବାକୁ ହେବ। ଉମାଶଙ୍କରଙ୍କୁ ଏ କଥା ଅତି ଅସଂଗତ ବୋଧ ହେଲା; ତଥାପି ସେ ଚୁପ ରହିଲେ। କିନ୍ତୁ ଉଦ୍‌ଭ୍ରାନ୍ତ କହିଲା, ଉପନ୍ୟାସଟିକୁ ପଚାଶଟି ଉପାଖ୍ୟାନରୁ ଆଉ ବେଶି ବଢ଼ାଇ ହେବ ନାହିଁ। ଏକେ କହିଲା, ଉପନ୍ୟାସଟିକୁ ପଢ଼ି ନ ଥିଲେ ମଧ୍ୟ ତାର ସିନପ୍‌ସିସ୍ ପଢ଼ିଛି। ଏଇଟି ଶେଷ ହେଉଛି ସ୍ୱାଧୀନତା ସମୟରେ। ଲୋକମତ ଅନୁସାରେ ଏଇଟିକୁ ଏକ ରାଜନୀତିକ କାହାଣୀ ଭାବରେ ନେଲେ ତା ସଫଳ ହେବ। ଉପନ୍ୟାସରେ ଯାହା ସବୁ ଘଟିଛି, ତାହା ଗାନ୍ଧୀ ସମୟର କାହାଣୀ। ଆମକୁ ଯଦି ଶହେଟି ଉପାଖ୍ୟାନ ମିଳେ, ତେବେ ଆମେ କାହାଣୀକୁ ନେହରୁ ଓ ଇନ୍ଦିରା ଯୁଗ ପର୍ଯ୍ୟନ୍ତ ଟାଣି ନେଇ ପାରିବା। ଯଦିଓ ଏକଥା କିଏ ତାଙ୍କୁ କଠୋର ଆଘାତ କଲାଭଳି ମନେହେଲା ଉମାଶଙ୍କର ପାଟି ଖୋଲିଲେ ନାହିଁ। ଉଦ୍‌ଭ୍ରାନ୍ତ କହିଲା, ମୁଁ କିନ୍ତୁ ଏଭଳି ଏକ ଯୋଜନା ସହିତ ସଂପୃକ୍ତ ହେବାକୁ ଚାହେଁ ନାହିଁ। ମୁଁ ଯେତିକି ଲେଖି ଦେଇଛି, ବାସ୍ ସେତିକି। ସେଥିରେ ଯଦି କିଛି ପରିବର୍ତ୍ତନ ଦରକାର ହୁଏତ ମୁଁ ରାଜି ଅଛି, କିନ୍ତୁ ଆପଣଙ୍କର ଶହେ ଏପିସୋଡ୍ ପ୍ରସ୍ତାବରେ ମୁଁ ଆଦୌ ଏକମତ ନୁହେଁ। ଏକେ କହିଲା, ଠିକ ଅଛି; ଦି ଦିନ ପରେ ମୁଁ ପୁରୀରୁ ଫେରିଲେ ଏ ବିଷୟରେ କଥାବାର୍ତ୍ତା କରିବା।

ଉମାଶଙ୍କରଙ୍କ ସହିତ ସେଠାରୁ ଫେରିବା ବେଳେ ଉଦ୍‌ଭ୍ରାନ୍ତ କହିଲା, ଆପଣ ଆଦୌ ରାଜି ହେବେ ନାହିଁ ଏ ପ୍ରସ୍ତାବରେ। ସେମାନେ ଚାହୁଁଛନ୍ତି ଆପଣଙ୍କ ନାଁ ଓ ବହିର ବ୍ୟବହାର କରି ଗୋଟାଏ ନକଲି ଜିନିଷ ଟେଲିଭିଜନକୁ ଯୋଗାଇବେ। ଆପଣ ଏମାନଙ୍କ ସହିତ ଏଇ କାରଣରୁ ଏଗ୍ରିମେଣ୍ଟ ବାତିଲ କରି ଦିଅନ୍ତୁ। ମୁଁ

ଆପଣଙ୍କୁ ବମ୍ବେର ଆହୁରି ଭଲ ନିର୍ମାତା ଆଣିଦେବି। ଉମାଶଙ୍କର କହିଲେ, ଏକଥା ସମ୍ଭବ ନୁହେଁ।

ସେଦିନ ରାତିରେ ଘରକୁ ଫେରି ଉମାଶଙ୍କର ରାଜିନାମା କାଗଜକୁ ତନ୍ନତନ୍ନ କରି ପଢ଼ିଲେ। ସେଥିରେ ସ୍ପଷ୍ଟ ଲେଖା ଥିଲା ଯେ ନିର୍ମାତା ଟେଲିଭିଜନରେ ପ୍ରସାର ପାଇଁ ବ୍ୟବସାୟିକ ଦୃଷ୍ଟିରୁ ତାଙ୍କର କାହାଣୀ ସଂକ୍ଷିପ୍ତ ମାର୍ଜିତ ପରିବର୍ତ୍ତିତ ଓ ପରିବର୍ଦ୍ଧିତ କରିପାରନ୍ତି, ସେଥିରୁ ଚରିତ୍ର କାଟି ଦେଇ ପାରନ୍ତି, ନୂଆ ଚରିତ୍ର ଯୋଡ଼ି ପାରନ୍ତି, କାହାଣୀର ଉପସଂହାର ବଦଳାଇ ପାରନ୍ତି, ଇତ୍ୟାଦି। ରାଜିନାମାରେ ଦସ୍ତଖତ କରିବା ପରେ ଉପନ୍ୟାସର ଟେଲିଭିଜନ ସଂକ୍ରାନ୍ତୀୟ ସମସ୍ତ ସ୍ୱତ୍ୱ ଥିଲା ନିର୍ମାତାଙ୍କ ପାଖରେ। ଉମାଶଙ୍କରଙ୍କର ଯେତେ ମନ ଦୁଃଖ ହେଲେ ବି ସେ ଠିକ କଲେ ସେ ଆଉ ଏତେ ଗୋଳମାଳରେ ପଶି ପାରିବେ ନାହିଁ। ସେ ତାଙ୍କର ପୁରା ଟଙ୍କା ପାଇଲେ ହେଲା, ତା ପରେ ନିର୍ମାତା ଉପନ୍ୟାସକୁ ଯାହା କରିବାର କରୁ।

ପରଦିନ ସକାଳୁ ସକାଳୁ ଉଦ୍‌ଭ୍ରାନ୍ତ ତାଙ୍କ ଘରେ ପହଞ୍ଚି ପୁଣି ସେଇ କଥା ଉଠାଇଲା। ପଚାରିଲା, କଣ ଠିକ କଲେ ଆପଣ ? ଉମାଶଙ୍କର ତାକୁ ଏଗ୍ରିମେଣ୍ଟର ସର୍ତ୍ତ ଇତ୍ୟାଦି କଥା ନ କହି କହିଲେ, ମୁଁ ହେଲି ଲେଖକ; ସିନେମା ଟେଲିଭିଜନ ମୋର କଳାର ମାଧ୍ୟମ ନୁହଁନ୍ତି। ଉପନ୍ୟାସଟି ଲେଖି ଛପାଇ ସାରିବା ପରେ ମୋର କାମ ସରିଗଲା, ତା ସହିତ ମୋର ଆଉ କୌଣସି ସଂପର୍କ ନାହିଁ। ତା ପରେ ତାକୁ ନେଇ କିଏ ଅନୁବାଦ କରୁ ନ କରୁ, ତାକୁ ନେଇ କିଏ କି ପ୍ରକାରର ନାଟକ, ଫିଲ୍‌ମ, ଧାରାବାହିକୀ କରୁ ମୋର ସେଥିରେ କିଛି ଯାଏଆସେ ନାହିଁ।

ତାଙ୍କ କଥା ଶୁଣି ଉଦ୍‌ଭ୍ରାନ୍ତ ଉତ୍ତେଜିତ ହୋଇଗଲା; କହିଲା, କଣ କହୁଛନ୍ତି ଆପଣ? ଆପଣ ସ୍ରଷ୍ଟା। ଆପଣଙ୍କ ଲେଖା ଆପଣଙ୍କ ସନ୍ତାନ ଭଳି। ଆପଣ କଣ ଚାହିଁବେ ଆପଣଙ୍କ ସନ୍ତାନକୁ କେହି ହାଣକାଟ କରେ, ତା ପ୍ରତି ବ୍ୟଭିଚାର କରେ? ଗୋଟିଏ ପିଲାକୁ ଜନ୍ମ ଦେବାରେ ବାପାମାଙ୍କର କର୍ତ୍ତବ୍ୟ ସରିଯାଏ ନାହିଁ; ପିଲାଟିକୁ ଲାଳନପାଳନ କରି ରକ୍ଷା କରିବାକୁ ହୁଏ। ଆପଣ ଲେଖକ ହୋଇ କିପରି ଏ କଥା ବୁଝି ପାରୁ ନାହାନ୍ତି ?

ଉମାଶଙ୍କରଙ୍କୁ ତା କଥା ଭଲ ଲାଗିଲା ନାହିଁ। ସେ ବିରକ୍ତ ହୋଇ କହିଲେ, ସେ ପିଲାଟି କଣ ଆଉ ମୋର ପୁଅ ହୋଇ ଅଛି ? ତା ଉପରେ ପ୍ରଥମ ବ୍ୟଭିଚାର କରିଚ

ତମେ। ଉପନ୍ୟାସରୁ କିଛି ଚରିତ୍ର କାଟି, କିଛି ନୂଆ ଚରିତ୍ର ମିଶାଇ, କିଛି ଘଟଣା ବାଦ ଦେଇ, କିଛି ନୂଆ ଘଟଣା ଆଣି ତମେ ଯେଉଁ ଜାରଜ ସନ୍ତାନଟି ତିଆରି କରିଛ, ମୁଁ ତାର କୌଣସି ଦାୟିତ୍ୱ ନେବାକୁ ପ୍ରସ୍ତୁତ ନୁହେଁ। ତମର ସ୍କ୍ରିପ୍ଟ ମୋର ସନ୍ତାନ ନୁହେଁ, ତମର। ତମେ ତା କଥା ବୁଝ।

ଉଦ୍‌ଭ୍ରାନ୍ତ ହଠାତ୍ ଶାନ୍ତ ହେଲା। ଜାରଜ ହେଲେ ମଧ୍ୟ ତାର କେହି ବାପ ଥାଏ। ହେଲା, ମୁଁ ଆପଣଙ୍କ କଥା ମାନି ନେଉଛି। ଆପଣଙ୍କ ଉପନ୍ୟାସକୁ ଆପଣ ରକ୍ଷା ନ କଲେ ବି ମୁଁ ତାର ସ୍କ୍ରିପ୍ଟକୁ ଆଶ୍ରୟ ଦେବି। କିନ୍ତୁ ମନେ ରଖିବେ, ଲେଖି ସାରିଲେ ବା ଜନ୍ମ ଦେଇ ସାରିଲେ ଲେଖକ ବା ବାପମାଙ୍କର ଦାୟିତ୍ୱ ସରିଯାଏ ନାହିଁ।

ପୁରୀରୁ ଫେରି ଏକେ ଯେତେବେଳେ ପୁଣି ସେମାନଙ୍କୁ ଭେଟିଲା, ତା ମଝିରେ ଗୋଟିଏ ବଡ଼ ଘଟଣା ଘଟିଯାଇଥିଲା : ଉଦ୍‌ଭ୍ରାନ୍ତ ସ୍କ୍ରିପ୍ଟ ଲେଖିଥିବା ଦୁଇଟି ଯାକ ଫିଲ୍‌ମ ଅସଫଳ ହୋଇ ସପ୍ତାହକରୁ ବେଶି ଚାଲି ନ ଥିଲା; ତେଣୁ ଯେଉଁ ଅନ୍ୟ ନିର୍ମାତାମାନେ ଉଦ୍‌ଭ୍ରାନ୍ତକୁ ନେବାପାଇଁ କଥାବାର୍ତ୍ତା କରିଥିଲେ, ସେମାନେ ତାକୁ ଜଣାଇ ଦେଇଥିଲେ ଯେ ତା ପାଇଁ ସେମାନଙ୍କର କାମ ନାହିଁ। ଏକେ ମଧ୍ୟ ସମସ୍ତଙ୍କ ଆଗରେ ତାକୁ କହିଲା, ଆମେ ବମ୍ବେର ଆଉ ଦୁଇଜଣ ସ୍କ୍ରିପ୍ଟ ଲେଖକ ଆଣୁଛୁ। ଯେହେତୁ ତମ ସାଙ୍ଗରେ ଆମର ଛ'ମାସର କଣ୍ଟ୍ରାକ୍ଟ ଥିଲା, ତମେ ସେମାନଙ୍କୁ ସାହାଯ୍ୟ କରିପାର, କିମ୍ବା ତମେ କିଛି କାମ ନ କରି ପୂରା ପଇସା ନେଇ ଚାଲିଯାଇପାର।

ଉଦ୍‌ଭ୍ରାନ୍ତ କହିଲା, ମୋ ସ୍କ୍ରିପ୍ଟ ଉପରେ ଯଦି ଆଉ କିଏ କାମ କରେ, ମୁଁ ତା ସହିତ ରହିବାକୁ ଚାହିଁବି। ମୁଁ ଏଠାରେ ଛ' ମାସ ପୂରା କରି ଯିବି। ଏକେ କହିଲା, ସେଇଟା ତମର ଇଚ୍ଛା।

ଏହାପରେ ଉମାଶଙ୍କରଙ୍କୁ ଅନାଇ ଏକେ କହିଲା, ସ୍ୱାଧୀନତା ପରବର୍ତ୍ତୀ ଏପିସୋଡ୍‌ମାନଙ୍କ ବିଷୟରେ ମଧ୍ୟ ମୁଁ ଭାବି ଦେଖିଛି। ଯଦି ଆପଣଙ୍କର ଏ ବିଷୟରେ କିଛି ଆପତ୍ତି ଥାଏ, ତେବେ ପ୍ରଥମ ପଚାଶଟି ଦକ୍ଷିଣାୟନ ୧ ନାଁରେ ଯିବ; ତା ପରବର୍ତ୍ତୀ ଅଂଶଟି ହେବ ଦକ୍ଷିଣାୟନ ୨। ଆପଣ ଯଦି ଚାହାନ୍ତି, ଏଇ ଦ୍ୱିତୀୟ ଭାଗରେ ନିଜକୁ ସଂପୃକ୍ତ ନ କରି ପାରନ୍ତି। ଏଗ୍ରିମେଣ୍ଟରେ ଏ ସବୁ ବିଷୟରେ ବିସ୍ତାରରେ ଲେଖା ଅଛି। ଆପଣ ଯଦି ଦକ୍ଷିଣାୟନ ୨ ରେ ଆମର ଉପଦେଷ୍ଟା ହୁଅନ୍ତି

ତେବେ ଆପଣଙ୍କୁ ସେଇ ପୂର୍ବ ହାରରେ ପଇସା ଦେବାର ବ୍ୟବସ୍ଥା ଅଛି। ଆପଣ ଏ ବିଷୟରେ କଣ ଭାବୁଛନ୍ତି ? ଉଦ୍‌ଭ୍ରାନ୍ତ ଆଡ଼କୁ ନ ଅନାଇ ଉମାଶଂକର କହିଲେ, ମୁଁ ଦ୍ୱିତୀୟ ଭାଗରେ ମଧ୍ୟ ସହଯୋଗ କରିବି।

ଏକେ କହିଲା, ମୁଁ ଆଉ ଏଠାକୁ ବେଶି ଆସି ପାରିବି ନାହିଁ, କାରଣ ମତେ ବର୍ତ୍ତମାନ ପ୍ରଡକସନ୍ କାମ ଦେଖିବାକୁ ପଡ଼ିବ। ତେବେ ମୁଁ ଯେଉଁ ସ୍କ୍ରିପ୍ଟରାଇଟର ପଠାଉଛି, ସେମାନେ ଅଭିଜ୍ଞ ଲୋକ। ମୁଁ ନିଶ୍ଚିତ ଯେ ଆମେ ଗୋଟିଏ ଅତି ସଫଳ ଧାରାବାହିକୀ କରିପାରିବା। ବାପା ହୁଏତ କେବେ ପୁରୀ ଆସି ପାରନ୍ତି। ଶବନମର କିନ୍ତୁ ପୁରୀ ପସନ୍ଦ ନୁହେଁ !

ଏକେ ଚାଲିଯିବା ପରେ ଉମାଶଙ୍କର ଆଉ ଏ ବିଷୟରେ ମନ ଦେଲେ ନାହିଁ ଯଦିଓ ଠିକ ସମୟରେ ତାଙ୍କୁ ତାଙ୍କର ପ୍ରାପ୍ୟ ମିଳିଯାଉଥିଲା। ବମ୍ବେରୁ ନୂଆ ସ୍କ୍ରିପ୍ଟ ଲେଖକ ଆସି ତାଙ୍କ କାମରେ ଲାଗିଥିଲେ। ଉଦ୍‌ଭ୍ରାନ୍ତ ଆସି ମଝିରେ ମଝିରେ ତାଙ୍କୁ କହୁଥିଲା ଯେ ସେ ଆଉ ସେମାନଙ୍କ ସହିତ ସହଯୋଗ କରୁ ନାହିଁ, କିନ୍ତୁ ସଂପର୍କ କାଟିଦେଇ ନାହିଁ କାରଣ ସେ ଜାଣିବାକୁ ଚାହୁଁଛି ସେମାନେ କଣ ସବୁ ପରିବର୍ତ୍ତନ କରୁଛନ୍ତି। ସେମାନେ ମନଇଛା ସ୍କ୍ରିପ୍ଟକୁ ବଦଳାଇବାରେ ଲାଗିଥିଲେ ଏବଂ ଉଦ୍‌ଭ୍ରାନ୍ତର ଭୟ ହେଉଥିଲା ଯେ ଶେଷକୁ ଏପରି ଏକ ଧାରାବାହିକୀ ହେବ ଯାହାର ମୂଳ ଉପନ୍ୟାସ ସହିତ କୌଣସି ସଂପର୍କ ନ ଥିବ।

ଉମାଶଙ୍କର ସ୍କ୍ରିପ୍ଟ ବିଷୟରେ କୌଣସି ମନ୍ତବ୍ୟ କରୁ ନ ଥିବାରୁ ଉଦ୍‌ଭ୍ରାନ୍ତ କହିଲା, ସେମାନେ କି ପ୍ରକାରର ପରିବର୍ତ୍ତନ କରୁଛନ୍ତି ଶୁଣିବେ? ପ୍ରଥମ ଏପିସୋଡ୍‌ରେ ରଜନୀକାନ୍ତ ବା ମୟଂକ ଘର ଛାଡ଼ିବା ପୂର୍ବରୁ ତାର ବାପାଙ୍କର ରିଭଲଭର ଚୋରି କରି ନେଇଯାଉଛି। କଲେଜରେ ସେ ଓ ତାର ବନ୍ଧୁମାନେ ବୋମା ତିଆରି କରିବା କଥା ଶିଖୁଛନ୍ତି। ଆପଣଙ୍କର ଅହିଂସ ନାୟକ କୁଆଡ଼େ ଫିକା ଚରିତ୍ର ଥିଲା ବୋଲି ତାକୁ ଏଭଳି ରୂପ ଦିଆଯାଉଛି। ଆଉ ଶୁଣିବେ ? ପଞ୍ଚମ ଏପିସୋଡ୍‌ରେ ତାର ସାଙ୍ଗ ହରିଶ୍‌ର ମୃତ୍ୟୁ ହେଉଛି। ପ୍ରତିଟି କଥା ଉମାଶଙ୍କରଙ୍କୁ ଚାବୁକ ଖାଇବା ଭଳି ଲାଗୁଥିଲା। ସେ କହିଲେ, ମୋର ଉପନ୍ୟାସରେ ତ ହରିଶ୍ ଶେଷ ପର୍ଯ୍ୟନ୍ତ ଥିଲା; ତାର ମୃତ୍ୟୁ ହେବ କାହିଁକି ? ଉଦ୍‌ଭ୍ରାନ୍ତ କହିଲା, ମତେ କାହିଁକି ପଚାରୁଛନ୍ତି?

ଯାଇ ସେମାନଙ୍କୁ ପଚାରନ୍ତୁ। କଣ ଏସବୁ ସତ୍ତ୍ୱେ ଆପଣ ଚୁପ ରହିବେ ? ଉମାଶଙ୍କରଙ୍କ ମନ ପୂରାପୂରି ଭାଙ୍ଗିଯାଇଥିଲା। ସେ କହିଲେ, ହଁ।

କିଛି ମାସ ପରେ ଦିନେ ଡେରି ରାତିରେ ସଂପୂର୍ଣ୍ଣ ନିଶାସକ୍ତ ଅବସ୍ଥାରେ ଉଦ୍‌ଭ୍ରାନ୍ତ ଆସି ଉମାଶଙ୍କରଙ୍କ ଘରେ ପହଞ୍ଚିଲା। ଝୋଲାରୁ ବିଡ଼ାଏ କାଗଜ ବାହାର କରି ତାଙ୍କ ଆଗରେ ରଖିଲା; କହିଲା, ଏଇଟି ସଂପୂର୍ଣ୍ଣ ପରିବର୍ତ୍ତିତ ସ୍କ୍ରିପ୍ଟ। ମତେ ଦେଇଛନ୍ତି ପଢ଼ି ମନ୍ତବ୍ୟ ଦେବାକୁ । ସବୁ କଂପ୍ୟୁଟରରେ ଚଢ଼ିସାରିଛି। ମୁଁ ଯଦି କିଛି ବଦଳାଇବାର ପ୍ରସ୍ତାବ ଦିଏ ସେମାନେ ତାକୁ ଭାବି ଦେଖିବେ ଏବଂ ଯଦି ସେମାନେ ଠିକ ମନେକରନ୍ତି ତାକୁ ସଂଶୋଧନ କରିବେ। ନ ହେଲେ ଏଇଟି ବମ୍ବେକୁ ଚାଲିଯିବ ଫିଲ୍ମ ହେବା ପାଇଁ। ମୋ ସ୍କ୍ରିପ୍ଟ ଉପରେ ଯେଉଁ ଦୁଇଟି ପାଇଲଟ ହୋଇଥିଲା ତାକୁ ରଦ୍ଦ କରି ଏକ ନୂଆ ଲେଖା ଅନୁସାରେ ନୂଆ ଫିଲ୍ମ ହେବ।

ଉମାଶଙ୍କରଙ୍କ ଆଗରେ ବସି ଉଦ୍‌ଭ୍ରାନ୍ତ କାଗଜ ଓଲଟାଇଲା। କହିଲା, ଏଥିରୁ ସବୁ ଟ୍ରେନ ଦୃଶ୍ୟ କାଟି ଦିଆଯାଇଛି। ମୟଂକର ଏକ ବାନ୍ଧବୀ ଚରିତ୍ର ତିଆରି କରାଯାଇଛି ଯାହା ଆପଣଙ୍କ ଉପନ୍ୟାସରେ ନ ଥିଲା। ସେମାନଙ୍କ ମତରେ ଗୋଟିଏ ଶକ୍ତିଶାଳୀ ନାରୀ ଚରିତ୍ର ବିନା ଦର୍ଶକମାନଙ୍କର ଆଗ୍ରହ ରହିବ ନାହିଁ। ସେ ଏଇ ଧାରାବାହିକୀର ଏକ ମୁଖ୍ୟ ଚରିତ୍ର ହେବ। ଆଉ ଶେଷ ଦୃଶ୍ୟରେ କଣ ହେଉଛି ଜାଣନ୍ତି? ମୟଂକ ଓ ତାର ବଂଧୁମାନେ ଅଗଷ୍ଟ ମାସରେ ଗୋଟିଏ କ୍ୟାଲେଣ୍ଡାର ତଳେ ବସିଛନ୍ତି। ମୟଂକ କହୁଛି, ସ୍ୱାଧୀନତା ଆସୁଛି, କିନ୍ତୁ ଆମର ଅନେକ କାମ ବାକି ଅଛି।

ଉମାଶଙ୍କର ତଥାପି ଚୁପ ରହିଲେ। କାଗଜକୁ ଏକାଠି କରି ଉଦ୍‌ଭ୍ରାନ୍ତ କହିଲା, ଏହି ଦୃଶ୍ୟଟି ହେବ ଦକ୍ଷିଣାୟନ ୨ ର ବିଜ୍ଞାପନ। କେମିତି ଜଣା ପଡୁଛି ଏସବୁ କଥା ଆପଣଙ୍କୁ ?

ଉମାଶଙ୍କର ମନେ ମନେ ଉତ୍ତେଜିତ ହେଉଥିଲେ ମଧ୍ୟ କିଛି କହିଲେ ନାହିଁ। ଉଦ୍‌ଭ୍ରାନ୍ତ କହିଲା, ଆପଣ କିଛି କରନ୍ତୁ ନକରନ୍ତୁ ମୁଁ ଏ ସ୍କ୍ରିପ୍ଟକୁ ଫିଲ୍ମ ହେବାକୁ ଦେବି ନାହିଁ। ମୁଁ ଅଫିସରୁ ବୁଝିଥିଲି ମୋ ପାଖରେ ଥିବା ସ୍କ୍ରିପ୍ଟ ଏକମାତ୍ର କାଗଜ ଉପରକୁ ଆସିଥିବା ସ୍କ୍ରିପ୍ଟ। ଏହାର ନକଲ କାଗଜରେ ନାହିଁ, ଅଛି କଂପ୍ୟୁଟର ଡିସ୍କରେ। ମୁଁ ଯଦି ଏଇ କାଗଜ ବିଡ଼ାକୁ ଜାଳିଦିଏ ଏବଂ କମ୍ପ୍ୟୁଟର ଡିସ୍କକୁ ନଷ୍ଟ

କରିଦିଏ, ତେବେ ଆଉ ଏ ଫିଲ୍‌ମ ହୋଇପାରିବ ନାହିଁ। ଉଦ୍‌ଭ୍ରାନ୍ତ ତାଙ୍କ ଆଡ଼କୁ ଅନାଇଲା, କିନ୍ତୁ ଉମାଶଙ୍କର ଚୁପ ରହିଲେ କାରଣ ଉଦ୍‌ଭ୍ରାନ୍ତ ବର୍ତ୍ତମାନ ପ୍ରକୃତିସ୍ଥ ଅବସ୍ଥାରେ ନ ଥିଲା।

ଉଦ୍‌ଭ୍ରାନ୍ତ ପଚାରିଲା, ବର୍ତ୍ତମାନ କୋଉ ପେଟ୍ରୋଲ ପମ୍ପ ଖୋଲାଥିବ ବୋଲି ଭାବୁଛନ୍ତି ? ଉମାଶଙ୍କର ତାର ଉଦ୍ଦେଶ୍ୟ ବୁଝି ପାରିଲେ ନାହିଁ, ତେବେ ଏଇ ମାତାଲ ଲୋକଟିକୁ ଘରୁ ବାହାର କରିବା ପାଇଁ କହିଲେ, ବଜାର ପାଖ ପମ୍ପ ଖୋଲା ଥାଇପାରେ। କାଗଜପତ୍ରକୁ ଝୋଲାରେ ପୂରାଇ ଉଦ୍‌ଭ୍ରାନ୍ତ ନିଜକୁ ସମ୍ଭାଳି ଉଠି ଠିଆ ହେଲା। ତାର ପାଦ ଠିକ ପଡୁ ନ ଥିଲା। ସେ କହିଲା, ଆପଣଙ୍କ ଘରେ ଖାଲି ବୋତଲ ଥିଲେ ମତେ ଦିଅନ୍ତୁ। ମୁଁ ଭାବୁଚି ଅଫିସ ବାଟ ଦେଇ ଘରକୁ ଫେରିବି।

—

BLACK EAGLE BOOKS

www.blackeaglebooks.org
info@blackeaglebooks.org

Black Eagle Books, an independent publisher, was founded as
a nonprofit organization in April, 2019. It is our mission to
connect and engage the Indian diaspora and the world at large
with the best of works of world literature published on a
collaborative platform, with special emphasis on
foregrounding Contemporary Classics and New Writing.